KB021875

은퇴자의
A retiree's trip
세계 일주
around the world

은 퇴 자 의
세계 일주

문재학

Central & Western Asia

생각나눔

목차

은퇴자의 세계 일주

지금은 모두 고인이 되셨지만, 옛날 중학교 시절 지리 선생님은 자기가 직접 남아공의 희망봉이나 아르헨티나의 팜파스 대초원을 다녀온 것처럼 이야기했고, 역사 선생님은 한니발 장군이 포에니 전쟁 때 이베리아 반도에서 알프스 산맥을 넘어 로마 본토인 이탈리아로 가는 전쟁에 참여한 것처럼 하셨고, 나는 그 흥미로운 이야기에 해외여행의 꿈을 키워왔다.

공직생활을 정년퇴임하고 세계 여러 나라를 둘러보고픈 욕망, 즉 나라마다 어떻게 살아가는지 풍습이 궁금했고, 찬란한 유적 깊은 어떤 역사의 향기가 있는지, 그리고 아름다운 자연풍광을 직접 체험하려고 가는 행선지를 정할 때마다 가슴에는 늘 설렘으로 출렁이었다.

흔히 해외여행을 하려면 건강이 허락해야 하고, 경제적으로 뒷받침되어야 하고, 시간이 있어야 한다고 했다. 필자의 경우는 건강과 시간은 문제없지만, 경제적으로 어려움이 있어 여행경비가 마련되는 대로 나갔다. 물론 자유여행이 아닌 패키지(package) 상품이었다.

여행 중에 눈으로 보는 것은 전부 동영상으로 담아와 DVD로 작성하여 느긋한 시간에 언제든지 꺼내볼 수 있도록 진열해 두었다.

세계 7대 불가사의(1. 브라질 리우데자네이루의 예수상, 2. 페루의 잉카 유적지 마추픽추, 3. 멕시코의 마야 유적지 치첸이트사, 4. 중국의 만리장성, 5. 인도의 타지마할, 6. 요르단의 고대도시 페트라, 7. 이탈리아 로마 콜로세움)와 세계 3대 미항(1. 브라질 리우데자네이루, 2. 호주 시드니, 3. 이탈리아 나폴리), 그리고 세계 3대 폭포(1. 북아메리카 나이아가라 폭포, 2. 남아메리카 이구아수 폭포, 3. 아프리카 빅토리아 폭포)도 둘러보고 독일 퓌센(Fussen)에 있는 백조 석성(노이슈반스타인 성)과 스페인 세고비아(Segovia)에 있는 백설공주 성 등 이름 있는 곳은 대부분 찾아가 보았다. 그리고 세계 각국의 아름답고 진기한 꽃들도 영상으로 담아왔다.

여행지의 호텔 음식은 세계 어느 곳을 가나 비슷하지만, 고유 토속 음식은 나라마다 조금씩 다르기에 그것을 맛보는 재미도 쏠쏠했다.

해외여행을 함으로써 좋은 분을 만나 글을 쓰게 되어 시인과 수필 등단도 하게 되었다. 처음에는 여행기를 메모 형식으로 간단히 하고 사진도 동영상 위주로 영상을 담다 보니 일반 사진은 다른 분이 촬영해 주는 것밖에 없었다. 더구나 일찍 다녀온 몇 곳은 관리 부실로 메모도 사진 한 장도 없어 아쉬웠다. 등단 이후에야 본격적인 기록을 남기면서부터 필요장면을 사진으로 담아 여행기에 올렸다. 그리고 자세한 여행기를 남기기 위해 여행 중의 주위의 풍경과 그 당시 분위기 등을 상세하게 기록하려고 노력했다.

또 세계 곳곳의 유명한 명소는 부족하지만, 시(81편)를 쓰면서 그 풍광을 함께 담아왔다. 본 세계 일주 여행기는 여러 카페에서 네티즌들의 격려 댓글을 받기도 했지만 앞서 여행을 다녀오신 분에게는 추억을 되새기는 기회가 되고, 여행 가실 분에게는 여행에 참고가 되기를 소망해 본다. 특히, 여행 못 가시는 분에게는 그곳의 분위기를 간접적으로나마 상상을 곁들여 느껴 보시기를 감히 기대해 본다.

2021년 소산 문재학

몽골 여행의 추억

2007. 8. 9. ~ 8. 13. (5일간)

몽골은 특이한 나라다. 강우량이 적어(연중 강우량이 우리나라 1/10 정도밖에 안 되는 130m 정도) 하늘은 언제나 쾌청하고 풀이 잘 자라지 않아(연중 15cm 내외 자람) 초지는 넓어도 유목하지 않으면 안 되고, 몇 시간을 달려도 산골짜기와 들판에 개울을 보기가 힘든 나라다.

2007년 8월, 인천공항에서 출발한 지 3시간 반 정도 걸려 몽골의 수도 울란바토르 상공에 도착했다. 상공에서 내려다본 몽골은 황량했다. 민둥산 비탈진 초원에 판자촌이 즐비한 외곽을 지나 칭기즈칸 국제공항에 16시 12분에 내렸다.

계류 중인 여객기 1대 이외는 우리가 타고 온 여객기뿐이고, 공항건물도 초라했다. 간이 비행장에 온 것 같았다. 그래도 입국절차는 다른 나라 국제공항과 다름없이 철저했다.

몽골의 8월 날씨는 섭씨 24~25도로 활동하기에 적합한 온도였다. 공항 주변의 산은 나무는 하나도 보이지 않고 풀 뿐이었다. 나중에 안 사실이지만 몽골의 년 중 강우량이 우리나라 1/10 정도인 130~150mm 정도라 하니 풀이 자랄 수 없을 정도였다.

입국 수속을 마치고 가이드가 준비해 온 미니버스에 올랐다. 가이드는 한국인 21세의 박○정 양이다. 몽골은 우리나라 남북한 합친 것보다 7.5배이고, 그중 24%가 고비사막이란다. 인구는 280만 명으로 보는데, 수도 울란바토르에 150만 명이 산다고 했다.

몽골은 더울 때는 38도까지 올라가지만 건조하기 때문에 별 더운 줄 모른단다. 겨울에는 영하 40도까지 내려가며, 겨울이 길고 봄, 여름이 짧다.

시내 들어가는 도로변에 대형 굴뚝 2개가 김을 뿜어내고 있고 연결된 직경 1m나 되어 보이는 거대한 난방 파이프를 지상에 노출시켜 놓고 있었다. 처음 보는 시설이라 신기했다. 이 대형 파이프가 시내 곳곳으로 거미줄처럼 연결하여 시내 전역을 집중난방한다고 했다. 도로변에 대형 야립간판도 많이 보였다.

몽골 인구의 42%가 살고 있다는 수도 울란바토르 시내는 판잣집은 없지만, 거리의 풍경이 우리나라 중소도시의 1970~1980년대와 비슷한 것 같았다. 아파트는 보이지 않았지만 시내 곳곳에 신축을 많이 하고 있었다.

비교적 많은 차량이 다니는데 70~80%가 한국 차량이란다. 몽골사람들은 일본이나 중국 사람보다 한국 사람을 좋아한단다. 가이드가 몇 가지 주의점을 알려 주었다. 만나서 손을 내밀 때는 손바닥을 위로 향하게 하고 절대 손가락으로 사람을 가리키지 않도록 당부했다. 또 발을 밟거나 몸이 부딪칠 때는 기분 나빠하니까 악수를 해야 한다. 소매치기를 조심하고 지폐 같은 것을 줄 때는 손가락 사이에 끼워 주도록 했다. 이곳의 학제는 초중교 합하여 11년을 공부한다.

시내로 들어가는 도로가 협소하고 요철이 심했다. 울란바토르는 해발 1,350m로, 공기가 맑은 대신 건조하며 자외선이 강하다. 눈이 오면 잘 녹지 않고 지하수는 풍부하단다. 자동차는 최근 4~5년 사이에 많이 늘어났다고 했다.

시내 앞을 흐르는 조그마한 '툴(Tuul)강'을 지나 시에서 바라본 정중앙 앞 야산(野山) 정상에 있는 '자이승승전탑(2차대전 일본군을 몰아낸 기념)'을 방문했다. 2차대전 시 일본군을 소련의 힘을 빌려 물리친 것을 기념하기 위해 세운 것이다. 산 중턱까지 차가 올라가기 때문에 차에서 내려 50여m만 걸어가면 된다.

주차장 옆에는 사나운 매를 팔목에 얹고 사진 촬영을 하고 있었다. 통용되는 우리 돈 1,000원만 주면 사진 촬영을 할 수 있었다. 일행 몇 사람이 매를 올려놓고 사진 찍느라 시간이 약간 지체되기도 했다.

몽골은 1991년에 민주주의를 실시한 후 하루가 다르게 변화가 오고 있단다. 그러나 공무원은 그대로 있기 때문에 공산주의 냄새가 남아 있단다.

이곳에서 몽골 수도 울란바토르 시내를 한눈에 바라볼 수 있었다. 시내 곳곳에 아파트 공사가 한창이었다. 토지는 전부 국유지이다. 회사원 평균 월급은 우리 돈으로 대략 15만 원 정도란다.

울란바토르 시내 전경

자이승 승전탑 내부

오른쪽으로는 산비탈에 사방 폭 100m나 되어 보이는 몽골인의 우상인 칭기즈칸의 대형 모형도(초상화)가 흰색 돌로 새겨져 있는데 이곳은 풀이 자라지 않아 이런 시설을 해두고 년 중 바라볼 수 있다.

승전 탑 산록(山麓)변에는 우리나라 조계종에서 지원 건립한 커다란 금동불상이 있는 공원이 있고, 공원의 도로 맞은편에는 자랑스러운 한국인 의사 이태준 기념 공원이다. 헌신적인 의술을 펼쳐 몽골에서 영웅 칭송을 받는 인물이다. 기념비에는 한글을 크게 명기하여 더욱 반가웠다. 이태준 기념관에는 그동안의 활동상황과 유품 등을 함께 전시하고 있다.

민속공연 시간 때문에 시간이 없어 급히 차에 올랐다. 우리가 툴(Tuul)강을 지나는 평화의 다리는 중국에서 만들어 준 다리라 한다. 국가 재정이 빈약하여 세금으로는 공무원 월급 주기도 빠듯하단다. 그래서 외국의 지원을 받아 도로 등을 정비하고 있었다.

민속공연장 가는 길이 울란바토르 중심지이다. 이 주요간선 도로를 한국이 확 포장하여 '서울의 거리'라 명명하고 '서울각'이라는 정자도 있었다. 서울시와 자매결연 기념으로 조성한 '서울의 거리'의 아스팔트 포장은 시내 여타 도로의 모범이 되고 있을 정도로 포장을 잘하였다. 한국인의 자긍심을 느끼는 도로였다.

서울의 거리를 지나 인접한 민속공연장에 도착했다. 주차장을 중심으로 4~5층 정도의 건물들이 있었다. 공연장 내부는 50평 남짓한 소규모였다. 공연이 시작되자 유니폼을 입은 아가씨들이 음료수 등을 무료로 서비스하고 있었다.

특이한 음성 노래를 곁들인 민속공연 장면을 영상으로 담으려면 20$을 주어야 했다.

공연이 끝난 후 한국인이 경영하는 식당에서 한식으로 저녁을 했다. 이어 15분 거리에 있는 신축 준공한 지 3개월밖에 안 되는 '선진 그랜드(sun jin Grand) 호텔'에 도착했다. 호텔은 아주 고급스러웠다. 42" PDP TV가 응접실과 침대 앞 등 2대가 있을 정도로 방이 넓은 호텔이었다. 일본 동경만에 있는 힐튼 호텔보다 좋아 보였다.

503호실에 투숙했다. 우리나라 YTN 방송이 잘 나오고 있었다. 가까운 중국이나 일본은 한국 방송을 볼 수 없는데 친근감이 들어 마치 한국에 와 있는 기분이었다.

2007년 8월 10일

아침에 일어나 내려다보니 창밖의 눈에 띄는 원형 건물

은 성당이다. 주변에 아파트를 많이 짓고 있었다. 섭씨 20도 내외 우리나라 초가을같이 기분 좋은 날씨였다.

9시 15분, 몽골에서 제일 큰 사찰 '간등사'로 향했다. 시내 중심지로 들어가면서 어제 본 승전탑 옆의 산에 있는 돌에 흰 페인트칠을 하여 산 전면에 만든 거대한 칭기즈칸 초상화가 승전탑과 같이 시내 어디에서 보아도 잘 보이도록 만들어 두었다.

산에 풀이 자라지 않으니 초상화 관리를 위한 예초(刈草) 작업은 필요가 없다. 우리나라 같으면 여름이면 초상화를 보기 위해서 수차례 예초 작업이 필요했을 것이다.

관광객이 많이 오는 '간등사'에 도착했다. 차에서 내려 중앙분리대 녹지 공간의 가운데 보행길을 따라 200m 지나 도착하니 몽고풍의 다양한 사찰이 본당을 중심으로 사방에 있었다.

간등사 내에는 금동으로 장식한 대형 불상(3층 높이 = 높이가 28m)이 있었다. 이 불상은 7년 동안에 걸쳐 제작되었다고 했다. 그리고 법당 내는 사람이 만지면서 소원을 빈다는 라마교풍의 원통형 조형물을 돌리고 있었다. 간등사의 아름다운 불상 등 촬영을 위해 10$를 주고 동영상으로 담았다.

어제 시간관계상 보지 못했던 이태준 열사의 기념공원으로 다시 갔다. 1883년 경남 함안 출생으로, 1911년 연세대 2회 졸업생이다. 한일 합방을 반대하며 이곳 몽골에서 의술을 펴며 독립운동을 했다.

특히 무지한 몽골인들의 불치병으로 아는 성병 치료에 탁월한 효과로 굉장한 인기를 누렸다. 독립자금을 중국 상해로 운반하던 중 38세 나이에 일본인에게 피살된 애국지사이다.

몽골에서도 이를 잊지 못해 이곳 중요지역에 1,000평이나 되어 보이는 추모공원을 세우고 입석과 함께 '게르' 2곳에 유품과 유물을 전시하고 있었다. 이태준 애국지사의 바로 뒤쪽은 한국인이 건립한 거대한 금동불상이 있고, 그 위쪽으로 전승 기념탑이 있다.

툴(Tuul)강을 건너오면 몽골의 종합운동장과 체육관이 있다. 몽골인과 자매결연을 위해 시내 호텔로 돌아왔다. 호텔 2층 그랜드 홀에서 11시부터 우리 12명과 몽골 측 12명이 마주 보고 앉고 소개와 함께 자매 결연서를 교환하고 준비해간 선물도 주고받았다. 필자는 가죽에 화살과 화살촉이 있는 작은 공예품을 받았다.

결연식이 끝나고 대형 홀에서 몽골풍의 오찬을 함께했다. 몽골 측에는 정책자문위원으로 있는 언론인, 유명한 성악가, 대학교수, 화가, 과학기술원 위원 등이 축하 노래와 함께 결연의 분위기가 진지했다.

오찬 후엔 양궁장으로 가서 양궁 행사를 가졌다. 양측이 활과 화살촉이 달라 경쟁이 안 되었지만, 몽골 분들은 전통 양궁복장을 하고 나왔다. 툴(Tuul)강 부근 관람석이 있는 활터에서 사전에 준비된 활쏘기 시합(한국 5명-몽골 5명)하였다. 활과 화살이 한국과 달랐다.

몽골 전통복장을 하고 나온 궁사가 명중률이 높았다. 그리고 한국 활을 쏠 때는 위험하여 화살 수거를 못 하게 하는데, 몽골은 활을 쏘고 있는 중에도 현지인이 화살을 수거해 가져다주었다.

시합이 끝난 후, 양국(兩國)의 화살을 기념으로 교환하고 단체 사진도 남겼다. 일행은 화살촉을 서로 주고받으며 행사를 끝냈다.

다음은 화랑이 모여 있는 곳으로 가보았다. 건물이 5층으로 상당히 크고 국가에서 무료로 제공하는 것이라 했다. 해외(파리. 도쿄 등) 전시회를 가진 경험이 있는 40여 명의 유명 화가들이 입주해 있었다.

이어서 서울의 거리 부근에 있는 '게르'에서 몽골 측에서 베푸는 주연에 참석 몽골 주(酒, 50도)에 대취(大醉)하는 대접을 받았다. 호텔로 돌아와서도 준비된 양주로 폭음을 했다.

2007년 8월 11일

오늘은 '게르(유목민의 주거인 원형 텐트)'와 승마 체험을 가기 위해 울란바토르 역(9시 출발 기차)으로 출발했다. 역은 상당히 낡고 초라해 보였다. 차량도 사람도 상당히 많았다. 제일 좋다는 침대칸에 4인 1조씩 우리 일행은 자리를 잡았다. 복도가 있는 열차라 침대칸 차량은 전부 방이었다.

여름이라 전부 문을 열어놓고 방을 서로 자유롭게 드나들 수 있었다. 기차에서 바라본 울란바토르는 상당히 넓었다. 구릉지 비슷한 야산과 나무 한 그루 없는 초원지대를 지나고 있었다. 풀은 전부 땅에 붙어 있을 정도였다. 비가 내리지 않아 풀이 자랄 수 없기 때문이다.

열차로 2시간을 달려도, 산은 많은데 나무하나 없는 민둥산 초원이다. 대평야는 보이지 않았지만, 완경사 산록변 초원에는 가축을 방목하고 있고, 이의 관리를 위한 주거용 '게르'가 군데군데 산재해 있었다. 그리고 판자촌 마을도 간간이 보였다.

초원에는 맹금류인 독수리 같은 것이 자주 보였다. 이곳은 강우량이 적어 판자가 수십 년을 지나도 썩지 않기 때문에 울타리나 집 보수용으로 편리하게 이용하고 있었다. 우리나라 같으면 일 년이면 썩기 때문에 판자를 울타리로 이용하려고 생각조차 하지 않을 것이다.

철로 변에는 방목 가축의 출입을 막기 위해 모두 철망을 설치해 두었다. 농작물(채소 포함)을 경작하는 것을 찾아보기 힘들었다. 어쩌다가 감자 같은 것을 재배하는 것이 한 두필 보이는데 확실치는 않았다.

3시간여를 달려 열차에서 내렸다. 역은 우리나라 간이역같이 허술했다. 기다리는 버스가 오지 않고 전화도 불통이라 가까이 있는 판자로 된 큰 마을로 갔다. 트럭을 빌려 타기 위해서다.

직접 목격한 판자촌 마을. 조금은 비참한 생활을 하고 있는 것 같았다.

　트럭을 급히 구하다 보니 적재함에 동물의 피가 묻어 있는 것을 폐타이어로 덮고, 그 위에 앉아서 비포장도로를 20여km를 먼지를 둘러쓰면서 산골짜기로 들어갔다.

　산골짜기 입구 저지대에 가축 분(糞)을 산처럼 많이 쌓아 두었는데 날이 건조하니 썩지 않고 그대로 말라붙어 있었다. 우리나라 같으면 농사용 퇴비로 이용할 것인데 아까운 생각이 들었다. 이곳에는 산에 나무도 있고 골짜기가 깊어서인지 모르지만, 작은 개울에 물이 흐르고 있어 우리나라 산골과 같은 분위기였다.

　목적지에 도착하니 몽골 주민을 위한 교육장인 큰 시설물이 있고, 그 맞은편에 우리가 묵을 '게르' 10여 채를 비롯한 창고를 겸한 식당 건물이 있었다.

　일행은 3인 1조씩 '게르' 배정을 받고 미리 준비된 승마 체험에 들어갔다. 필자는 승마가 두려워 부산에서 온 한의사인 70대 초반의 H

씨와 함께 마차를 탔는데, 몇km쯤 타니, 바닥에 두꺼운 방석을 깔았지만, 덜컹거리는 충격에 엉덩이가 아파 중도에 돌아왔다.

도중에 양을 한 마리 말 위에 싣고 오는 젊은이가 그 양을 우리 수레에 싣고 가란다. 그 양이 나중에 몽고풍 요리(허르헉)가 되어 우리 저녁 식사로 올라왔다.

일행이 돌아올 때까지 숙소(게르) 옆에서 담소하면서 기다렸다. 이야기 도중 무심코 바라본 앞산 능선 위로 떠 있는 뭉게구름을 보고 깜짝 놀랐다. 대기(大氣) 중에 습기가 적어서인지 몽실몽실한 흰 구름이 그렇게 희고 아름다울 수가 없었다. 우리나라에서는 이렇게 아름다운 흰 구름을 볼 수도 없고, 보지도 못했다. 정말로 아름다웠다. 동영상에 담고 마음에도 담았다.

2시간 정도 지나 승마 체험 일행이 돌아왔다. 이어 현지인들에게 승마 경주를 준비케 하고 높은 곳에서 관람하기 위해 게르 앞 거대한 장승들이 즐비한 곳을 지나 높은 언덕으로 올라갔다.

선수는 어린이를 포함 13명이 참여했다. 10여킬로미터 밖에서 대각선으로 뽀얀 먼지를 일으키며 달려오는 광경은 영화에서도 볼 수 없는 멋진 장면이었다.

시상금을 걸어서인지 안장도 없이 채찍을 휘둘리며 타는 것이 신기하기도 하고 재미있었다. 언덕을 달려 올라와서인지 말의 온몸이 흠뻑 젖을 정도로 땀을 많이 흘렸다. 말이 땀을 흘리는 것도 처음 보았다.

1등에 1만 원, 2등에 5천 원(이곳 노동자 일당이 5천 원임)을 주고 나머지 선수는 3천 원씩 모두 주었다. 전부 흡족해하면서 조금 전의 경주마 앞에서 기념사진을 남겼다.

한국어를 공부하는 남녀 대학생 10여 명이 우리 일행을 돕고 있었다. 한국말은 서툴지만, 모두 한국 사람 같고 미남 미녀들이었다. 남학생들은 양을 잡고 여학생들은 저녁 준비를 했다. 몽골 전통 요리인 양고기와 귀한 채소를 곁들인 푸짐한 저녁 식사를 했다.

　저녁에는 늦도록 캠프파이어로 대학생들과 춤과 노래로 즐기고 잠자리에 들었다. 야간에는 기온이 낮아 '게르' 내 난로에 4차례나 밤잠을 설치면서 불을 피워주는 학생들에게 미안했다.

　밤중에 화장실을 가기 위해 '게르'에서 나와 바라본 밤하늘의 별, 정말 엄청나게 많았다. 우리나라 시골의 청명한 가을 밤하늘의 별보다 10배 이상 별이 많았다. 그리고 반짝이는 별빛은 너무나 영롱하여 눈이 부실 정도였다.

　그야말로 별빛이 숨이 막힐 정도로 아름답고, 달이 없어도 달빛처럼 주위가 밝았다. 처음 보는 광경. 평생 잊지 못할 별과 별빛이었다. 맑은 밤하늘 전체가 빤짝이는 별 덩어리였다. 대기 중에 습기가 극히 적으니 그 수많은 별을 육안으로 볼 수 있었던 것이다.

2007년 8월 12일

아침 일찍 일어나 상쾌한 공기를 마시면서 가이드의 어머니와 함께 채소 시험재배지로 가보았다. 10평 남짓한 면적에 상추, 무, 배추, 쑥갓 등을 심었는데 토질은 비옥해 보였는데 습기가 적어서인지 기온이 차서(밤 기온은 손이 시릴 정도 찬 5℃) 그런지 작황이 좋지 않았다. 아침 식사용으로 쑥갓을 조금 수확했다. 울란바토르로 가는 기차를 타기 위해 6시 10분경 식사를 끝냈다.

지난밤 수발을 든 수고한 대학생들과 단체 기념사진을 찍고, 함께 미니버스에 올랐다. 덜컹거리는 버스 안에서 아침도 안 먹었다는 학생들이 한국 노래를 잘하였다. 때로는 합창을 하면서 어제 지났던 20여 km를 순식간에 지나 역에 도착했다. 역은 손 씻을 물도 없고 화장실은 문도 없었다.

어제와는 달리 지정좌석이 없는 기차를 타게 되었다. 역에는 기차를 타고 갈 몽골인들이 많이 나와 있고, 70~80%는 우유(牛乳) 통을 가지고 있었다. 몽골은 말 한 마리가 한국 돈 20만 원, 소는 더 비싸 40만 원 한단다.

우유는 아무 용기나 담았고, 뚜껑이 없는 것은 비닐로 칭칭 감아 불결하기 그지없었다. 사람이 너무 많아 우리 일행의 승차가 힘들 정도였다. 겨우 열차를 탔는데 자리가 없어 헤매는데 젊은이들이 슬슬 자리를 피해주어 앉을 수 있었다. 그런데도 역마다 기차는 서고 우유 통을 든 주민들이 계속 승차를 했다.

이유가 있었다. 기차가 아니면 운송 수단이 없고, 이 기차를 놓치면 우유를 팔 수 없기 때문에 사생결단인 것 같았다. 이 역시 평생 겪어 보지 못할 서 있기도 힘든 교통지옥이었다. 그렇게 3시간 정도를 고통 속에서 보내고 울란바토르 역에 도착했지만. 하차도 전쟁이다. 우유가 상하기 전에 빨리 운반해야 하기 때문인 것이다. 정차시간 내 하차해야 하는데 서두르지 않으면 곤란하기 때문이다.

복잡한 인파 속에 간신히 일행들을 만날 수 있었다. 역에서 나와 대기하고 있는 버스를 타고 세계 평통에서 운영하는 평화대학으로 갔다. 마치 우리나라 시골 고등학교 같은 분위기였다. 학생이 300명 정도 되고 3년이면 졸업한단다. 이곳에서 한국어를 가르치고 있었다.

다음은 정부종합청사가 몰려 있는 시내 중심지의 '수흐바타르(2013년에 공식적으로 칭기즈칸 광장으로 이름을 바꿈)' 대형광장에 내렸다. 광장 중앙에 있는 큰 건물의 정중앙 홀에 칭기즈칸의 대형 좌상 동상이 있었다. 몽골인들이 얼마나 칭기즈칸을 숭앙(崇仰)하는지 알 수 있을 것 같았다.

대형 광장 주위로 국회의사당, 정부청사, 대법원 건물 등이 빙 둘러 있었고, 옛날 막강한 권력을 휘둘렀던 노동부와 그 앞에는 울란바토르 시청, 국책은행, 증권거래소가 있었다. 왼쪽으로는 오페라하우스 문화궁전과 예술회관이 있었다. 수흐바타르는 1921년에 중국으로부터 몽골을 독립시킨 장군의 이름을 따 수흐바타르 광장으로 명명했단다.

정부종합청사 좌측 노동부 당사 뒤편에 있는 역사박물관을 방문했다. 사진 촬영이 금지된 박물관 내부는 선사시대부터 근대에 이르기까지 몽골 특유의 역사자료를 다양하게 정리를 잘해 두었다.

칭기즈칸의 위력을 느낄 수 있었고, 손자 쿠빌라이가 북경에 원나라를 세우고 많은 유물을 가지고 가 되돌려 받지 못했지만, 소수민족으로 거대한 중국을 점령 통치지배 했다는데 놀라지 않을 수 없었다.

박물관 관람을 끝내고 가까이에 있는 한인 식당에서 불고기로 중식을 했다. 이어 호텔로 돌아와 짐을 풀고 나서 유네스코 자연문화유산을 등록된 '테를지 국립공원'으로 향했다. 편도 80여킬로미터 떨어져 있고, 소요시간은 1시간 30분 예상이다.

도로 부근 하천 변 나무그늘에는 한국의 시골처럼 많은 사람들이 더위를 피해 쉬고 있었다. 어디를 가나 소, 말, 양 떼를 방목하고 있었다. 도중에 소련군이 주둔했다는 병영지도 있었고, 대규모 공동묘지도 보였다. 또 관광객을 상대로 영업하기 위해 고비사막에서 가져왔다는 쌍봉낙타도 수십 마리 있었다. 야크 방목도 많이 하고 있었다.

가는 도중에 큰 나무다리 위로 버스가 지나가는데 다리(높이 약 5~6m, 길이 100여m 2차선 규모)가 무너지지 않을까 조마조마했다. 이 다리를 수리하는 데는 세계적인 기술을 가진 북한사람을 불러 수리했단다. 차에서 내려 직접 다리 위에 걸어보기도 했다. 콘크리트 다리로 놓으면 튼튼하고 오랫동안 수리 걱정이 없을 터인데 돈이 없어 못하는 것 같았다.

'테를지 국립공원'은 기암괴석과 수려한 자연경관이 자랑이다. 산 아래 곳곳에 '게르' 또는 일반 관광 숙소도 있었고, 관광객들도 많았다. 또 몽골인의 별장과 색상이 있는 아름다운 '게르'는 풍광이 좋은 곳에 있었다.

  차가 머무는 곳마다 외국인 관광객이 많이 보였다. 산 능선에 기도하는 여인상을 아주 닮은 잘생긴 큰 바위 형상석을 마지막으로 영상으로 담았다. 해 질 무렵 석양을 안고 울란바토르 시내로 돌아왔다. 그리고 한인이 경영하는 식당에서 감자탕으로 저녁을 하고 호텔로 돌아왔다.

  저녁에 쉬고 있는데 필자의 자매결연 파트너가 두 딸을 데리고 찾아왔다. 큰딸은 20세 대학에서 영어를 전공하고 둘째 딸은 한국어를 배우고 있다고 했다. 두 딸은 예쁘기도 하지만 꼭 한국 사람 같았다. 아버지는 일찍 작고하시고 어머니는 종합운동장장으로 재직한다고 했다.

  두 딸과 함께 영어와 한국말로 의사소통이 겨우 가능했다. 호텔로 오면서 몽골 전통술 한 병을 가지고 왔다. 우리는 아무것도 대접할 것이 없어 땅콩 볶은 것 한 봉지 주면서 먹으라고 하니 먹어본 경험이 없는지 껍질 체로 먹었다. 이 나라는 농사짓는 곳이 없어 처음 보는 것 같았다. 필자가 껍질을 벗기고 먹도록 하니 모두 잘 먹었다.

  한참 이야기하다 돌아갈 때 남은 땅콩(양이 많았음) 전부와 소주 3병을 주었다 집은 약 10km 정도에 있다고 했다. 승용차도 없이 택시를 타고 방문해준 성의가 고마웠다.

  밤에 자기 집으로 초청하는데 거절하기가 쉽지 않았다. 호텔 밖까지 나가 전송하였는데 도로까지 150여m를 걸어나가야 했다. 뒤돌아보며 가는 뒷모습이 무척 쓸쓸해 보였다.

2007년 8월 13일

　　　아침에 호텔을 나와 한국인이 경영하는 상황버섯(자작나무에 활물 기생한다 함) 판매점을 거처 지나는 길에 있는 백화점에도 들렀다. 세계 여느 나라 백화점과 마찬가지로 깨끗했다. 승강기를 타고 5층에 올라가니 몽골 고유 민속품 매장이다. 주로 가죽제품과 털로 만든 제품인데 물건값이 상당히 비싼 편이었다. 가죽제품 생산지라 반지갑을 선물용으로 3개 90$ 주고 샀다. 일행들 모두 많이 사고 있었다.

　백화점을 나와 공항으로 향했다. 공항 가는 도로변에 있는 대형 간판에 우리와 자매결연 맺은 성악가의 얼굴 간판이 여러 번 보였다. 그리고 우리가 투숙했던 선진그랜드(sun jin Grand) 호텔선전 간판도 5회 정도 눈에 띄었다. 공항에는 가이드의 부모와 자매결연 장에 나왔던 교수 부부도 나와 있었다. 우리 일행에게 열쇠고리 한 개씩을 주었다.

　출국심사를 마치고 햄버거로 간식을 하고 14시 10분 몽골비행장을 이륙했다. 하늘에서 내려다본 몽골은 황량했다. 풀과 나무가 거의 없고 비가 왔던지 저수지 등에 황토물이 보였다. 물론 사람이 살지 않는 황무지였다. 1시간 정도 지나니 푸른 나무들이 보였다. 아마 중국 상공인지 모르겠다. 이곳도 인가는 없었다. 그리고 한참 후 푸른 바다가 보였다. 17시 가까이에 푸른 숲과 포장도로가 잘된 한국 땅, 반가운 인천 공항이다.

몽골

가도 가도 끝없는
구릉지 초원

삶에 찌든 열차
외롭게 지나가고

곳곳에 산재한
판자 울타리 마을은
어설프기 그지없어

알 수 없는
측은한 마음 가슴을 짓누른다

실개천 하나 없는 대초원에
점점이 떠 있는 하얀 '게르'

한가로이
풀을 뜯는 가축들 뒤로

산 능선에 걸려 있는
뭉게구름
필설(筆舌)로 표현 못 할
아름다움에 감탄이 절로 난다

밤이면

눈이 시리도록 파란 하늘

은가루를 쏟아부은 듯

엄청나게 많은 별

그 찬란(燦爛)한 별빛에

숨 막히고

넋을 잃는다

(몽골은 인구 290만 명의 나라에 소(牛)가 2억 마리가 넘는다고 하니 우리나라 한우 160만 마리보다 125배로 많이 사육하고 있는 것이다. 그 외 말, 양 등 생계유지를 위해 가축을 많이 사육하는 축산 국이었다.)

형제의 나라 같이 모두 친절하게 대해주는 나라 몽골. 무척 인상 깊은 여행이었고, 4박 5일의 짧은 기간 몽골의 극히 일부분만 둘러보았지만, 추억에 남는 것이 많았다.

💬 COMMENT

소 당		소산 님 짧은 기간에 몽골 여행기를 소상히 올려주시어 잘 보고 갑니다.
연 지		편안히 집에서 몽골여행 글 잘 보고 갑니다. 수고하셨어요.
시 인 김 현 만		대자연이 초록으로 치장한 대륙의 광활한 몽골 그 가운데서 소산 님의 마음을 헤아려 봤습니다. 몽골반점이 같은 우리 이웃 아직 사람 사는 냄새가 신선한 이웃이 사는 곳 잠시 함께 다녀온 느낌입니다. 수고하신 소산 님 멋져요.
안 개		몽골 여행기에서 한참 머물다 갑니다. 좋은 여행기 고맙습니다.
石山 金永準		몽골 기행문 감사합니다. 몽골에 대해서 많은 지식을 얻었습니다. 한번 가보고 싶네요.

인도, 네팔
여행기

제1부

2018. 7. 4. ~ 7. 15. (12일)

2018년 7월 4일 (수) 맑음

태풍 7호(쁘리빠룬)이 올라오고 있어 각급 지방자치단체장들이 취임식을 취소하고 대비할 정도로 긴장하였으나, 다행히 일본 규수 쪽으로 방향을 틀고 있어 편안한 마음으로 인천공항으로 향했다.

17시에 일행들과 만나 19시 10분 탑승 출발하는 시간이 기내식 준비 지연으로 2시간이나 늦은 21시 10분 탑승 수속, 21시 50분 아시아나(oz 767)에 탑승 뉴델리 공항으로 향했다. 소요시간은 9시간 10분 예정이다.

한국 시간 12시 50분 중국의 중앙에 위치한 리칭 부근을 지날 때 여객기 창밖에는 구름 한 점 없는 맑디맑은 하늘 끝으로 기우는 반달이 미소를 짓고 있고, 지상에는 이름 모를 작은 마을들이 곳곳에 어둠을 밝히는 빛을 뿌리고 있었다.

한국 시간 새벽 2시 22분경, 뉴델리 외곽 지대에 들어섰다. 다소 어두워 시가지가 잘 보이지 않았다. 얼마 후, 뉴델리 공항 주변은 넓은 면적에 보석을 뿌려 놓은 것 같이 밝게 빛나고 있었다. 뉴델리 국제공항은 상당히 넓고 많은 여객기들이 밤이슬을 맞으면서 계류하고 있었다. 7월 5일, 현지 시간 1시 45분(한국 시간 5시 15분. 시차 3시간 30분) 도착했다. 입국신고 하러 가는 도중 청사 내의 상당히 넓은 면적 전부를 알록달록한 카펫을 깔아 놓은 것이 이색적으로 보여 동영상으로 담아 보았다.

입국심사는 지문 채취 등 절차가 까다로워 시간이 오래 걸렸다. 일행과 함께 공항 밖을 나오니 후끈한 인도의 뜨거운 열기가 확 밀려왔다. 버스를 기다리는 동안 공항 주변을 둘러보니 상당히 지저분하고 정리정돈이 되어있지 않았다. 곳곳에 노숙자들인지 많은 사람들이 누워있고, 개들도 이곳저곳을 돌아다니고 있었다.

3시 25분(앞으로는 현지 시간으로 명기), 대형 관광버스(운전석 오른쪽) 올라 호텔로 향했다. 현지가이드의 서툰 한국말이 귀를 쫑긋하게 만들었다.

시내 거리는 다소 어둡고 심야 시간인데도 차가 많이 다녔다. 15분 정도 후부터는 포장상태가 좋지 않은 시골길 같은 곳을 잠시 달려 3시 45분 CLARK INN SUITE 호텔 314호 실에 투숙했다.

2018년 7월 5일 (목) 맑음

8시 네팔 카트만두로 가기 위해 호텔을 나왔다. 호텔 앞 도로는 쓰레기가 뒹굴고 낡은 차들이 신호등 없는 거리를 클랙슨으로 요란한 소리를 내면서 길을 내어 달리고 있었다.

호텔이 공항에 인접해 있었다. 국제공항으로 가는 우회하는 6차선 길은 주차장을 방불케 할 정도로 차량이 많았다. 6차선 도로 중앙분리대에는 다양한 꽃들이 바람결에 흔들리고 주위의 가로수의 샛노란 꽃송이들이 아침 햇살에 밝게 빛나고 있었다.

도로변에 있는 2~3층 건물들은 상당히 낡아 보였고 지저분했다. 공항 진입로 왕복 8차선 중앙분리대 야자수 아래 다양한 형상의 식물들로 조경을 해두어 관광객들의 시선을 즐겁게 했다.

출국 수속을 마치고 네팔행 탑승구 게이트로 가는 길에 면세점들은 화려한 조명 아래 풍성한 상품을 진열해 두고 관광객들을 유혹하고 있었다. 곳곳에 우리나라 전자제품을 선전하고 있어 우리 민족에 대한 뿌듯한 자긍심을 느꼈다.

지루하게 기다리다가 11시 4분, 인도 여객기(Indigo 6E031)편으로 카트만두로 향했다. 2시간 소요 예정이다. 여객기가 작긴 하지만 승객이 만원이다.

뉴델리 공항 주변은 1~2층의 주택들이 광활한 면적에 펼쳐져 있었다. 13시 40분, 녹음이 짙은 산들에 둘러싸인 갈색 지붕의 거대한 도시 카트만두가 나타났다. 이곳에서도 입국 수속이 상당히 지체되었는데, 새삼 우리나라 인천공항의 신속한 처리가 생각났다.

우리 일행은 몇 대의 자동기계가 있는 곳에서 여권을 갖다 대고 필요정보를 입력하니 카메라를 통한 사진 촬영을 한 후 결과물의 티켓을 들고 VISA 관리 하는 곳에서 비자대금 25불과 함께 제출하고 영수증을 받아 입국심사대에 제출했다. 별도 한 장씩 따로 준비한 사진은 필요치 않았다.

14시 57분, 입국 수속을 끝내고 나오니 비가 세차게 내리고 있었다. 비가 오는데도 공항 앞 넓은 주차장에는 차량이 만원이었다. 사람들이 많이 붐비는 곳을 지나 버스에 올랐다. 현지 가이드 '파담'을 만났다. 한국을 12번이나 다녀왔다는데 한국말을 잘하였다.

네팔(Nepal)은 면적 141,181평방킬로미터이고, 인구는 3천만 명, 그 중 종족은 인도와 같은 아리안족이 80%, 티베트 몽고족이 17%이며, 언어는 네팔어가 공용어이다. 종교는 힌두교가 80%, 불교가 10% 정도란다. 그리고 네팔은 해발 20~300m까지는 열대지방, 300~3,000m까지는 아열대, 3,000~8,848m는 고산 지대로 분류했다.

80%가 산지인 네팔은 해발 8,848m의 세계의 지붕 에베레스트 산이 있다. 북부 산악지대는 에베레스트 산을 포함하여 세계에서 가장 큰 10대 산 중 8개가 분포해있다.

이곳 수도인 카트만두(Kathmandu)는 해발 1,400m에 위치한 천년 고도로써 면적은 49.45평방킬로미터이고, 인구는 600만 명이나 된다고 하는데 사방이 산으로 둘러싸인 분지이다. 카트만두의 뜻은 카트는 '나무', 만두는 '집', 즉 '나무로 만든 집'이란 뜻이다.

카트만두 시내의 더르바르 광장, 스엠부 나트 사원, 부다 나트 사원, 파슈파티 나트 사원 등 세계문화유산으로 지정된 것이 7개나 있다.

이곳도 차량의 운전석이 오른쪽에 있다. 왕복 6차선이 있는 간선 도로변에 있는 건물 5층에서 비 내리는 카트만두와 시내와 맞은편 네팔의 국회의사당을 내려다보면서 때늦은(15시 25분) 점심을 중화요리로 했다.

네팔 국회의사당

점심을 하고 나오니 다행히 비가 수그러들고 있었다. 6차선 도로 중앙분리대에는 고무나무 등 열대 식물로 조경해 두었는데 모두 물기를 머금어 반들거렸다. 네팔에는 10개의 세계문화유산이 있는데 그중 7개가 이곳 카트만두에 있다.

거리에는 차량도 많이 다니지만, 오토바이도 많았다. 4~5층 건물들이 전선에 엉키어 있고 건물들이 깨끗하지 못했다. 도로 포장률이 95%라 하는데 주요 도로를 제외하고는 도로상태가 좋지 않았다. 가이드 말로는 소화제가 필요 없다고 해서 한바탕 웃었다. 네팔은 한국의 TV, 냉장고, 휴대폰 등 전자제품의 인기가 많다고 했다.

16시 20분, 버스는 작은 산 경사 길로 오르기 시작했다. 원숭이 사원이라 불리는 스엠부 나트 사원을 찾아가는 길이다. 이곳은 비가 내리지 않아 다행이었다. 계단 등을 올라가는데 길 주변으로 작은 원숭이들이 상당히 많이 보였다. 철기 종류의 각종 액세서리 등을 파는 상점들 사이로 정상에 오르니 수많은 부도 같은 돌탑 주위로 오래된 건물들이 있었다.

이곳을 지나자 스엠부 나트 사원의 하얀색 돔처럼 생긴 상단에는 황금색으로 반짝이는 네팔식 불탑이 있고, 바로 옆에는 독특한 양식의 힌두교 사원이 규모는 작지만 나란히 있었다.

수많은 검은 비둘기들과 원숭이들이 관광객 주위를 맴돌고 있었다. 스엠부 나트 사원은 1979년에 세계문화유산으로 지정된 사원으로 카트만두 서쪽 작은 언덕에 있다. 이 사원은 2500년 전 석가모니가 열었다고 하는 네팔에서 가장 오래된 불교사원이다. 야생 원숭이들이 많아 일명 원숭이 사원이라 불린다. 이곳에서 카트만두 시가지를 한눈에 시원하게 내려다볼 수 있었다. 시내 중심지에는 일부 고층 건물들도 보였다.

카트만두 시내

신앙의 도시 카트만두

구름도 쉬어가는
히말라야 산맥 자락
거대한 분지에 아늑히 터 잡은
그 이름도 아름다운 카트만두

깨달음을 염원하는 열망들이
깊은 신앙의 뿌리를 뻗어 이룬
고색 찬란한 자태의
세계문화유산들
역사의 향기가 눈부시다

잦은 강진으로
공포의 여진이 끓고 있지만

거미줄처럼 얽힌
삶의 애환이
성스러운 믿음으로 녹아있는
영원한 신앙의 도시 카트만두
별유천지를 이루고 있었다

※ 네팔의 카트만두에는 세계문화유산이 7개소나 있고, 집집이 신을 모시고 있다.

17시 10분, 관광을 끝내고 시내 중심에 있는 더르바르 광장(Durbar Square는 왕궁광장이라는 뜻)으로 향했다. 17시 22분, 버스에서 내려 10여 분을 좁은 골목길을 올라갔다.

2015년도 7.9 강진으로 허물어진 사원의 보수공사가 한창이었다. 사방으로 고색 찬란한 빛을 뿌리는 더르바르 광장은 유네스코 세계 문화유산에 등재되어 있는 곳으로, 중세시대 중요 건축물이 모여 있는 광장으로, 그렇게 넓지는 않았다.

더르바르 광장은 지난 12세기부터 18세기까지 이 지역을 통치했던 3개의 힌두교 왕국의 역사가 모두 녹아있다. 더르바르 광장은 고대 네팔 왕궁이 이곳에 있어 허누만 도카 궁전광장이라고 불리기도 한다.

허누만은 원숭이 신을 의미하는데 궁전의 중앙 입구 오른편에 붉은 칠을 한 원숭이 석상이 보수공사 중인 가운데에 있었다. 원숭이 신은 더르바르 광장의 수호신 역할을 하고 있다.

또한, 하누만은 힌두교의 원숭이 신으로 남아 선호 사상이 강한 네팔인들이 아들을 점지해달라는 소원을 비는 신이라고 한다. 지금도 80%나 되는 많은 힌두교인이 찾고 있다.

더르바르 광장은 옛 왕궁 외에도 살아있는 신이라고 불리는 쿠마리(힌두교의 살아있는 여신)가 살고 있는 곳으로도 유명하다. 까다로운 절차를 거쳐 선발된 쿠마리는 첫 월경이 있으면 쿠마리로부터 벗어난다. 국가로부터 연금을 받는다고 한다.

옛날에는 쿠마리였던 여자와 결혼하면 남편이 죽는다는 말이 있어 결혼하기 쉽지 않았다. 하지만 1991년부터는 결혼 등 일반인과 같이 사회생활을 할 수 있다고 한다.

제일 먼저 쿠마리 사원으로 들어갔다. 쿠마리 사원은 더르바르 광장의 남쪽에 있는 정사각형 3층 건물로 정교한 검은 나무 조각으로 이루어진 창틀의 기술이 매우 뛰어난 사원이다.

쿠마리는 일 년에 13번을 바깥세상에 잠시 나올 수 있단다. 그리고 하루에 오후 16시와 18시에 살아있는 쿠마리가 3층 창문 밖으로 잠시 모습을 내미는 것을 우리 일행은 18시에 얼굴을 볼 수 있었다.

분홍색 옷을 입은 어린애가 3층에서 잠시 얼굴을 내밀 때 모두 기립하여 두 손을 모아 '나마떼(인사말)'로 인사를 했다. 촬영이 금지돼 있어 그 모습을 영상으로 담지 못했다. 나름대로 소원을 비는 사람은 뜰에 있는 헌금함에 돈을 넣기도 했다.

곳곳에 찬란한 문화유산들이 지진에 허물어져 볼썽사나운 보수공사를 하고 있었다. 그리고 9층짜리 대형 왕궁이 있는 곳으로 갔다. 거대한 왕궁도 한창 보수공사를 하고 있었다. 사방으로는 오래된 집들이 둘러싸고 있었다.

네팔은 인구보다 신이 많고, 집집이 신전이 있다고 했다. 이어 허누만 도카(원숭이 신)를 지나 맞은편에 있는 자간나트 사원(Jagannath Temple =3층)이다.

자간나트 사원은 카트만두 더르바르 광장에서 가장 오래된 건물 중의 하나로, 1563년 마헨드라 말라(Mahendra Malla) 때 만들어진 목조 2층이 3단의 월대(月臺) 위에 세워졌다.

이 사원에는 지붕을 바치고 있는 수직(垂直)의 48개의 버팀목 중간에 성행위 등 에로틱한 형상을 양각해 두었는데 이는 신을 상징한다고 했다. 힌두교 사원으로써 인도의 카마수트라에 영향을 받은 것이란다.

이 사원 맞은편에 구왕궁 입구에 있는 하누만 입상의 얼굴이 붉은 천으로 가려져 있는 이유가 총각신인 하누만이 맞은편의 자간나트 사원의 에로틱한 조각들을 부끄러워해서라고 한다.

다시 발길을 돌려 가까이에 있는 거대한 보리수나무를 영상에 담았다. 그리고 바로 앞에는 화려하고도 요란한 힌두교 신을 모시는 신전에는 많은 사람들이 소원을 빌고 있었다.

서둘러서 관광을 마치고 어둠이 내려앉을 무렵 버스에 올랐다. 민속공연을 하면서 저녁 식사를 하는 식당으로 향했다. 네팔에는 125개의 소수민족에 125개의 언어가 있다고 해서 깜짝 놀랐다.

복잡한 시내를 지나는데 가로등 불빛이 하나둘 들어오기 시작했다. 시내는 약간 어둡고 사람과 오토바이 차량이 뒤엉켜 상당히 복잡했다. 인도도 차선도 제대로 정비되지 않은 도로, 거리마다 사람들이 넘쳐났다. 중앙분리대에 있는 가로등에 아름다운 조명이 밝게 들어와 있는 넓은 도로를 지났다. 가로등 중간에 밝은 빛이 들어오는 간판에 현대자동차의 홍보물이 자주 보였다. 부근의 상점들도 화려한 조명으로 시선을 끌고 있었다.

지금은 박물관으로 사용하는 옛 왕궁 앞에서 하차하여 골목길에 있는 식당에 도착했다. 식당 안에는 많은 사람들이 와있었고 정면 무대에서는 요란한 음악 소리를 따라 무희들이 춤을 추고 있었다.

우리 일행은 예약된 좌석에 앉아 반주를 곁들이면서 장시간 민속춤을 관람했다. 21시 20분, 버스에 올라 호텔로 향했다. CHANGRI 호텔 203호실에 여장을 풀었다.

2018년 7월 6일 (금) 맑음

아침 5시 30분 호텔 인근에 있는 아시아에서 가장 큰 불탑, '보디나트(Bodhnath) 사원'을 보러 걸어서 갔다. 보드나트사원의 보드(Bodh)는 '깨달음'의 뜻이고, 나트(nath)는 '사원'이라는 뜻이니 깨달음의 사원이라는 의미한다.

5세기경에 축조된 탑의 높이는 38m이고, 기단의 높이만도 36m나 된다. 이곳이 네팔을 상징하는 곳이 된 것은 이 사원의 스투파(탑) 때문이다. 네팔에서 가장 높은 사리탑으로 불교 신자들의 숭배지이다.

출입구에 경찰이 지키는 곳을 지나 들어가니 이른 아침인데도 수천 명이나 되어 보이는 사람들이 탑 주위를 빙 둘러앉아 있거나 사원 주위를 집단으로 돌고 있었다. 사원 주위의 3층 건물의 주택들은 다른 곳 건물들과는 달리 깨끗했다.

사원을 빙 둘러서 수백 개의 작은 마니차(摩尼車, 주로 티베트 불교에서 사용되는 불교 도구이다. 전부 원통형으로 되어 있으며 크기는 다양하다. 표면에 불교 경전이 조각되어 있다. 이 원통을 돌리는 것만으로도 불교 경전을 한 번 읽는 효과를 낸다고 여긴다.)들을 신도들이 돌리고 있었다. 호텔로 돌

아와 아침 식사 후 7시 20분, '포카라'로 향했다. 200km를 달려가야
했다.

　카트만두 시내는 흙먼지가 심하고 교통질서도 지극히 무질서했다.
최근 5년 사이에 차량이 급증하였다는데 도로 사정이 좋지 않아 교
통 체증이 심했다. 외곽으로 빠지는 도로는 왕복 10차선 정도 부지를
확보해 두고 주택허가를 내주고 있었다. 비록 지금은 중앙에 2차선만
포장하여 활용하고 있지만, 앞을 내다보는 행정으로 보였다.
　지금 네팔은 국왕과 국회의장. 대법원장이 모두 여자라는데 놀랐다.
그리고 모든 분야에 최소 1/3은 여자가 참여토록 규정되어 있단다.
　8시 10분부터는 일부 도로 확장 공사로 인해 교통체증이 심했다.
도로변 주택들은 먼지투성이였다. 일부 지역에는 고층 아파트도 짓고
있었다. 기복이 심한 지형 따라 3~5층 주택들이 밀집해 들어서 있는
데 6백만 카트만두시의 규모를 실감할 수 있었다.

8시 40분, 아직도 카트만두를 벗어나지 못했다. 외곽지대에는 간혹 비닐하우스 재배단지도 보였다. 8시 58분, 한참 꼬부랑길을 올라간 산 능선 고개가 카트만두 시 경계라 했다. 버스는 급경사 2차선 꼬부랑길을 곡예 운전으로 계속해서 내려가는데 대형 트럭이 꼬리를 물고 올라오고 있었다. 이 도로가 카트만두로 가는 유일한 고속도로(?)라 포카리와 룸비니 쪽의 차량이 집중하기 때문이다. 통행 차량의 80~90%가 대형 트럭이다.

카트만두 시내가 해발이 높다는 것을 느끼면서 까마득한 산 아래로 계속 내려갔다. 도로 주변의 급경사 험산 곳곳에 개간하여 옥수수 등을 재배하고 있었다. 또 도로변에 조금이라도 빈터가 있으면 농작물을 파는 간이 판매점들이 곳곳에 수도 없이 많이 있었다.

도중에 간이 휴게소에서 잠시 쉬었다. 20km 거리를 오는 데 2시간이나 걸렸단다. 이렇게 시간이 걸린다는 것은 교통 체증이 아니라 거의 교통마비 수준이다.

계단식 논에는 모내기를 했고, 경사진 곳은 옥수수를 심었다. 9시 51분경 꼬부랑 산길도 고속도로 통행료를 받았다. 가끔 수확 직전의 노랗게 익는 벼가 있거나 벼를 낫으로 수확하는 곳도 있었다. 그리고 물소 두 마리가 이끄는 쟁기질로 논을 정지 작업하여 여러 사람이 모여 손모내기를 하는 곳도 있었다. 열대지방이라 2기작이 가능한 것이다. 험한 산악지대 높은 곳까지 개간하여 농사를 짓는 사람들의 생존을 위한 몸부림을 다시 한 번 느꼈다. 울창한 숲은 보이지 않았다.

버스는 계곡을 끼고 아래로 계속 내려가고 있고, 암반 계곡에는 안나푸르나 산에서 흘러내린 빙설물이 물보라를 일으키고 있었다. 이곳이 인도 갠지스강의 상류라 했다.

네팔 사람들은 한국에 대한 호기심과 좋은 감정을 갖고 있다고 했다. 그리고 취업비자를 받기 위해 수만 명의 사람들이 한국어를 배우고 있다고 했다. 또 한국에 간 사람들은 95% 이상 성공했다고 했다.

10시 10분경부터는 하폭(河幅)이 상당히 넓은 곳이 나왔다. 도로변 간이매점에서 산 야생 바나나를 맛보면서 V자형 협곡을 계속 내려가는데 곳곳에 출렁다리들이 놓여 있었다.

11시 20분, 에어컨이 없는 식당에서 현지식으로 중식을 하는데 숲 속 나무 그늘이긴 하지만 더웠다. 12시 15분, 버스는 다시 급경사 협곡을 내려가고 있었다. 높은 산봉우리 위로는 뭉게구름이 흘러가고 있었다.

얼마 안 가 카트만두에서 110km 지점인 룸비니와 포카라의 갈림길에 있는 뭉링(Mugling) 시장을 지나 포카라로 가는 다리를 지났다. 이곳은 카트만두 쪽에서 오는 안나푸르나산의 빙하수와 마니산의 빙하수가 합하여 룸비니로 흐른다. 어디를 가나 V자형 대협곡이었다. 12시 45분부터는 약간의 평지가 나오고 손 모내기를 하는 논들이 많이 나타났다. 그리고 이어 도로변에 주택들이 늘어나고 붉고 노란색의 칸나 꽃과 바나나 등이 수없이 보였다.

15시 5분 포카라(Pokhara) 외곽지대에 들어섰다. 포카라는 해발 900M에 위치하며 인구는 150만 명으로 네팔에서 두 번째로 큰 도시이다. 안나푸르나, 마나슬루 등 8,000m가 넘는 고봉이 위치하고 있어 관광객들이 많이 찾고 있다. 특히 인근에 있는 사랑코트 전망대는 고산준봉을 조망할 수 있는 최적의 장소라 했다.

제일 먼저 티벳 시장을 찾았다. 전부 문을 닫아 버려서 아쉬움을 안고 가까이에 있는 데이비드 폭포를 찾았다. 차에서 내리니 한여름의 뜨거운 열기가 숨이 막힐 지경이다. 아름답게 조성한 정원을 지나 폭포로 가니 요란한 물소리와 하늘에 치솟는 비말이 더위를 식혀 주었다. 평지에서 지하로 떨어지는 그 많은 양의 물이 어디로 흘러가는 지 궁금증을 일으키는 경이로운 풍경이었다.

이 지점에서 지하로 떨어진 그 많은 물이 흘러가는 곳이 보이지 않는다.

물이 흘러가는 깊은 구멍이 있는 곳 등 위험한 데는 철책 울타리 때문에 볼 수 없었다. 신기한 장면들을 동영상을 담고 10분 거리에 있는 페와(Phewa Tal) 호수로 갔다.

숲이 우거진 주차장에는 비수기인데도 이미 많은 차들이 와 있고, 선착장에는 예쁜 보트들이 관광객을 기다리고 있었다. 페와 호는 포카라 남쪽에 위치한 호수로 면적은 약 4.4㎢이다. 안나푸르나 등 히말라야의 설산에서 녹아내린 물이 녹아 형성된 것이라 한다.

4인 1조로 배에 올라 호반의 울창한 숲을 옆에 끼고 호수의 시원한 바람을 가르며 나아갔다. 호반의 경사진 울창한 숲에는 작은 원숭이들이 재롱을 떨고 이름 모를 새들의 지저귐 소리가 호수 면을 가득

채우고 있었다.

　우리는 호수 가운데에 있는 마라이 힌두사원이 있는 작은 섬을 한 바퀴 돌아 나오는데 멀리 산 능선 위로 대규모의 하얀색 부다 사원의 꼭지가 오후 햇살에 빛나고 있었다.

　선상 유람을 끝내고 17시 22분 호텔로 향했다. 버스는 포카라 비행장 옆을 지나 달려 20여 분만에 PARK VILLAGE 호텔 201호실에 여장을 풀었다.

안나푸르나 산의 일출을 보기 위해 4시 30분 호텔을 나와 지프차로 전망대인 사랑코트로 향했다. 해발 1,600m 전망대에서 히말라야 산 마차푸차레와 안나푸르나를 가까이서 가장 잘 조망할 수 있다고 했다.

5시 10분의 일출을 보기 위해 비가 내리는 속에 어두운 밤길을 더듬어 올라갔다. 위험하기 짝이 없는 좁은 길 곡예 운전이다. 전망대 중간쯤 올라갔을 때 다행히 비가 수그러들고 있었다.

해발 1,560m까지 경작농가들이 급경사 곳곳에 집을 지어 살고 있었다. 식수문제가 궁금하지만, 풍광이 좋은 자연의 품속에서 여유를 즐기며 사는 것 같았다. 어둠을 뚫고 올라가니 전망대 주차장에는 이미 많은 차들이 와 있었다.

기대했던 안나푸르나(8,091m)봉우리는 구름에 가려 보이지 않았다. 다만 전망대 부근의 아름다운 산들과 포카라 시내 전경을 영상으로 담으면서 위안을 삼았다.

흰 구름 떼가 산허리를 휘감아 도는 풍광이 신비롭기만 했다. 이곳저곳 사방에서 닭 울음소리가 전망대를 울리고 있었다. 전망대 부근에는 관광객을 상대로 토산품 매장들이 이른 아침인데도 문을 열고 있었다.

전망대 바로 옆 건물옥상은 전망대보다 약간 높게 해놓고 한 사람당 1불씩 입장료를 받으면서 관광객을 유혹하고 있었다. 필자도 옥상으로 자리를 옮겼다.

5시 49분, 흰 구름 사이로 사각형 창문 모양의 구름이 걷히면서 파란 하늘을 배경으로 아침 햇살에 반짝이는 삼각형 안나푸르나 정상의 신비로운 자태가 아득한 구름 속에서 미소를 짓고 있었다. 흐린 날씨에 기적이 일어난 것이다.

구름 사이로 삼각형 안나푸르나 정상이 보인다

관광객들의 탄성과 함께 영상으로 담느라고 바빴다. 그러나 이어 구름 속으로 사라졌다. 안나푸르나 대형 사진을 구입하면서 아쉬운 마음을 안고, 6시 10분, 하산 길에 얄미운 비가 또 차창을 두드리고 있었다.

호텔로 돌아오는 길에 현대 자동차와 쌍용자동차 매장이 반갑게 눈에 띄었다. 7시 10분, 룸비니로 향했다. 280km 거리이나 소요시간은 예측할 수 없단다. 뭉링에서 룸비니로 가는 도중에 있는 험산 급경사에 산사태 때문이란다. 뭉링까지 어제 왔던 길을 되돌아가는데 거리가 90km 산길이다.

이곳 포카라에서는 커피나 사탕수수 등 열대작물도 재배한다고 했다. 산재된 2~3층의 농가주택 주위로 모내기와 옥수수 재배지가 많이 보였다. 도로는 포장은 되어 있으나 요철이 심해 승차감이 좋지 않았다.

8시 20분부터는 산악지대 길이다. 손바닥만 한 다락논에 탐스런 벼가 노랗게 익어 있는가 하면 이제 막 모내기를 끝내는 곳도 있었다. 경작 가능한 곳은 최대한 작물들을 재배하고 농가 주택들이 그림처럼 들어서 있었다.

산골짜기마다 흘러내리는 시원한 계곡물은 바라만 보아도 더위를 잊게 했다. 10시경에는 경사 80~90도 급경사 산들 사이로 버스는 달리고 있었다. 아름다운 나무들이 숲을 이루고 있는데 우리나라 소나무나 상수리 등은 눈을 닦고 보아도 없었다.

몽링 마을에서 잠시 쉬면서 망고 맛을 보고 10시 30분 룸비니 쪽 절벽 길을 통과하는데 산사태 복구공사(사실은 복구공사가 거의 불가능한 지형임)로 차량이 엄청나게 밀리고 있었다.

V자형 계곡에 흐르는 강물 건너편에는 바나나와 옥수수를 일부 재배하는데 작황도 좋지 않았고, 사람이 어디로 다니는지 궁금했다.

용케도 우리 버스는 11시 19분에 사고 구역을 벗어 날 수 있었다. 얼마 가지 않아 평야지로 들어섰고, 강물도 하폭(河幅) 가득히 불어나고 있었다. 도로 보수를 하는 곳은 승차감이 좋았다. 때로는 2차선 직선도로 양측으로 울창한 숲이 수벽을 이루면서 무성하여 약간 어두울 정도였다. 특이한 장면이라 동영상으로 담았다.

12시에 네팔 서쪽에 있는 인구 50만 명의 '나라이 나트'라는 도시에서 중식을 하고, 12시 55분, 강폭이 넓은 '나라이 강(겐지스 강 상류)'을 건넜다.

아직 룸비니까지 156km 남았다. 앞으로는 계속해서 평야 지대를 달릴 것이라 했다. 도로 갈림길에는 어김없이 통행료를 징수하고 있었다. 사람도, 자전거도, 트랙터, 우마차도 마음대로 다니는 시골길에 통행료 징수하는 것이 이해가 가지 않았다.

끝없이 펼쳐지는 평야지인데도 경지정리가 되지 않은 논에서 많은 사람들이 우리나라 1960~1970년대처럼 손 모내기를 하고 있었다.

13시 30분부터는 평야지의 울창한 숲을 지나는데 이곳을 개간하여 급경사 험산에 농사짓는 사람들을 이주시키면 좋을 것 같은 생각이 들었다. 14시 40분, 갈림길에서 또 통행료를 징수하고 있었다.

인도와 네팔의 관광버스는 운전석과 승객 사이에 투명유리문으로 차단해 놓고 영상 40도가 가까운 뜨거운 열기 속에 졸음을 쫓기 위해서 에어컨 없이 장시간 운전하고 있는데 운전수와 조수를 너무 학대하는 것 같았다.

지금 지나는 이 평야는 우리나라 김제. 호남평야를 합한 것보다 몇 배나 넓어 보이고 가도 가도 산이 보이지 않는 네팔의 곡창지대 같았다. 국토의 83%가 산이고, 나머지 17% 들판은 이곳을 말하는 것 같았다. 경지정리는 안 되어 있지만 간혹 트랙터가 작업하고 있어 앞으로는 영농 기계화가 될 것 같았다.

15시 10분, 넓은 도로 십자로 갈림길에서 우측 룸비니로 향하는 왕복 4차선에 들어섰다. 좌측으로 계속 가면 인도 국경지대라 했다.

앞으로 목적지까지 10분 남았다. 석가모니 탄생지 룸비니(아름다운 마을이라는 뜻)로 들어가는 도로는 4차선 확장공사를 하고 있었다. 우측으로는 정원이라 불리는 자연 방치상태의 넓은 숲을 지났다.

15시 40분, 반원형 아치 정문 앞에 도착 버스에서 내렸다. 40도에 육박하는 열기가 땀으로 흘러내렸다. 10여 분을 걸어서 들어갔다. 양측으로 이름 모를 수고 3~4m 나무들이 다양한 꽃을 피우고 있어 그나마 걷는데 위안이 되었다. 4인용 전통차가 수시로 관광객에게 호객행위를 하며 지나다니고 있었다.

한참을 가서 탄생지 정문 앞 가까운 곳에서 모두 신발을 벗고 입장해야 했다. 포장도로 위는 발바닥이 따가울 정도로 열기가 심했다. 모두 땀을 흘렸다.

입장권과 소지품 등 검문검색을 받은 후 들어가는데 정원은 아름답게 가꾸어 놓았지만 큰 나무가 없어 뜨거운 태양 아래 걸어야 했다.

석가모니의 아버지는 석가족의 우두머리인 정반왕이다. 석가모니 어머니인 마야(Maya) 왕비가 고향으로 가던 중 룸비니 동산에 사라수 아래에서 쉬다가 기원전 642년에 석가모니를 낳았다고 했다.

탄생지인 백색의 큰 4각형 마야 사당의 단층건물에 들어서니 곳곳에 경비병들이 지키고 있었고 사진 촬영이 금지되어 눈으로만 담아야 했다.

40~50평은 되어 보이는 방책선 내부는 붉은 벽돌 같은 것이 무질서하게 있고, 방책선을 돌아 정중앙의 유리판 아래에 큰 발자국 모양의 흔적이 있는 푸르스름한 작은 돌이 있었다. 여기서 석가모니가 탄생하였다고 했다.

실내도 그늘만 있을 뿐 뜨거운 열기는 변함이 없었다. 뒷문으로 밖을 나오니 마야 왕비가 석가모니를 낳기 전 목욕을 하고, 또 석가모니를 목욕시켰다는 직사각형의 구룡못이 있었다.

룸비니(Lumbini)

성인(聖人) 석가모니 탄생지
네팔의 룸비니
세계문화유산에 빛나는
불교 제일의 성지(聖地)

꽃으로 단장한 긴 탐방 길은
뜨거운 태양에 달구어져
맨발의 고통, 시련을 주고 있었다

기원전 육백이십삼 년
석가탄생의 숨결이 살아 숨 쉬는
마야데비 사원에는
탄생의 흔적, 은은한 옥색 돌이
신비로움으로 빛나고 있었다

성스러운 설화(說話)가 녹아있는
구룡연못에는
수많은 순례객들의 번뇌(煩惱)를 씻어주는
신령(神靈)스러운 보리수 그림자가 일렁이고

탄생(誕生)의 기록을 알리는
분홍빛 아카소 대형 둥근 석주(石柱)가
긴 역사의 향기를 말없이 뿌리고 있었다

　구룡못 건너편에는 거대한 보리수나무가 시원한 그늘을 드리우고
있었다. 보리수나무가 있는 곳에서 구룡못과 마야 데비 사당과 그 옆
왼편에 기원전 249년에 인도 마우라 왕조의 아소카왕이 석가모니를
찬미하며 세운 대형 석주를 한꺼번에 영상으로 담았다.

이곳이 삼장법사와 우리나라 왕오천축국전을 쓴 해초 스님이 다녀 간 곳이라 했다. 관광을 끝내고 16시 50분 호텔로 향했다. 넓은 평야 지대를 한참을 달려 들판 가운데에 있는 MEADOWS 호텔 2007호실에 여장을 풀었다. 18시 30분, 저녁 식사 때 기다리고 있던 인도 현지 가이드 노니 씨를 만났다.

2018년 7월 8일 (일) 맑음

아침 6시 10분 대기하고 있는 인도행 관광버스에 올랐다. 네팔 국경까지는 20분 정도 소요 예정이다. 현재 인도는 장마 기간이라 수시로 비가 내린다고 했다.

6시 30분, 네팔 국경에 도착했다. 신속한 통과를 위해 1인당 2불씩 가이드에게 여권과 함께 맡겼다. 네팔 국경지대에는 보수공사가 한창이었다. 6시 59분, 네팔 공무원 2인이 버스에 올라와 간단한 확인 후 통과했다. 도로 양측에 건물들이 계속해 늘어서 있어서 어디가 국경지대인지 알 수가 없었다.

네팔 방면으로 끝없이 늘어서서 입국을 기다리는 대형 트럭들 때문에 거리가 상당히 복잡했다. 화물차는 심야 시간을 이용하고 오전 9시까지 왕래하기 때문에 대기하는 것이라 했다.

500m 정도 거리에 있는 인도 입국심사는 가이드 혼자 가서 입국절차를 마치고 돌아왔다. 2개 나라의 출국과 입국까지 1시간 15분 정도 소요되었다.

7시 45분, 인도 바라나시로 향했다. 거리는 440km이나 도로 사정이 좋지 않아 11시간 버스를 타야 한단다. (우리나라 고속도로라면 5시간이면 될 것) 네팔 쪽으로의 도로변에는 국경을 넘으려는 트럭이 계속해서 늘어서 있었다. 국경지대라 그러한지 주거 형태나 영농 방법이 서로 같아 보였다. 인도에서도 산이 없는 광활한 평야 지대를 달리고 있었다.

인도는 면적 3,287,000평방킬로미터이고, 인구는 13억 2천만 명의 거대한 나라이다. 인도의 명칭은 영국지배하에 있을 때 영어로 India라 불렀고, 한국과 중국이 이것을 인도라 부르게 되었다.

왕복 2차선 평야를 달리는데 들판에는 대형 나무들이 곳곳에 많이 있어 농민들이 휴식 장소로 이용할 것 같았다. 이곳도 역시 경지정리는 하지 않았고 마무리하는 모내기는 손으로 하고 있었다.

들판에 집단으로 숲을 이루고 있는 곳은 마을이 형성되어 있었다. 8시 20분, 시골 마을 안 길을 통과하는데 주거 환경이 좋지 않았고, 버스가 시종 덜컹거릴 정도로 노면 상태가 좋지 않았다.

모두들 어렵게 사는 것 같았고 왜소한 체구에 피부가 검어 더욱 연민의 정을 느끼게 했다.

조금 지나자 포장이 잘된 2차선 도로를 달리는데 이곳도 네팔과 마찬가지로 가로수는 없고 자생하는 나무들만 간혹 가로수 역할을 하고 있고 그중에 유카리스나무도 자주 보였다.

8시 30분, 큰 마을이 있는 곳은 중앙분리대가 있는 4차선 도로가 나왔다. 인도는 도로 확장 부지를 확보해 두지 않았다. 대체로 도로에는 차량보다는 오토바이가 많이 다녔다. 주로 벼농사이지만 포도 등 과일나무도 자주 보였다. 벼농사가 끝나 그루터기만 남은 곳이 많이 보였는데, 앞으로 무슨 작물을 재배할 것인지 궁금했다.

대체로 도로변 전구 간이 간이천막형 매점이랑 방치된 쓰레기랑 등 불결하기 그지없어 난민촌 같은 분위기였다.

도로는 자동차와 오토바이가 계속 경적을 울리고 있어 무더운 날씨에 짜증스러웠다. 마을 안을 지날 때는 차선도 없는 2차선 도로가 시장처럼 차와 오토바이 사람이 뒤섞여 통과하는 데 어려움이 많았다. 마을을 벗어나도 난폭 운전하는 오토바이와 무단 횡단하는 주민들 때문에 교통사고의 우려가 크게 염려되었다.

네팔 호텔에서 4시간 반 걸려 도착한 140km 지점에서 준비한 도시락으로 중식을 버스 내에서 했다. (주변에 변변한 식당도 없거니와 너무 더워서 화장실 가는 것도 꺼릴 정도로 혹서(酷暑)였다.)

12시 30분, 남은 300km를 달렸다. 곳곳에 4차선 확장공사를 하고 있어 비포장도로를 가는 기분이었다. 주로 시멘트 포장을 하고 있었다. 계속해서 산이 보이지 않는 들판을 달리는데 주위의 농경지 90% 정도는 모내기를 하지 않았다.

필자는 농사를 짓지 않는 미국의 텍사스 주 평야 지대를 제외하고는 이렇게 넓은 평야는 처음 보았다. 버스는 중앙선 없는 도로를 각종 차량과 오토바이를 잘도 피해 가면서 달리는데 가끔 이름 모를 부락의 골목길 같은 좁은 길도 수차례 통과했다.

14시 30분부터는 왕복 4차선 도로의 편도에 시멘트 포장을 많이 해둔 곳을 지났다. 15시 25분, 아직도 산이 보이지 않는 평야 지대가 계속되고 있었다. 멀리 높이 30m(?) 되어 보이는 고깔 모양의 연통은 벽돌 공장이라 했다. 벽돌 수요가 많은지 자주 보였다.

17시 10분에 바라나시 시에 도착하여 MEADOWS 호텔 4008호실에 투숙했다. 오늘은 거의 11시간을 인도의 농촌 생활상을 보면서 버스만 탄 하루였다.

崔 喇 叭   인도, 네팔 기행문을 상세히 올려주시어서 내가 갔다 왔나 하고 착각합니다. 감사합니다. 잘 보았습니다.

옥   화   시인님이 주신 글로 네팔 여행을 하게 된 기분입니다. 열심히 읽고 네팔의 나라로 여행을 한번 해볼게요.

소당 / 김태은   이 글을 쓰느라 무더위에 얼마나 힘들었을까 생각하며 폰으로 들어가 읽고 댓글 달고 있어요. 하늘에서 주신 귀한 재능이세요. 죽는 날까지 치매는 얼씬도 못 할 겁니다. 더위에 건강 챙기세요.

어시스트 안종원   전 네팔은 못 가봤지만, 시인님께서 장문의 여행기를 적어주시니 함께 여행한 느낌입니다. 훗날 남는 건 추억 그리고 사진이라 했는데 소중한 추억으로 남길 바라봅니다.

詩慧 李承娟   네팔 여행기 멋지십니다. 수고하셨어요. 감사합니다.

자스민 서명옥   네팔 여행담 자세히도 설명해주셨네요. 덕분에 대리만족했습니다. 부럽습니다. 자주 해외 여행길이시니 말입니다.

모 르 리   인도 등지를 둘러보셨군요. 저희 회사도 지금 인도법인이 설립되어 지난번 노이다 삼성전자 공장에 설비시설을 담당했답니다. 자세한 기행문 잘 보고 갑니다. 인도 인구도 많고 땅도 넓고. 그래서 빈부도 심하고 어쩜 계급사회가 아직도 남아 있지요.

정 미 화   간들의 땅 네팔 왕국을 여행하셨네요. 히말라야 원정대가 반드시 들렀다가 가는 소왕국 네팔 카트만두 이전에 대지진으로 도심이 쑥대밭이 되었는데요. 상흔이 아직도 남아 있겠지요. 시도 잘 쓰시고 틈나는 대로 세계여행을 즐기시는 소산 시인님, 부럽습니다. 고운 주말 보내시고 행복하세요. 즐감입니다.

인도 · 네팔
여행기

제2부

2018. 7. 4. ~ 7. 15. (12일)

아침 4시 30분, 겐지스강의 일출을 보려 호텔을 나왔다. 시원한 새벽바람이 상쾌했다. 바라나시(Varanasi)는 면적 81.1평방킬로미터이고, 인구는 400만 명이다.

성지순례도시로, 집집이 사원이 있다고 했다. 호텔에서 15분 거리에 있는 겐지스강변 부근에 도착하여 걷는데, 밝은 가로 등 아래 벌써 목욕하고 돌아오는 사람과 다양한 장사치들의 호객 소리, 어슬렁거리는 소 등이 북적이고 있어 삶의 생동감이 넘치고 있었다.

아직 일출 전이지만 강변에는 노숙한 사람인지 많은 사람들이 누워 있고 많은 사람들이 몰려들고 있었다. 돌계단을 한참 내려가서 유람선 타기 전 겐지스강변의 풍광을 영상으로 담았다.

유람선을 타자 물건을 파는 상인의 배도 동행을 했다. 강 저 멀리 떠오르는 눈부신 아침 햇살에 역사의 향기 가득한 옛 건물들이 더욱 밝게 빛나고 있었다.

영혼의 도시 바라나시

여명을 걷어내는 찬란한 햇살이
갠지스 강을 물들이고

역사의 향기 가득한
옛 유적의 건물들이
또다시 하루를 맞이하는데

인생의 고생 고개를 넘어
영생을 찾는 길
활활 타오르는 화염은
영혼의 불길인가

누구나 한 번은 가야 하는 길
이승의 흔적을 지우는
생의 마지막 길이 쓰라리기만 하여라

호곡(號哭) 소리 잦아진 곳에
까맣게 그을린 상처는
무심한 강바람이 씻어 내리는데.

속세의 인연이 끊어진 자리
허무한 삶의 그림자는
나그네 발걸음을 무겁게 짓누르고 있었다.

※ 갠지스강변의 많은 화장(火葬)을 보고(사진 촬영 금지구역임)

　구름에 약간 걸친 붉은 태양이 높이 떠오를수록 겐지스강의 수면은 신비스러움으로 가득한 빛으로 일렁이었다. 강변에는 빨래하는 사람, 목욕하는 사람들이 간혹 있었다.

　빛의 도시로 유래된 바라나시는 힌두교에서 가장 신성시하는 중요한 성지이다. 해마다 100만 명 이상 순례자들이 면죄(免罪)를 위해 강물에 몸을 씻으러 찾는다고 했다. 4km나 되는 돌계단 가트(Ghat) 주변에서 목욕한다.

　하류로 한 바퀴 돌면서 풍광을 영상으로 담고 상류에 있는 고정 화장터로 갔다. 그리고 화장터에는 수십 명의 사람들이 시신을 운반하거니 곳곳에 태우고 있었다. 화장은 24시간 진행된다고 했다. 호곡(號哭) 소리는 들리지 않았고, 임자 없는 소 몇 마리가 이곳저곳을 돌아다니고 있었다.

　이 세상 마지막 흔적을 없애는 절차는 시신을 운반 성스러운 강물에 먼저 씻고, 그리고 화장을 한 후, 그 흔적을 강물에 흘려보내는데,

그 일련의 과정을 전문 장의사들이 한다고 했다.

굴뚝이 5개나 있는 화장장 등은 비가 올 때 사용한다고 했다. 화장장 부근으로는 상당히 미려한 건물들이 있는데 새까맣게 그을려 그간의 화장 역사를 말하고 있는 것 같았다. 공기를 뜨겁게 달구는 태양 아래 강변의 전경을 영상으로 담고 6시에 하선하여 좁은 미로 골목을 돌아 나왔다. 무더위로 땀을 많이 흘려야 했다.

이른 아침인데도 상인들과 구걸하는 사람, 소, 차량 등이 가득한 혼잡한 거리에 쓰레기와 짐승들의 배설물이 길바닥에 많이 있어 피해 다녀야 할 정도로 불쾌했다. 대기하고 있는 버스에 올라서 호텔로 돌아와 샤워를 했다. 9시에 호텔을 나와 사르나트 녹야원으로 향했다.

녹야원(鹿野園, 사슴 동산이라는 뜻)'이라고도 불리는 사르나트는 부처님이 태어난 룸비니(Lumbini, 네팔), 깨달음을 얻은 보드가야(Bodh Gaya, 인도). 그리고 열반에 든 쿠시나가르(Kushinagar, 인도)와 함께 불교의 4대 성지 중 하나이다.

복잡한 시가지를 벗어나 더위를 식혀 주는 우거진 가로수 거리를 통과하여 9시 20분 사르나트(사르=사슴, 나트=주인의 뜻임.) 정문에 도착했다. 입구에 치약의 원료로 사용한다는 거대한 '님나무(축복받은 나무, 만병통치약으로 사용 = 인도에서는 '성수'라 불림)'를 동영상으로 담고 붉은 벽돌이 산재된 거대한 유적지를 둘러보았다. 땀이 비 오듯 쏟아졌다.

아래는 섬세한 문양이 양각된 사암을 쌓고 위쪽은 붉은 벽돌로 쌓은 높이 42m 원통형 다메크탑 있는 곳은 석가모니가 설교한 자리로 기원전 3세기(약 2,300년 전)에 아쇼카 왕은 사르나트에 칙령을 새긴 기둥과 사리탑, 수도원 등을 세웠다. 640년 이곳을 현장법사도 방문했단다.

　이 녹야원 유적지는 1870년 영국의 한 고고학자가 발굴을 시작하였단다. 이어 가까이에 있는 사르나트 박물관으로 도보로 갔다. 휴대폰 카메라. 메모지 볼펜 등 모두 버스에 놓아두고 박물관에 들어갈 수 있다. 불교 유물과 힌두교 유물을 구분 진열해 놓은 것을 눈으로 담으면서 관람했다. 박물관 내가 시원하여 밖에 나오기가 싫을 정도로 날씨가 무더웠다.

　11시 30분, 버스에 올라 호텔로 돌아왔다. 호텔에서 여유 시간을 보내고 16시에 인도 요가를 체험하기 위해 Wellbing 센터로 갔다. 먼저 Silk 제품 매장을 들러 질이 낮은 비단 제품을 돌아보고 인접한 요가 센터에서 다양한 자세의 요가를 1시간 정도 땀을 흘리며 피로를 풀었다.

　18시 정각, 자전거 인력거(릭샤) 1대에 두 사람씩 타고 겐지스강에서 매일 행해지는 힌두교 의식인 아르띠 뿌자로 갔다. 겐지스 강변의 돌계단을 가트(Ghat)라 하는데, 아르띠 뿌자(arti puja) 행사는 이 가트 중에서도 가장 중심에 있는 다샤스와메드에서 매일 밤 열린다. 인도의 문화를 가까이에서 느껴 볼 수 있단다. 30여 분만에 도착하니 겐지스강가로 가는 도로는 자동차와 오토바이 경적 소리와 북적이는 사람들이 인산인해를 이루고 있었다.

18시 50분, 선상에서 일몰을 감상하려 하였으나 시간이 늦어서, 19시 5분, 화장터로 먼저 뱃머리를 돌렸다. 어두운데도 여러 곳에서 불길이 활활 타오르고 있었다. 강바람을 타고 멀리서도 역겨운 냄새가 풍기고 있었다.

이어 200m 떨어진 곳으로 돌아오니 다샤스와메드를 중심으로 수천 명의 힌두교 신도들의 아르띠 뿌자 의식이 확성기 소리에 의거 진행되고 있었다. 강 위에는 수많은 유람선 위에 관광객들이 행사를 관람하고 있었다. 곳곳에서 화려한 조명이 쏟아지고 있는 가운데 장시간 의식이 진행되고 있었다. 한편에서는 화장을, 가까운 곳에서는 종

교 의식을 치르는 묘한 장면을 영상으로 담으면서 삶이 무엇인지 자꾸만 되새겨 보았다.

의식행사 도중에 서둘러 관람을 끝내고 다시 릭샤(자전거 인력거)를 타고 복잡한 곳을 벗어나 20시 30분에 호텔에 도착했다.

2018년 7월 10일 (화) 맑음

아침 5시에 카주라호로 향했다. 거리는 400km이지만 또 11시간 소요 예정이다. 6시 15분, 영혼의 도시 바라나시 외곽으로 나오니 고층 아파트들이 있고, 도로부지도 8차선 정도를 확보해 두고 있었다.

버스는 계속해 평야 지대를 달리는데 도로변에는 대경목 망고나무가 숲을 이루고 망고가 주렁주렁 달려 있었다. 6시 40분부터는 8차선 도로공사가 한창이었다.

대평원인데 경지정리를 하여 현대화된 농기계를 이용하면 아주 쉽게 농사를 지을 수 있을 것인데 40도를 오르내리는 이 무더위에 농민들이 비지땀을 흘리는 것을 보니 참으로 안타까웠다. 7시 30분 고속도로 요금소를 통과했다. 한가로이 풀을 뜯는 소들이 자주 보였다. 8시 25분부터는 4차선이 시원하게 뚫려 기분 좋게 달렸다. 중앙분리대에는 이름 모를 나무들이 노랗고 하얀 꽃들을 피우고 있었다.

이 지방은 물이 부족하여 옥수수를 많이 재배한다고 했다. 큰 나무들이 대평원에 그늘을 드리우고 있는 사이로 손 모내기하는 모습들은 우리나라 1950~1960년대 농촌을 연상케 했다. 도로에는 가드레일이 있는데도 여전히 자전거 오토바이 등이 마음대로 다녔다. 9시 20분, 겐지스강 상류를 통과하는데 날씨가 가문 탓인지 넓은 강바닥이 물보다 백사장이 넓어 보였다.

뜨거운 열기에 잘 견디고 있는 도로변 나무들은 한국에는 없는 수종이라 보는 재미가 쏠쏠했다. 옥수수, 감자, 바나나 등 재배지도 가끔 보이는 넓은 들이 경작지가 절대로 부족한 우리나라로서는 부럽기까지 했다.

9시 40분부터는 차선이 없는 2차선 도로를 달리기 시작했다. 버스 내 WIFI가 되어 한국 소식을 찾아보는 등 카톡을 할 수 있어 여행길이 더욱 즐거웠다. 얼마를 달렸을까? 12시 40분, 야산(野山)을 3일 만에 처음으로 만나니 반가웠다. 이어 멀리 산봉우리 몇 개가 손을 흔들고 있었다. 여름에는 여행객이 거의 없다고 했다.

외기온도가 현재 40도를 오려내려 숨이 막힐 지경이었다. 지나가는 대중교통 일반버스가 에어컨이 없는지 이 무더위에 창문을 열어놓고 먼지까지 둘러쓰면서 가는데 그 옛날 우리나라 모습을 보는 것 같았다.

아름드리 가로수가 늘어선 도로를 달리는 주변 들판은 반사막지대였다. 그래도 도로변 인가들이 있는 곳에는 예의 그 허름한 간이매점에서 농산물 등을 팔고 있었다. 예외 없이 이곳에도 주인 없는 소들이 이리저리 다니고 있었다.

14시 10분, 멀리 반가운 산들이 다시 보이기 시작했다. 도로변 주변에는 경작할 수 없는 모래땅이 주를 이루고 나무조차 적어 황량하기 그지없었다. 산이 가까워질수록 우리나라 봄을 연상케 하는 연초록 잎새들이 봄의 정취에 잠기도록 하는 풍경이 반가웠다. 그리고 이색적이라 영상으로 담아 두었었다.

14시 27분, 버스는 산길 꼬부랑길에 들어섰다. 대형버스와 트럭들이 커버 길에서는 몇 번을 전후로 움직이며 어렵게 비키면서 갈 길을 재촉하고 있었다. 작은 고개를 넘으니 주위의 야산들은 늦은 봄 같은 기운을 띄고, 이곳저곳에 농가들이 산재되어 있는 사이로 다양한 농작물을 재배하는 아늑한 들판이 나타났다.

14시 45분, 먹구름이 몰려오더니 비를 뿌리기 시작했다. 인도는 지금 장마철이라 비가 잦다고 하더니 실감할 수 있었다. 15시 10분, 땅을 판 흔적이 많이 보였는데, 이곳이 다이아몬드 광산이라 했다. 다이아몬드로 졸지에 부자가 된 사람도 있다고 했다.

이 7월 한여름에 연초록 수목의 향기를 음미하며 가고 있었다. 갑자기 꼬리를 감추기에 바쁜 야생 공작새를 처음 보았다. 귀한 장면이라 흥분된 기분으로 여행의 참맛을 보는 것 같았다.

지나가는 소나기인지 비는 그쳤다. 인가가 없는 곳이라 버스에서 내려 싱그러운 공기를 마시면서 잠시 쉬었다가 완만한 경사 길을 내려가니 하폭이 넓은 강 주변으로 인가들이 많았다. 16시 25분, 카주라호(Khajuraho)의 미려한 국내선 청사를 지나기에 이색적인 디자인의 건물을 동영상으로 담아 보았다.

인구 2만7천 명의 도시 카주라호에는 국내선 비행장이 있고 특급호텔이 15개(인구 400만의 바라나시에는 2개뿐임.)가 있을 정도로 관광객이 많이 찾는다고 했다.

힌두교 사원(일명 에로틱사원) 입구에는 유카리스 나무가 늘어선 대형 연꽃 연못을 따라 200여m 걸어서 들어가니 힌두교 사원 매표소가 나왔다.

1986년 유네스코가 지정한 세계유산으로 선정된 카주라호는 가장 오래된 차우사트 요기니 사원은 9세기 말 화강암을 사용하여 만들었고, 그 외 대부분 사원들은 10세기 후반~12세기 전반에 찬델라 왕조(950~1050) 시대에 건립된 것으로서 중세 인도의 훌륭한 예술의 보고로 평가받고 있다.

당초 85개 사원이 현재 22개의 사원으로 남았는데 정글 속에 있었기에 화를 피할 수 있었고, 지금은 순례지로 유명한 관광지가 되었다.

이곳의 사원은 붉은 사암(砂岩)으로 된 벽면에는 중세 인도의 많은 상(像), 병사들 여인상, 성행위 등 심지어는 동물과 인간과의 성행위 등 에로틱한 조각상이 새겨져 있다 남성과 여성들이 성행위 형상의 미투나(mituna) 조각상들이 많은 사원들은 힌두교의 라크슈마나, 칸다리야 마하데바, 둘라데오, 데비 자가담비, 파르수바나트 사원이 유명하다. 이 시기에 이곳 교인들은 계속 남으로 피신하여 800년 전 캄보디아 앙코르와트 사원까지 지었다는 역사적 사실이 있다고 했다.

신발을 벗고 Lakshmana 사원 내로 들어가니 바닥의 돌은 윤기가 흘러내릴 정도로 반들거렸으나 내부는 어두워서 잘 보이지 않았다.

사원 밖 가이드의 안내를 받으며 사원 벽에 정교하게 새겨진 미투나 (남녀 성행위), 섬세하고도 아름다운 조각상에 대해 설명을 들었다.

　사원마다 돌아가면서 설명을 듣고 현장을 영상으로 담았다. 그리고 놀랄 정도로 섬세한 조각으로 이루어진 거대한 Kandariya Mahadeva 사원(시바신 사원 = 남성의 상징)과 나란히 옆에 붙어 있는 부인의 사원(여자의 상징)을 돌아보았다.

　18시 35분, 관람을 끝내고 가까이에 있는 자이나교(Jainism) 사원으로 갔다. 자이나교(Jainism) 사원인 대표적 건물인 아디나타 사원은 1466년부터 50년 이상 걸쳐 완성하였는데, 아름다운 조각(에로틱한 것은 없음)으로 유명하다는 것을 동영상으로 담았다. 자이나교의 창시자 는 마하비라(본명은 바르다르마나)이란다.

　이곳의 스님들(남자)은 나체 생활을 하면서 수도생활을 한다고 했다. 사원입구의 벽에 붙어 있는 스님들의 대형 사진들이 증명하고 있었다.

하루에 아침 한 끼로 하루 기도를 시작하는데, 그것조차 땅속에서 생산되는 것(감자, 고구마, 땅콩 등)은 먹지 않고, 지상의 열매만 먹는다고 했다. 물론 고기, 생선, 심지어는 계란도 먹지 않는다고 했다. 참으로 힘든 수도생활을 하는 특이한 종교였다.

어둠이 깔리기 시작할 무렵 서둘러 버스에 올라 가까이에 있는 GOLDEN TULIP 호텔로 돌아와 식사 후 101호실에 여장을 풀었다.

2018년 7월 11일 (수) 흐림

8시에 호텔을 나와 카주라호 역으로 향했다. 카주라호 주변은 산이 없었고, 멀리 희미한 야산이 대평원 끝에 보일락 말락 있을 뿐이었다. 무더위 속에 역 대합실에 기다렸다가 9시 20분 정시에 출발하는 특급열차 16량(1량당 70인석) B1 열차 칸에 올랐다. 덜컹거리며 대평원을 다리는데 냉방이 잘되어 한기를 느낄 정도였다.

차창 밖으로 연초록 물결이 시원하게 흘러가고 있었다. 간혹 야산 봉우리가 보이긴 해도 끝없이 이어지는 대평원은 나그네가 미지의 세계에 대한 호기심을 불러일으키기에 충분했다. 나무들 사이로 보이는 경작지는 아직 붉은 속살을 감추지 못하고 있었다.

우기(雨期)가 지나면 밭작물 옥수수 등을 파종할 것이라 했다. 가끔 풀이 있는 곳은 가축들(소, 염소)이 풀을 뜯고 있었다. 그리고 사탕수수 재배지도 자주 보였다. 점심은 준비된 도시락으로 즐겁게 먹었다.

13시 20분, 얕은 야산들이 자주 나타났는데 어떤 때는 아름다운 바위산들이 아름다운 풍광의 고운 자태를 흘리고 있었다. 인구 300

만 명의 '잔시' 인도 북부의 교통 요충지를 지났는데, 이곳에서 인도의 어디든지 갈 수 있다고 했다.

담소(談笑) 속에 시간 가는 줄 몰랐는데, 예정 시간보다 40여 분 연착된 19시에 아그라 역에 도착했다. 총소요시간은 9시간 40분이었다. 아그라(Agra)는 인도 야무나 강변에 위치한 고대 도시로 우타르프라데시주에 있다. 아그라시 면적은 87평방킬로미터이고, 인구는 180만 명으로, 1526년부터 1658년까지 무굴 제국의 수도였다.

아그라 시내는 쓰레기 하나 없이 깨끗했다. 그리고 상점들의 네온불도 화려하고 주민들 표정도 밝아 보였다. 승용차들도 많이 다니는 등 시내가 활기차 보였다. 20시 20분, GOLDEN IMPERIAL 호텔 111호실에 여장을 풀었다.

2018년 7월 12일 (목) 맑음

아침 6시 30분에 호텔을 나와 타지마할(Taj Mahal)로 향했다. 소요 시간은 30분 정도이다. 시가지에 고층건물을 짓는 것이 자주 보이고 네 거리마다 대형 홍보 간판이 눈길을 끌었다. 거리는 아름드리 가로수가 짙은 그늘을 만들어 열기를 식혀 주고 있었다. 전원도시같이 아름다워 기분이 좋았다. 지난밤 간선도로와는 달리 뒷골목은 어디나 마찬가지로 쓰레기 천지였다.

7시 정각에 타지마할(Taj Mahal) 입구에 도착했다. 버스에서 내려 대기하고 있는 전동 미니버스로 3~4분 들어갔다. 표를 구입하면서 타지마할 내부 입장 시에 필요한 덧신과 시원한 물병도 하나씩 받았다. 검문검색이 철저했다. 필기구와 노트. 심지어는 사탕도 압수당했다. 그럴수록 타지마할에 대한 궁금증은 높아졌다.

입구에서부터 가이드의 상세한 설명을 들으면서 갔다. 타지(Taj)는 왕관, 마할(Mahal)은 궁전이란 뜻이라 했다. 1983년 타지마할은 유네스코 세계 문화유산으로 등재되었다. 출입문에 들어서자 눈부신 타지마할의 황홀한 자태가 긴 수로 끝에 나타났다.

건축미의 불가사의라 일컬어지는 타지마할은 악바르(Akbar) 대제의 손자 무굴제국의 5대 황제였던 샤 자한(Shah Jahan 帝位기간1628~1658) 왕이 사랑하는 왕비 뭄타즈 마할(Mumtaz Mahal)의 죽음을 애도하며 지은 흰 대리석 조각예술의 극치이다.

타지마할 건설을 위해 전 세계에서 건축 도안을 제출받아 터키 출신 우스타드이사아환디(Ustad Isa Afandi)의 작품으로 채택 시작했다.

붉은 사암으로 이루어진 정문을 통해 들어가니 타지마할 건물이 중앙의 300m나 되는 대리석 수로를 중심으로 완벽한 대칭을 이루고 있었다. 그리고 좌우로 사이프러스 나무 등으로 아름다운 조경을 해 두었다.

무더위 속에서도 관광객들이 많이 찾았다. 타지마할본 건물로 다가 가면서 수로의 중앙에 타지마할의 중앙 돔이 비치는 영상 등 부지런 히 신비의 건물을 동영상으로 담았다.

타지마할(Taj Mahal)

삼백육십 년 세월에 녹아있는
야무나 강변의 장엄한 대서사시
보석의 무덤 타지마할

거슬릴 수 없는 운명. 생과 사의 이별 앞에
그리운 아내를 위한
애끓는 사랑의 피로 승화시킨
불가사의한 걸작품

지독한 사랑의 열병도
화려한 보석의 치장도
인생무상의 공허한 그림자는
덧없는 시간 속으로
하얗게 휘감아 돌고 있었다

호화로움의 극치

영원한 경이로움의 안식처

오늘도

세계인들 호기심의 눈길이

뜨겁게 달아오르고 있었다

야무나 강(Yamuna River)의 우편 기슭에 위치하는 타지마할(Taj Mahal)은 1632년 시작하여 22년이나 걸렸다. 투여된 총 공사비만 약 3,200만 루피가 들어갔고 타지마할 건설을 위해 건축가 기술자와 인부 등 매일 2만 명의 인원을 22년간 동원했다. 또 대리석 운반을 위해 1,000마리의 코끼리도 동원했다고 한다.

덧신을 신고 펜스를 따라 긴 거리를 돌아 타지마할 본 건물 내로 들어갔다. 높이가 78미터나 되는 타지마할의 내부 1층 중심의 돔 아래 중앙에 있는 8각형 방책 안에 조명이 없어도 잘 보이는 아름다운 장식을 한 뭄타즈 마할의 무덤이 있고, 그리고 그 우측 약간 높은 곳에 샤 자한의 무덤이 나란히 남북으로 놓여 있다. 진짜 무덤은 지하층에 똑같은 위치에 같은 모습으로 놓여 있다고 했다.

내부 벽면은 대리석 바탕에 연꽃 등 여러 가지 꽃문양에다 진주, 산호 사파이어, 수정, 옥과 루비 등의 온갖 보석으로 아름답고 화려하게 장식되어 있다. 그래서 세계에서 가장 아름다운 대리석 건물이라 한다.

관광 안내 길을 따라 묘궁의 뒤로 나오니 은빛을 뿌리는 야무나 강(Yamuna River)이 소리 없이 흐르고 있었다. 가이드 말로는 타지마할을 지을 때 인위적(人爲的)으로 물길을 바꾸었다고 했다.

타지마할 동서남북 방향에 세워진 4개의 50m의 미나레트 탑이 사방에서 중심의 묘궁을 받치는 느낌 때문에 타지마할이 더욱 웅장하게 보이는 것이라 했다. 멀리서 자세히 보면 이 탑 4개가 피사의 사탑처럼 바깥쪽으로 조금씩 휘어져 있단다. 지진으로 높은 미나레트 탑이 무너져도 중심의 묘궁은 피해를 입지 않도록 일부러 밖으로 기울어지도록 제작했다 한다.

섬세한 각종 보석의 장식과 미려한 대리석으로 이루어진 거대한 무덤 타지마할을 무더위 속에 둘러보고 출입구로 나와 9시 20분 아그라(Agra)성으로 향했다. 15여 분 지나 도착한 아그라 성은 붉은 사암으로 이루어진 거대한 성이 시선을 압도했다. 일명 붉은 성으로 불리고 있다.

야무나 강을 사이에 두고 타지마할과 마주 보고 있는 이 아그라 성은 악바르(Akbar 제위(帝位) 기간 1556~1605) 대제의 통치 기간에 요새를 구축함으로써 가장 강대하고 부유한 왕국으로 만들었다. 그리고 그의 손자인 샤 자한(Shah Jahan) 왕 때 재건축되었다.

철저한 검문검색을 거쳐 들어가니 100m나 되어 보이는 직선 통로는 외부인이 들어올 때 소리로 알리는 공명의 기능이 있어 그 당시 사람들의 지혜가 놀라웠다. 박수를 쳐보니 크게 울림으로 다가오는 것이 신기했다.

아그라 성의 붉은 사암으로 만들어진 아그라 포트는 높이 20m, 길이 3km의 이중 성벽으로 둘러싸여 있는 요새인데 90년이나 걸려 준공했단다.

성벽 사이에 해자가 설치되어 있는 아그라 성은 지금도 전체의 60%가 군인 경찰이 사용하고 있지만, 40%는 세계문화유산으로 등재 추진 중이라 했다. 견고한 외부와 달리 크고 작은 궁전과 모스크, 정원과 분수대가 어우러진 아그라 포트의 내부는 아름답고 화려했다. 돌을 나무처럼 섬세한 조각으로 다양한 문양으로 장식한 건물들이 정말 탄성이 절로 나왔다.

이곳도 이 거대한 건물 전체가 나무 조각 하나 없이 전부 순수한 붉은 돌로 지었다는 것이 믿기지 않았다.

뜰 중앙에 꽃 모양의 멋진 분수의 지하 조형물, 부엌시설, 손님대기실 등 순서대로 둘러보고 샤 자한 왕이 자신의 친아들 아우랑제브 (Aurangzeb) 반란에 의거 유폐되어 있던 곳으로 갔다.

1637년에 흰 대리석으로 건설하였는데 2개의 접견실은 강을 바라보고 있다. 기둥과 아치에는 색깔 있는 꽃무늬로 장식하였고, 일부 지붕은 금색으로 장식했다.

이곳 아그라 포트(Agra Port)의 무사만 버즈(Musamman Burj) 8각형 탑에서 보면 야무나 강(Yamuna River) 건너편 2km 떨어진 곳에 타지마할이 아련히 보인다. 멀리 보이는 타지마할에 있는 아내 뭄타즈 마할(Mumtaz Mahal)을 얼마나 그리워했을까?

샤 자한(Shah Jahan)은 8년을 유폐 생활을 끝으로 그의 사랑하는 딸 자한 아라(Jahan Ara)의 무릎에서 마지막 숨을 거두었다고 했다.

건물의 기둥 벽면 등 곳곳의 화려한 장식 등을 보면서 인생의 짧은 삶을 다시 한 번 생각해 보면서 아그라 성을 나왔다. 10시 10분, 가까이에 있는 다양한 상품을 판매하는 매장을 둘러보고 11시 5분 자이푸르로 향했다. 소요시간은 6시간 30분이다.

아그라 시가지는 동남아처럼 오토바이들이 많았다. 시가지를 벗어나 가로수가 우거진 2차선을 시원하게 달렸다. 들판은 밀 재배가 끝나고 아직은 기장과 옥수수 재배를 위해 그대로 있었다.

11시 45분, '바랏들'이라는 지역을 지날 때는 4차선 고속도로인데도 한 차선은 오토바이가 집중적으로 달리고 있어 이색적이었다. 12시에 시원한 야자수 그늘 속에 있는 식당에서 점심을 하면서 더위를 식혔다. 13시경, 4차선 고속도로변은 감자, 사탕수수 등이 파랗게 들판을 뒤덮고 있어 기분이 좋았다.

수시로 수고가 높은 유카리스 나무가 수벽을 이루고 중앙분리대에는 유도화와 이름 모를 꽃나무들이 시선을 즐겁게 했다. 그리고 어떤 곳은 붉은 벽돌이 쌓여있는 벽돌 공장 굴뚝이 20여 개가 집중으로 밀집한 곳을 지나기도 했다.

14시 20분, 야산이 처음으로 보일 무렵 갑자기 앞이 보이지 않을 정도로 소나기가 내려 더위를 식혀 주었다. 그리고 비는 그치고 버스는 다시 대평원을 달리고 있었다. 16시 40분경, 도로변은 모든 경작지가 풍성한 녹색 물결을 이루고 있어 한결 기분이 좋았다. 또 도로변에는 분홍색 석재(돌)로 다양한 형태의 석물을 집단적으로 만드는 곳을 지나는데, 처음 보는 신기한 장면이라 부지런히 동영상으로 담아냈다. 작품들이 대형이고 아름다워 어떻게 운반할지 궁금했다.

15시 3분, 라지스탄주에 있는 '아바네리 쿤다(Abaneri 지명 이름이고, Kunda 우물의 뜻)'라는 지방에 있는 계단식 대형우물 관광지에 도착했다. 주차장 부근에는 관광객을 상대로 하는 많은 상점들이 있었다.

먼저 석축의 바탕 위에 둥근 돔으로 이루어진 사원을 영상으로 담고 골목길을 지나 계단식 우물인 찬드 바오리(Chand Baori Abaneri) 안내 간판이 있는 곳에 도착했다. 입구에 들어서니 우선 우물의 큰 규모 그 웅장함에 절로 탄성이 터졌다.

9세기경, 물이 부족하여 니쿰바(Nikumbha) 왕조의 찬다(Chand) 왕이 공동우물로 만들었다고 했다. 그 규모는 사방 50m 정사각형에 깊이 20m, 물 깊이 10m(바닥까지 30m)이고, 계단이 미로처럼 아래로 내려갈수록 좁아지는 깔데기 모양의 19층에 3,500개의 정교한 계단이 기막히게 만들어 두었다.

어떻게 이렇게 대규모의 아름다운 우물 계단을 1200년 전에 만들었을까? 아무리 보아도 정말 멋진 우물이었다. 이슬람인들이 들어와 파괴한 것을 19세기에 발굴 복원할 때 묻혀있던 정교하게 양각으로 조각한 유물의 조각들을 우물을 중심으로 빙 둘러있는 긴 회랑에 전시해 두어 감탄 속에 둘러보았다.

관광을 끝내고 15시 30분 자이푸르로 향했다. 16시 50분, 멀리 도로를 가로막는 야산이 보이기 시작했다. 소가 무리 지어 다니는 고속도로를 얼마 지나지 않아 야산에 약 300m나 되어 보이는 조명이 다소 어두운 터널을 통과했다. 터널을 지나자 옛날 라자스탄 수도였던 해발 400m에 위치한 자이푸르 도시가 나왔다.

도로와 철도 등 교통망이 정비된 상공업 중심지로, 18세기에 건설된 계획도시이다. 중심지에는 거리 전체가 분홍색이라 '분홍 도시'로도 알려져 있는 곳이다.

1728년에 암베르의 통치자인 자이 싱 2세에 의해 건설되기 시작하여 현재는 면적 484.6평방킬로미터이고, 인구는 300만 명의 큰 도시가 되었다. 낙타, 코끼리 등이 많단다. 농사가 잘 안되어 카펫 공장과 대리석 등 석재 가공품과 미술공예, 보석 등으로 유명하고, 그밖에 관광 사업으로 살아간다고 했다.

40도를 넘나드는 무더위인데도 시내버스는 에어컨이 없이 달리고 있었다. 그래도 승객은 만원이었다. 시장에는 이 무더위에 얼굴까지 검은 천으로 가린 이슬람 여인들이 많이 다니는데 참 신기해 보였다.

17시 40분, 일몰을 보기 위해 나하가르 성(Naharga Fort) 전망대로 가는 지프차로 갈아탔다. 사라자이싱 2세에 지어지고 1880년대에 보수한 나하가르 성은 '호랑이의 거처'라는 뜻이란다. 암베르 성과 자이가르 성과 같이 자이푸르를 방어하는 요새로 이용하기 위해 지었다고 한다.

전망대로 오르는 지프차는 상당히 낡았지만, 스마트폰으로 선곡하여

경쾌한 현지 음악을 들려주는데 기분이 좋았다. 꼬부랑 산길을 20여 분 올라 암반 위에 조성된 방어성벽이 있는 정상에 18시 5분에 도착했다. 좁은 길에 많은 차들이 다녔지만 정상에도 승용차들이 많았다.

전망대에서 아쉽게도 구름이 많아 일몰은 보지 못하고 인도 전통주 럼주(40도 고량주)를 마시면서 산 능선 절벽을 따라 나 있는 아기자기한 나하가르 성과 자이푸르 시내 전경을 영상으로 담았다. 곳곳에 고층건물이 있는 자이푸르 시내는 상당히 복잡해 보였다.

하산할 무렵 비가 내렸다. 빗물로 얼룩진 네온 불이 흘러내리는 거리는 사람 사는 냄새가 물씬 풍겼다. 저녁 식사 후 RED FOH 호텔 430호에 투숙했다.

2018SUS 7월 13일 (금) 맑음

아침 7시 30분 호텔을 나와 조경이 잘되어 있는 아름다운 왕복 6차선 도로를 시원하게 달렸다. 다자스탄 대학 앞을 지나기도 했다. 얼마 후 1728년, 사와이 자이 싱 2세(Sawai Jai Singh II)가 계획 조성한 사각형 모양의 도시로 4차선 도로 좌우로 3~4층의 건물들이 온통 분홍색인 핑크시티에 도착했다.

핑크 시티 중앙에 위치한 1799년에 지어진 '바람의 궁전'으로 불리우는 하와마할(Hawa Mahal) 자이푸르 번화가에 위치하고 있는데, 자이푸르의 지배자였던 사와이 프라타프 싱(Sawai Pratap Singh)이 케트리 마할(Khetri Mahal)로부터 영감을 받아 건설했단다. 하와마할(Hawa Mahal)이 9명의 애인을 위해 만든 5층 높이에 건물이다.

벌집 모양의 작은 창문이 953개나 되고 60개의 방을 만들었는데, 이는 당시 봉건사회에서 외부 출입을 엄격히 통제받는 왕가 여인들이 서민들의 생활을 직접 볼 수 있도록 했고, 창문이 워낙 많아 내부로 통풍이 매우 잘 된다 하여 일명 '바람의 궁전'이라고도 불렀다.

아쉽게도 내부는 볼 수 없었다. 이 아름다운 '바람의 궁전'은 자이푸르의 대표적인 볼거리이다. 건물 외관만 영상으로 담고 8시 20분 자이푸르에서 11km 떨어진 암베르 성(Amber Fort)으로 향했다.

8시 50분 2차선 꼬부랑길을 지프차로 올라갔다. 주위의 이름 모를 수목들의 부드러운 연초록 잎새들이 마음을 한결 푸근하게 했다. 주위의 산 능선 따라 30km 성벽이 그림같이 펼쳐지고 있었다.

좁은 주차장에는 이미 차량들이 많이 와 있었다. 집요한 잡상인들과 관광객들로 인해 성 입구부터 상당히 복잡했다. 우리 일행은 성의 서쪽에 있는 '달의 문(Chand Pole)'이라 하는 일반 사람들이 들어가는

문으로 통해 제1 광장에 도착했다.

반대편 성의 동쪽에 코끼리를 타고 들어오는 문은 '태양의 문(Suraj Pole)'은 옛날 왕이 출입하는 문이라 했다. 관광객을 태우는 코끼리가 120마리나 된다고 했다. 우리는 안전을 위해 지프차로 올라온 것이다.

'하늘의 성'이라는 뜻을 가진 암베르 성(Amber Fort)은 바위산 기슭에 세워진 1037년부터 1726년까지 700년 동안 카츠와하(Kachwaha) 왕조의 옛 수도였다. 일명 자이푸르의 만리장성이라 할 정도로 산 능선마다 늘어서 있는 성벽은 1592년 라자 만 싱 1세(Rair man Singh)가 시작하여 1727년 때 그 후손 스와이 자이 싱 1세(Sawai jai Singh) 때까지 완공했단다. 2013년 세계문화유산으로 등재되었다.

가이드와 함께 하지 않으면 길을 잃을 수 있다는 주의 이야기를 귀담아들었다. 넓은 광장에는 화려한 치장을 한 코끼리 여러 마리가 광장을 돌고 있었다. 광장 주위의 건물과 산 능선으로 뻗어있는 성벽들을 영상으로 담고 성의 두 번째 광장으로 올라갔다.

광장 가운데에 위치한 흰 대리석과 붉은 사암으로 지어진 왕의 공식 접견장 디와니암에서 가이드의 설명을 듣고 맞은 편 가네쉬 폴 (Ganesh pol) 코끼리 문을 지나면 왕의 개인 공간이 나온다.

출입문 좌우 벽면과 천정에 있는 순금과 보석으로 만든 아름다운 문양 등을 영상으로 담았다. 또 유일하게 있는 검고 육중한 철문을 닫을 때 코끼리 울음소리 내는 참으로 신기한 문을 통과했다.

그리고 문을 들어서면 무굴식 정원과 승리의 홀이 나왔다. 승리의 홀 안에 있는 쉬시 마할(Sheesh mahal) 거울궁전으로 갔다.

가이드가 촬영한 거울 속 사진. 마치 창문을 통해 밖을 내다보는 것 같음

왕과 왕비의 침실로 이용한 곳으로 벽과 천정에 화려한 색채의 모자이크와 다양한 보석으로 만든 벽화와 수많은 유리 조각 등으로 눈부시게 장식을 해두었다. 500년이 지난 지금도 찬란한 빛을 내고 있었다.

벽에 있는 액자 같은 거울에 역으로 비친 얼굴을 촬영했는데 마치 벽의 액자를 통해 밖을 내다보는 것 같은 영상을 모두들 기념으로 한 장씩 남겼다.

3층 전망대로 올라가 한 장의 거대한 대리석으로 만든 섬세하고 정교한 격자 창문을 통하여 아래로 내려다보니 멀리는 마오다(Moatha) 호수와 그 가운데 있는 무굴양식의 정원이 정말 아름다웠다. 그 옛날 궁전의 화려한 생활상을 이곳저곳 미로 같은 통로를 다니면서 둘러보았다. 미끄럼 방지를 한 3층을 계단 없이 오르내리는 곳을 지나왔다.

비지땀을 흘리면서 암베르 성 관광을 끝내고 10시 20분 버스에 올랐다. 10시 35분 넓은 만 사가르(Man sagar) 호수 중앙에 덩그러니 떠 있는 물의 궁전은 18세기에 왕의 여름 별장으로 지은 5층 구조인데, 현재 보이는 것은 4~5층뿐이다.

잠시 차에서 내려 영상으로 담고, 시내에 있는 잔다르 만타르 (Jantar Mantar) 천문대로 향했다. 도중에 헤나 문신을 하는 곳에서 희망자에 한해 자기 취향에 맞는 문신들을 했다.

11시 3분, 18세기에 조성한 잔다르 만타르(Jantar Mantar) 천문대에 도착했다. 2010년에 유네스코 세계문화유산 지정된 잔타르 만타르(Jantar Mantar)는 유명한 관측기구 가운데 대표적인 석조 건축물이다.

눈으로 天體를 관찰할 수 있게 설계한 잔타르 만타르는 대형 해시계와 원형으로 판 구덩이에 만든 별자리 시계 등 시설물들을 설명을 들으며 둘러보았다. 그 옛날 인류의 천문에 관한 지식을 과학이 발달한 지금도 경이로운 시선으로 보게 되었다.

이어 가까이에 있는 인도 보석상의 제조과정과 생산품 판매장을 둘러보고 지난밤 투숙했던 호텔로 가서 중식을 하고 14시 뉴델리로

향했다. 자이푸르 부근에 있는 야산은 곳곳에 산림훼손이 많이 되어 있어도 복구치 않고 흉물스럽게 방치하고 있었다. 뉴델리까지는 260km, 6시간 소요예정이다.

15시 현재 4차선 도로변에는 정원이 잘 조성된 미려한 호텔들이 자주 보였다. 그리고 시야에 들어오는 산에는 수목이 빈약하여 다소 황량한 느낌도 들었다. 대형 야립 간판들이 자주 보였는데 호텔 선전 간판이 많았다.

뉴델리로 가는 차량 80~90%가 대형 터럭인데 산업 물동량이 많은 것 같았다. 그러나 인도 어디를 가나 주거환경이 열악하고 쓰레기가 늘려 있었다. 16시 현재 왕복 6차선을 달리고 있다.

푸른 나무들이 숲을 이루는 평야지를 지나는데 멀리 희끄무레한 산들이 우리와 동행을 하고 있었다. 경작지에는 작물들이 무성하게 자라고 있어 풍성한 기분이 들었다.

도로를 질주하는 오토바이는 헬멧도 쓰지 않았거나 심지어는 세 사람이 타고 달리고 도로를 무단 횡단하는 사람들도 자주 보였다. 또 도로변 차선 하나는 대형 트럭들이 곳곳에 정차하는 등 교통사고 유발 요인이 많아 필자가 탄 버스는 곡예 운전을 하고 있었다.

16시 50분, 먹구름이 밀려오더니 비가 내리기 시작했다. 빗속으로 달리는 것이 사고가 날까 봐 상당히 염려스러웠다. 19시에는 비가 그치고 석양의 저녁노을이 지평선으로 기울며 아름다운 빛을 뿌리고 있었다. 19시 30분부터는 어둠이 내려앉는 고속도로 주변의 긴 능선을 이루는 산들은 수목이 울창해서 보기 좋았다. 간혹 큰 건물들도 보이고 작물을 재배하는 경작지도 있었다.

19시 40분 뉴델리 시내에 들어섰다. 주변에 15~20층의 고층 아파트들이 많이 보였다. 갑자기 터럭은 어디로 가고 승용차들이 늘어나면서 교통체증이 생기기 시작했다. 옅어지는 저녁노을이 역광으로 비치는 고층 건물들이 그림 같은 풍광을 만들고 있었다. 시가지가 어둠에 잠기면서부터 왕복 16차선 도로가 거대한 주차장이 되어 차들이 거북이걸음을 하고 있었다. 난생 처음 보는 운동장 같은 넓은 도로가 차량으로 꽉 차서 좀처럼 움직이지 않아 애를 먹었다. 필자가 탄 버스는 다행히 도중에 빠져나와 식당으로 향했다.

예정 시간보다 1시간 늦은 21시에 식당에 도착 식사 후 가까운 호텔에는 22시가 지나서 도착했다. ASHOK COUNTRY RESORT 호텔 215호실에 여장을 풀었다.

2018년 7월 14일 (토) 흐림

아침 9시에 호텔을 나와 간디(Gandhi = 1869. 10. 2. ~ 1948. 1. 30.)의 화장터로 향했다. 고가도로를 지나는데 청소차를 대기시켜놓고 청소하는 것을 처음 보았다. 좌측으로는 숲속에 높은 건물들이 띄엄띄엄 있고 우측으로는 주택 밀집 지역의 뉴델리시가 조용히 숨 쉬고 있었다. 출근 시간이 지났는데도 승용차들이 많이 다녔다.

9시 30분, 수백 년이나 되어 보이는 아름드리 가로수가 터널을 이루는 4차선 도로를 달리는데 비가 살짝 온 뒤라 싱그러운 나뭇잎들이 맑은 물기를 머금고 있어 한결 시원해 보였다. 버스는 도로변 전 구간을 정원수로 조경을 잘해둔 숲속 길을 계속 달리고 있었다. 인구 2,200만 명, 자동차 900만대의 뉴델리(New Delhi) 시내에 이런 조용한 곳이 있다니 믿기지 않았다.

9시 55분, 복잡한 사거리를 지나갈 때 좌측 대형 건물에 간디 (Gandhi)의 초상화가 보였다. 옛 왕조 터를 지나 10시에 간디의 화장 터 입구 라지가트(Raj Ghat)에 도착했다.

검문검색을 거쳐 들어가니 유카리스 등 큰 나무들이 숲을 이루는 간디의 추모공원이 나왔다. 다시 한참을 걸어 잔디 조성이 잘된 언덕 (?)을 이루는 입구를 따라 들어가니 화장터를 가기 위해서는 신발과 양말을 벗어야 했다.

정사각형 높은 벽을 쌓아 조성한 화장터 내부도 상당히 넓었다. 갑 자기 소나기가 내려 맨발의 촉감이 좋았다. 잔디밭 정 가운데에 간디 의 유해를 화장한 대형 烏石 위에는 5개의 화환이 있었고 그 뒤로 꺼 지지 않는 영원의 가스불이 타고 있었다.

워싱턴 시 포토맥 강 건너 버지니아주 쪽에 있는 알링턴 국립묘지 에 케네디 묘의 검은 돌에 가스불이 활활 타는 것과는 비교해 조금

은 초라해 보였다. 화장터 벽을 따라 한 바퀴 돌아보았다. 사방으로 출입문이 있었다.

1948년 1월 30일, 79세의 나이로 암살을 당한 간디의 장례는 국장으로 치러졌고, 유해는 암살 다음 날인 1월 31일, 야무나 강남 쪽인 이곳 라지가트에서 화장되어 갠지스 강에 뿌려졌다.

간디는 인도의 국부(國父)로서 민족해방운동의 지도자로서 영적, 정신적 지도자이며 비폭력주의자이다. 인도에서는 신으로 추앙받고 있으며, 5루피부터 2,000루피까지 이르는 인도의 모든 지폐에는 전부 간디의 초상이 새겨져 있을 정도다.

10시 54분, 나눔을 실천한다는 사원 '시크교(Sikhism) 사원'으로 갔다. 시크교(Sikhism)는 이슬람과 힌두교가 섞인 종교로, 15세기에 창립되었단다. 둥그렇게 칭칭 두른 터번은 바로 시크교도의 상징이란다.

1889년에 설립된 거대한 대리석 출입문 위에는 작은 돔 5개가 설치되어 있었고 그리고 대리석은 섬세하고도 정교한 색상의 아름다운 꽃으로 문양을 새겨 두었다. 가이드를 따라 휴게실에 가서 신과 양말을 벗고 비치된 천 조각으로 수건처럼 머리카락을 감싸고 출입을 해야 했다. 무더위에도 신도들과 관광객들로 무척 붐비고 있었다. 돌계단을 올라가서 사원 입구에서 가이드의 설명을 듣고 아름다운 사원 외관을 동영상으로 담았다.

사원 내는 촬영이 금지되어 있어 현란한 대형 샹들리에와 기둥과 벽 천정을 순금으로 장식한 사원 내부는 눈요기로 아쉬움을 달래야 했다. 많은 신도들이 부복자세로 기도를 드리고 있었다.

밖으로 나오니 풀장이 나타났는데, 대형 풀장 주위로도 사람들이 많았다. 발길 닿는 곳은 전부 대리석으로 포장되어 있어 더운 날씨이지만 맨발에 닿는 촉감이 좋아 잉어들이 유영하는 풀장 주위 긴 거리를 한 바퀴 돌아보았다.

풀장에 들어가 있는 사람도 있지만, 필자처럼 돌고 있는 사람이 많았다. 나오면서 나누어주는 갈색의 떡 같은 것을 두 손으로 받아 달콤한 맛을 보기도 했다.

12시 10분, 분수대가 있는 넓은 광장 주변으로 있는 대통령궁, 정부청사, 원형의 큰 건물인 국회의사당 등을 차창으로 둘러보고 제1차 세계대전 참전용사를 기리는 위령탑 인디아게이트(India Gate 일명 인도의 문)로 갔다.

1931년, 인도 군인 약 8만5천 명을 추모하기 위해 만들어졌다. 높이 42m의 아치에는 제1차 세계대전에서 전사한 인도 병사의 이름이 새겨져 있다. 이곳도 방문객들과 상인들로 상당히 붐비고 있었다.

인도의 문을 영상으로 담고, 13시 10분 백화점 내 있는 무굴전통식당으로 향했다. 도중에 파란색 바탕에 노란색 천을 씌운 오토바이를 개조한 '오토택시'라는 택시들이 많이 보였다. 교통정체가 심했다. 대형버스는 통제를 했는지 보이지 않았다.

　뉴델리에서 가장 큰 백화점 앞에서 내려 긴 회랑을 따라 백화점 출입구를 찾아 갔다. 백화점을 들어가는데도 검문검색을 하고 있었다. 무한 리필로 제공되는 무굴전통식으로 포식을 하고 냉방이 잘되어있는 백화점 내를 둘러보았다. 따가운 햇살 무더위를 피해 모두 백화점으로 들어왔는지 많은 사람들이 북적이었다. 17시까지 머물다가 10여 분 거리에 있는 1993년 유네스코 문화유산으로 지정된 승전 탑 '꾸뜹 미나르(Qutab Minar)'로 갔다.

　12세기 델리를 정복한 꾸뜹 웃 딘 에이백(Qutab Ud din aibak) 이 세운 높이 72.5m, 지름은 1층은 15m이고, 5층은 2.4m의 승전 기념 탑이다. 1193년, 건설 당시에는 4층이었는데 그 후 보강하여 현재는 5층이다. 우리나라의 거대한 굴뚝을 연상케 하는 형상에 다양한 모양으로 미려하게 쌓아 올렸다.

　1층 외벽에는 정교한 코란 구절이 다양한 문양과 함께 알록달록한 석제에 새겼는데 감탄할 정도로 아름다웠다.

　꾸뜹미나르(Qutab Minar)가 있는 유적지 광장에는 넓은 면적에 눈을 뗄 수 없을 정도로 정교한 문양이 새겨진 기둥과 벽만 남은 수많은 유적들이 곳곳에 산재되어 있었다. 다리가 아프도록 둘러보고 19시에 저녁 식사를 위해 시내로 향했다. 인도는 산이 25%이고 평야지가 75%라 하는데, 지금은 비록 어렵게 생활하고 있지만, 앞으로 발전 가능성이 큰 나라로 보였다. 부러운 생각이 들었다.

　저녁노을이 지는 뉴델리 시가지 풍경을 보면서 네온이 쏟아지는 화려한 건물들이 있는 곳에서 내려 교민이 경영하는 서울식당에서 한식으로 저녁을 한 후 뉴델리 국제공항으로 향했다.

　출국 수속을 마치고 지루한 시간을 기다려 7월 15일 1시 50분, 아시아나 768편으로 인천공항으로 향했다. 소요시간은 7시간 15분이다. 여객기에서 내려다 본 아름다운 야경의 뉴델리는 상당히 넓어 보였다.

2018년 7월 15일 (일) 맑음

7월 15일 12시 30분, 여객기는 서해안 내륙을 따라 인천공항으로 올라가고 있었다. 울창한 숲을 자랑하는 산들과 반듯하게 경지정리 된 논에 짙푸른 녹색으로 자라는 벼들이 정겹게 우리를 반겨 맞이하고 있었다. 조금 연착되었지만, 13시 10분, 무사히 인천공항에 도착했다.

💬 COMMENT

꿀 벌	시인님께서 인도 네팔 여행기 2부까지 상세하게 글을 올려 주심에 저는 안방에서 네팔 여행을 하는 기분입니다. 시인님의 소중한 여행기 1부에서 2부까지 글 감사합니다. 무더위에 건강하시고 행복하세요.
윤 한 상	저는 이번에도 동행했습니다. 소산 선생님과 함께하는 여행은 편안하고 즐겁습니다. 안전합니다. 그리고 여행지식의 혜택을 너무 많이 봅니다. 다 마치도록 관찰과 기록에 전력을 다하신 노고에 진심으로 깊은 존경을 표합니다.
연 지	아무나 여행기를 쓰지 못해요. 저도 여행 가면 구경하기 바빠서 아무것도 쓰지 못하거든요. 지금 연세에 이렇게 글로 쓰시니 천재세요.
가 을 하 늘	가보지는 못했어도 리얼하게 여행기를 쓰시어 재미있게 보고 있습니다. 감사합니다.
수 장	늘 여행기에서 세계의 역사를 보는 듯합니다.

어시스트 안종원	귀한 모습들 주옥같은 소중함의 글, 귀한 시간 내시어 자세한 설명 해주시니 감사할 뿐입니다. 화려하고 웅장함이 아름다움의 극치입니다.
정 미 화	갠지스강변을 둘러 보셨군요. 이른 새벽인데도 목욕하는 사람들 더러는 누워서 밤을 지새우고 새벽을 맞는 사람들 훤히 보이네요. 인간이 죽으면 화장을 하고 갠지스 강물에 재를 흘려보내는 의식, 인도 갠지스 강 다큐를 통해 많이 봤지요. 성지 순례자처럼 소산 님의 여행기 지루하지 않게 즐독 했어요. 좋은 글 민문협 글밭에 장식해 주심에 감사히 보았어요. 건강하세요.

발칸반도
여행기

두바이 외 9개국

2017. 5. 10. ~ 5. 22.

2017년 5월 10일 (수) 맑음

신록이 짙어가는 5월 10일, 오후 사막에 기적을 이룬 두 바이와 미지의 세계 발칸반도를 둘러보기 위해 인천공항으로 향했다. 21시에 인솔 가이드를 만나 출국 수속을 밟았다.

2017년 5월 11일 (목) 맑음

오는 졸음을 참아가면서 00:55에 출발하는 ETIHAD 항공(EY873) 여객기로 아부다비 공항으로 향했다. 대형비행기인데도 예외 없이 빈자리가 없었다. 소요시간은 9시간 35분 예정이다.

한국 시간으로 5월 11일 9시경, 여객기 창밖을 내다보니 사막 위의 하늘이라 그러한지 유난히 많은 별이 빤짝이는 은하의 강을 이루고 있었다. 먼동이 트는 5시 30분(현지 시간, 시차 5시간) 아부다비 공항에 도착했다.

아부다비와 두바이 등 7개 도시가 연합하여 아랍에미리트를 이루고 있다. 아부다비 왕이 대통령, 두바이 왕이 부통령이라 했다. 섬으로 이루어진 아부다비시(Abu Dhabi City)는 아랍에미리트 수도로서 면적 972평방킬로미터이고, 인구는 280만 명으로, 이 중 현지인은 18%에 불과하단다.

6시 47분, 현지교민 가이드를 만나 대기하고 있는 버스에 올라 화려한 예술의 극치를 자랑하는 아부다비의 상징의 그랜드 모스크로 향했다. 도로변은 야자수가 수벽을 이루지만, 그밖에는 사막이고 곳곳에는 2~3층 주황색 건물의 마을이 있었다.

　이곳은 차량번호로 신분을 표시하는데 외국인은 5자리, 현지인은 4자리, 왕의 친족들은 2자리, 황족은 1자리로 표시한다고 했다. 그리고 사막지대라 정원수 등이 많은 집이 잘사는 집이라 했다. 고가도로가 거미줄처럼 야자수 사이로 뻗어 있었다.

　현재 이곳의 외기온도는 40도를 오르내리지만 6월이면 50도까지 올라간다는데 그야말로 살인 더위다. 도로변 야자수 아래에는 꽃과 정원수로 아름답게 조경을 해두었다. 하얀색의 거대한 그랜드모스크를 한 바퀴 돌고 정문에서 잠시 정차하여 외관을 영상으로 담으면서 관광을 했다.

아부다비의 그랜드모스크

이어 가까이에 있는 이탈리아 스포츠카 페라리를 모티브로 만들어진 독특한 디자인의 삼각형 붉은 대형지붕(면적 8만6,000㎡)에 페라리월드(Ferrari World)는 세계에서 가장 빠른(시속 200킬로미터) 롤러코스터와 다양한 놀이기구로 하루 최대 2만 명의 관광객을 수용한다는데 그 외부 시설만 둘러보았다. 입장권이 비싸도 스릴을 즐기는 사람들이 많이 찾는다고 했다.

버스는 다시 두바이로 향했다. 소요시간은 2시간 정도다. 버스가 달리는 왕복 10차선 도로 중앙분리대는 높은 가로등이 늘어서서 줄을 이루고 있었다. 첨탑이 1~2개 있는 사원도 가끔 보였다.

위조(萎凋)되고 있는 과수나무들도 가끔 보이는데, 사막의 혹독함을 실감할 수 있었다. 아랍에미리트 중 아부다비는 석유 생산량의 95%를 차지하고 두바이는 4% 정도인데, 그나마 20년 후는 고갈이 될 것이라 내다보고 이를 대비하여 관광 상품 등 다양한 대책을 세우고 있다고 했다. 도로변 사막지대 곳곳에 대형건물을 많이 짓고 있었다.

두바이는 면적 4,114평방킬로미터이고, 인구는 278만 명이다.

8시 25분, 고층 건물이 즐비한 두바이 시내에 들어서니 미려한 대형 건물들이 눈을 사로잡았다. 특히 꽈배기처럼 꼬여있는 건물(유네스코 등재 90층?) 앞 연못가에서 내려 관광하고, 그리고 부촌 JBR 카페거리를 찾아보았다.

두바이의 식수는 우리나라 두산 중공업에서 설치한 담수화 시설로 해결하는데, 그 관리는 수자원 공사에서 하고 있다니 놀라울 뿐이다. 물 1리터는 600원, 석유 1리터는 500원이라 했다. 물값이 비싸다.

이 나라의 랜드마크인 부르즈 할리파(Burj Khalifa)는 아랍에미리트 두바이의 신도심 지역에 있는 높이 829.8미터의 163층의 마천루이다. 2009년 12월에 완공되었으며, 2010년 1월 4일 개장하였다.

　현재까지 완성된 마천루 중에서 가장 높아 지상층에서 최고층까지 초고속 엘리베이터로 약 1분이 걸리는 세계에서 가장 높은 인공 구조물이다. 삼성물산에서 준공하였기에 한국인에 대한 인식도 좋고 몇 안 되는 무비자 대상국의 하나라는데 자긍심을 느꼈다.

　시내는 고가도로 등 입체적으로 잘 되어 있어 교통체증이 심하지 않은 것 같았다. 아름다운 빌딩전시장 같은 곳에 있는 두바이 국제 금융센터와 인근에 있는 두바이 국왕 집무실(쌍둥이 빌딩 꼭대기에 있음)을 버스에 승차 한 채로 두 번이나 돌아본 후에 가까이에 있는 정원수로 아름답게 단장한 두바이 왕궁을 찾았다. 넓은 왕궁 광장에는 뜨거운 태양이 달구고 있었고, 부르즈 할리파 건물을 비롯한 신시가지 빌딩들이 한눈에 들어왔다. 멀리 왕궁이 있었지만, 경찰차가 관광객 출입을 통제하고 있어 왕궁 외관만 영상으로 담고 더위를 피해 버스에 급히 올랐다.

버스는 다시 잔잔한 바다 아라비아 해에 부의 상징인 인공으로 조성한 팜 아일랜드(야자수 섬)로 향했다. 국제적인 관광지가 되기에는 해변이 부족하다고 느낀 두바이의 지도자 셰이크 모하메드는 1997년 두바이 항만공사 술탄 빌 술레이엠 사장에게 해변을 늘릴 방안은 마련해 보라고 지시했다. 그렇게 해서 해안선 길이를 최대로 늘리기 위해 나온 아이디어가 바로 팜(야자수) 모양의 인공 섬이었다. 직경 5.5km, 면적 25㎢ 규모이다.

40도를 오르내리는 더위는 숨이 막힐 정도였다. 섬의 정중앙으로 나있는 모노레일을 타고 관광길에 올랐다.

양옆으로 16가닥의 야자수 잎을 상징하는 바닷물을 끼고 늘어선 주택들이 이어지고 있었다. 유명 인사들의 별장이나 주택이라 했는데 모노레일 20m 높이에서 내려다보는 수많은 건물들은 그렇게 화려해 보이지는 않았다. 이곳의 주택들은 집 앞 바다에 대해 소유권을 인정해 주고 있단다.

아틀란티스 호텔

모노레일 종점의 좌측에는 하룻밤 숙박비가 제일 싼 것이 200만 원, 비싼 것은 1,000만 원이나 하는 아름다운 아틀란티스 호텔이 있고, 우측에는 우거진 숲속에 워터파크가 자리하고 있었다. 팜 아일랜드 16줄기를 감싸고 있는 원형 방파제 끝에는 백색의 아름다운 요트가 아라비아 바다를 누비면서 하얀 포말을 일으키고 있었다.

아틀란티스 호텔 앞에서 주위의 풍광을 동영상으로 담고 뜨거운 열기 때문에 미리 와 있던 버스에 서둘러 올랐다. 버스는 이색적인 나무줄기 교각과 긴 지하터널을 지나 팜 아일랜드 중심도로로 나왔다.

위로는 모노레일이 지나가고 도로 주변으로는 정원수와 화초들로 조경하였는데, 모두 긴 검은 호수로 점적관수를 하고 있었다. 인공적으로 물을 공급하지 못하면 식물이 살지 못하는 곳임을 실감했다. 검은 호수들을 지하화하지 않아 조금은 흉물스러웠다.

이어 바닷가에 있는 대학촌 거리를 지났다. 학생들이 공부를 하지 않아 국왕이 걱정을 많이 한다고 했다. 연이어 국왕의 제1, 제2 부인의 별궁이 있었다. 이슬람 문화는 부인을 네 사람까지 거느릴 수 있기에 2개의 부지도 추가로 미리 더 확보해 두었다. 이곳의 남자는 '깐두라'라는 흰색 두루마기(?) 옷을 여자는 '아바야'라는 눈만 내놓은 검은색 복면 옷이 전통의상이라 했다.

이어서 천연 전 아랍 재래시장을 현대식으로 재현해 놓은 숙메디나트 쥬메이라 시장에 들렀다. 상당히 큰 규모의 시장 내부는 에어컨이 펑펑 터지고 있었다. 시장길 천정에는 다양한 형상의 아름다운 나무 조각제품들이 시선을 끌었다. 금은 장식 등 온갖 상품들을 진열 판매하고 있었는데, 더운 지방인데도 이색적으로 털옷을 팔고 있었다. 시장규모가 너무 방대하고 좁은 미로 길이라 길을 잃을까 조심스러웠다.

시장을 통과하여 바닷가로 나가 7성급 호텔인 버즈알아랍을 좀 더 가까이 보려고 하였으나 곳곳에 출입을 막고 있어 멀리서 돛단배 모양의 외관만 영상으로 담았다.

이 호텔은 바다 위에 설치한 것으로, 모든 시설 심지어는 수도꼭지까지 금장으로 장식한 것으로 유명하다. 버스는 세계에서 제일 큰 규모를 자랑하는 두바이 몰과 제일 높은 빌딩 부르즈 할리파로 향했다.

왕복 12차선 도로는 거대한 주차장을 방불케 하고, 미려한 고층 건물들 앞으로는 고가 전철이 지나는데, 전철의 역이 독특한 모양으로 통일되어 눈을 시원하게 하고 있었다. 또 도로변은 푸른 잔디와 꽃으로 단장하여 더위를 식혀주고 있었다.

13시 50분, 두바이 쇼핑몰에 도착했다. 분수 쇼하는 앞에서 부르즈 할리파의 거대한 빌딩을 목이 아프도록 바라보면서 영상으로 담고 무더위 때문에 서둘러 쇼핑몰 내로 들어섰다.

사람들이 붐비는 쇼핑몰 내에 1층에는 삼성전자 휴대폰 매장이, 2

층에는 LG의 대형 스크린의 TV 선전 매장이 중요 요소에 있어 기분이 좋았다. 4층으로 이루어진 쇼핑몰은 너무 넓어서 길을 잃을까 염려될 정도였다.

　다양한 상품들을 눈요기하다가 15시 40분, 우리 일행은 모래사막 투어 팀(70$)과 부르즈 할리파 전망대 관람 팀(150$)으로 나누었고, 21시 20분에 만나기로 하고 헤어졌다. 필자는 사막이 싫기도 하지만 세계에서 제일 높은 건물의 전망대를 오르는 팀에 합류했다.

　제일 먼저 쇼핑몰 내부에 있는 15M 대형수족관의 터널을 지나면서 다양하고도 화려한 열대어의 유영(遊泳)을 돌아보고 다시 제2 수족관으로 가서 많은 열대어와 해파리, 말미잘 등 소형 바다 생물과 팽귄, 악어 등을 관람했다.

　17시경 분수 쇼(18시부터 30분 간격으로 수차례 3~5분간 진행)를 관람하기 위해 잠시 밖으로 나오니 열기가 상당히 식어 있었다. 잠시 분수

쇼를 관람하고 소리 없이 미끄러지는 전기 보트에 외국인과 함께 합승하여 인공호수를 한 바퀴 도는데 부르즈 할리파 빌딩 앞에 잠시 세워두고 선상에서 아름다운 선율 따라 춤을 추는 분수 쇼를 즐겼다.

이어 쇼핑몰에서 잠시 쉬었다가 18시 10분에 부르즈 할리파의 전망대로 가는 엘리베이터를 타기 위해 줄을 섰다. 사람이 많아 상당히 복잡했다. 탑승구 입구에 있는 아름다운 조명을 자랑하는 빌딩모형의 조형물도 있었다.

엄청난 사람들을 전부 철저한 검색으로 입장시키고 있었다. 승강기 3대가 운행되고 있었다. 20시 43분에 탑승했다. 1분 만에 124층에 도착했다. 다시 밝은 원형 나무계단을 돌아 올라가니 125층의 전망대에는 관광객으로 가득했다.

사람이 너무 많아 두바이의 화려한 야경을 영상으로 담아내기가 쉽지 않았다. 고층 건물들이 까마득한 먼 발아래에 화려한 네온 빛을 뿌리고 도로마다 자동차 불빛이 띠를 이루는데 마치 여객기에서 내려다보는 기분이었다.

사방으로 돌아가면서 두바이의 아름다운 야경을 동영상으로 부지런히 담았다. 얼마나 지났을까, 발아래 화려한 조명에 펼쳐지고 있는 멋진 형상들의 분수 쇼를 3분간 쉬지 않고 동영상으로 담아냈다.

두바이

황량한 모래바람이 이는 사막에
뜨거운 열기를 삭이는 미려한 초고층 빌딩들
문명의 오아시스가 넘실거렸다.

황금빛 젖줄이 흐르는
불야성을 이루는 거리마다
풍요로운 삶을 누리는
기적의 나라 두바이

랜드마크로 활활 타고 있는
세계 최고층 버즈칼라파
백육십삼 층, 팔백이십삼 미터 첨탑으로
한국인의 자긍심이 하늘을 찌르고 있었다.

상상을 초월하는 인공 섬, 팜 아일랜드
세계 최대의 두바이쇼핑몰
흥분의 도가니에서 벗어나지 못하는
인간욕망의 승리 낙원의 땅에

지금도 뜨거운 열사(熱砂)의 공기
거리마다 빌딩마다
아지랑이 꽃을 피우고 있었다.

21시 10분 관람을 끝내고 대기하고 있는 버스로 향했다. 사막 투어 일행들과 만나, 21시 30분, 화려하고도 현란한 아름다운 도시 두바이를 떠나 아부다비 공항으로 향했다. 소요 시간은 1시간 30분이다. 지루한 기다림 끝에 탑승 수속을 끝내고 12일 새벽 2시 5분 세르비아의 베오그라드 공항으로 향했다. 비행 소요시간은 5시간 45분이다.

　　　　비행기는 이스탄불이 가까운 흑해 상공을 지났다. 4시 5분(시차 2시간 늘어남), 세르비아 수도 베오그라드가 가까워올 무렵 불타는 선홍빛 아침노을이 비행기 내부를 붉게 물들였다. 모두들 영상으로 담아냈다.

　현지 시간 5시 43분(한국과 시차 7시간), 베오그라드 공항 주변은 푸른 숲을 구불구불 가르며 흑해로 흘러드는 도나우 강의 중요 지류인 사바(Sava)강을 끼고 여객기가 하강 엔진 소리를 내고 있었다. 아파트들이 많이 보였다.

　비행장에 도착하니 화려한 아침노을은 어디 가고 여름비가 촉촉이 내리고 있었다. 입국 수속을 끝내고, 6시 47분, 대기하고 있는 버스에 올라 베오그라드 시내로 향하는 도로변에는 무성히 자라는 농작물들이 빗물에 젖어 생기를 더하고 있었다.

　수목도 많고 아파트들도 많았는데 도로 위를 횡단하는 도로가 유난히 많았다. 도로가 지상과 지하로 입체적으로 잘 되어 있는 것 같았다. 7시 5분 현재, 교통체증이 일고 있었다. 전차도 많이 다녔다.

　세르비아는 면적 88,361평방킬로미터이고, 인구는 714만7천 명이다. 그리고 수도 베오그라드(크로아티아어로 하얀 마을의 뜻)는 면적 360평방킬로미터이고, 인구는 200만 명 가까이 된다고 했다.

　세르비아 중앙역에서 현지교민 가이드를 만나 칼레메그단 요새로 향했다. 도중에 1999년에 폭격당한 국방부 건물을 그대로 존치한 곳을 지나 행정 중심 도로를 통과했다. 시내는 석조건물들이 상당히 많았고, 골목길의 울창한 가로수는 풍부한 그늘을 제공할 것 같았다.

울창한 수목의 공원을 지나 칼레메그단 요새에 도착하니 입구 좌우
에는 대포, 전차, 신형 미사일 등 군사장비가 전시되어 있었다.

   튼튼한 성벽 내부를 지나 성벽 끝 절벽 아래로는 사바강과 도나우
강이 합류하여 울창한 숲을 가르고 있었다. 비는 그쳤다. 멀리 숲속
에는 1970년도에 티토 대통령이 조성하였다는 아파트 단지도 보였다.
   이곳은 현재 베오그라드의 주요 관광 명소이다. 이 도시의 복잡한
역사가 남긴 유물로는 로마 시대의 유적, 파샤(오스만 제국과 이집트 등
에서 신분이 높은 사람이 붙이는 명예로운 호칭)의 무덤과 천문대, 여러 개
의 박물관 등이 있다. 주변을 둘러싼 공원에는 조각품이 가득했다.
   버스는 다시 발칸반도에서 큰 규모인 사보르나 정교회로 향했다. 사
보르나 정교회는 세르비아가 오스만 투르크의 지배에서 해방 후 1854
년에 완성된 네오 클레식 양식의 건축물이다. 규모는 크지 않지만, 불
가리아 정교회 다음으로 세계에서 2번째로 오래된 정교회라 한다. 사

보르나 정교회 앞에는 아주 오래된 카페인 "? 카페'가 있다. 교회 옆에 카페가 차려지고 이름을 정하지 못하다가 ? 카페"로 지어진 이름이라고 했다.

이어 인근에 있는 베오그라드 최고의 번화가 코네즈 미하일로바 거리는 독특한 형상의 가로등과 야외 카페들이 즐비했다. 길바닥은 검은 대리석으로 깔아 놓았다.

8시 35분, 공화국 광장에 도착하여 국립박물관 앞에 있는 세르비아 근대 역사상 가장 위대한 인물이라는 미하일로 왕의 기마상과 그 옆에 있는 1865년 준공한 국립극장을 영상으로 담고 문화의 거리 스칸다리아를 지나, 9시 30분, 대기하고 있던 버스로 루마니아로 향했다. 왕복 6차선에 들어섰다. 대평원에 경작지와 농가들이 산재되어 있고, 아카시아 꽃은 지고 있었다.

10시경부터는 대평원 2차선을 달리고 있었다. 경지정리가 되어 있

지 않은 대평원에는 무슨 작물인지 파란 싹들이 자라고 있었다. 루마니아 국경이 가까워지는 지점에서는 유채꽃은 끝마무리를 하고 윤기 흐르는 밀은 바람에 풍요로운 물결을 이루고 있었다.

11시 10분, 세르비아 국경지대에 도착했다. 도로를 가로막고 있는 허름한 검문소가 미관을 해치고 있었다. 여권으로 출국 심사를 끝내고, 11시 35분, 루마니아 입국장에 도착하니 이곳은 시설물들이 깨끗했다. 40여 분의 입국심사를 마치고 2차선 국도를 따라 구불구불 대평원을 달리는데, 시원한 4차선 고속도로가 아쉬웠다. 도로변에는 양이나 소를 방목하는 곳도 가끔 보이고, 재배작물은 대부분 유채와 밀이었다.

루마니아는 면적 238,391평방킬로미터이고, 인구는 1,995만 명이다. 마로니에 나무와 아카시아 꽃이 만개하였고, 높은 키를 자랑하는 버드나무는 나뭇잎이 보석처럼 햇빛에 반짝였다.

날씨가 활짝 개어 기분이 상쾌했다. 14시, 현재까지 아직도 끝이 보이지 않는 대평원이다. 시민혁명도시로 알려진 루마니아제 3의 도시 티미소아라를 지나는데 차량이 한국처럼 많아 보였다.

티미소아라 외곽에 있는 호텔 구내식당에서 늦은 점심을 하고 16시에 고속도로에 진입하더니 이내 수목이 우거진 야산의 2차선을 달리고 있었다. 숲속에 오월의 신록이 눈부시었다.

17시 30분, 4차선 도로에 들어섰다. 대평원 멀리 야산 자락에는 황토색 지붕이 선명한 큰 마을들이 자주 나타났다. 루마니아는 교육열이 강해 문맹률이 0%라니 대단히 잠재력이 많은 나라 같았다.

20시 5분에 인구 45만 명의 작은 관광도시 시비우(SIBIU)에 도착하여 GOLDEN TULIP 호텔 305호실에 여장을 풀었다.

2017년 5월 13일 (토) 맑음

아침 7시 45분, 호텔을 나와 시내 중심으로 향했다. 마레 광장으로 가는 도중 300년 전 GHEORGHE LAZAR(1779~1823)가 세운 고등 전문대학을 거쳐 마레 중앙광장을 중심으로 있는 교회와 신·구시청사를 둘러보았다.

넓은 마레 광장 정중앙에는 시원한 분수가 솟고, 비둘기가 무리를 지어 나르고 있었다. 그리고 주위에 있는 고풍스런 건물의 지붕에 눈(目)의 형상을 한 많은 창문들이 시선을 끌고 있었다. 창문이 마치 감시의 눈으로 노려보는 것 같았다.

채광과 통풍의 기능을 한다는데 루마니아 옛사람들의 현명한 주거 생활 방식을 현대인들도 참고로 했으면 좋을 것으로 보였다. 그리고 인접한 '미카'라는 작은 광장은 옛날은 교역 중심지로 길드(한자 동맹)의 본부 지역이었단다. 지금은 시청에서 운영하는 10여 개의 작은 박물관으로 이용하고 있다.

지하로 통하는 길 위로는 '거짓말 다리'라는 작은 철교가 있다. 그 철교를 지나면 후옛 광장이 나온다. 후옛 광장에는 1200년대의 대성당 옛 건물과 주위의 오래된 건물들을 영상으로 담고 9시 10분 브란성으로 향했다.

시비우를 길게 감싸고 있는 카르파티아 산맥이 백설을 이고 늘어서 있었다. 잠시 후, 시가지를 벗어나 4차선 도로를 시원하게 달리는가 싶더니 2차선으로 바뀌었다. 10시 40분까지도 버스는 카르파티아 산맥을 끼고 달리고 있었다.

광활한 평야 지대에 초지도 가끔 보였다. 얼마 후, 버스는 임상이 좋은 야산의 산길을 들어섰다. 급경사 꼬부랑길을 한참 올라가니 비교적 넓은 초지 조성지가 나오고 어디서 나타났는지 철길이 동행하고 있었다.

11시 45분, 작은 호수와 울창한 숲으로 둘러싸인 브란 성이 있는 브라쇼브 마을에 도착했다. 우리 교민 현지가이드를 만나 브램 스토커가 쓴 흡혈귀 소설(드라큘라)의 모델인 블라드 3세가 머물렀던 브란 성 관광에 나섰다.

빗방울이 떨어지더니 이내 폭우로 쏟아지기 시작했다. 그래도 많은 관광객이 찾아들었고, 브란 성 가는 길 좌우에는 기념품(토산품)을 사고파느라고 북적이고 있었다.

브란 성은 1212년 투터가의 기사단이 산허리에 요새로 지은 성이다. 브라드 마겟이란 왕이 1377년(한국의 고려 공민왕 때)에 완공한 성으로, 방이 64개 비밀의 문이 2개 등을 만들었는데, 용도별 방 내부를 차례로 자세히 가이드의 설명으로 둘러보았다.

조금은 어둡고 삐꺽거리는 판자 소리가 음침한 기운을 내뿜어 드라 큘라가 금방이라도 나올 것 같은 소름이 돋았다.

관광을 끝내고 14시 5분 루마니아 국보 1호인 카를 1세의 여름별 궁 펠레슈 성으로 향했다. 소요시간은 1시간 30분이다. 가는 도중 도로변에는 아름다운 다양한 형상의 대형 별장(?)들이 곳곳에 산재되어 시선을 끌고 있기에 열심히 동영상으로 담아 보았다. 14시 20분경에는 집시촌을 지나기도 했다.

10여 분 지나자 버스는 산악 길을 굽이굽이 돌아서 올라가고 있었다. 약해진 빗줄기 사이로 연초록 잎들은 더욱 생기를 더하고 있었다. 15시 20분, 펠레슈 성에 도착했을 때는 다행히 비가 멎었었다.

펠레슈 성은 카르파티아의 진주라고 불리는 최고로 아름다운 건축물이다. 카를 1세의 명으로 1783년에 시작하여 1883년에 완공하였다. 왕가의 여름 휴양지로 활용했단다.

아름다운 첨탑 등 외부를 영상으로 담고 내부는 10유로 지불하고 촬영을 허락받았다. 170개의 방에 4,000점의 무기 전시실 2개와 음악실 미술품과 금, 은, 도자기 등이 있고, 집중 난방시설과 집진 시설 등 편익시설과 정교한 목각세공으로 장식한 성 내부는 감탄사가 절로 나올 정도였다.

16시 45분, 관광을 끝내고 루마니아 부카레스트로 향했다. 버스는 숲속 산길을 내려가고 있었다. 경작지도 없는 산골짜기에는 5월의 신록의 아름다운 풍광 속에 산재된 별장 같은 주택들이 그림같이 들어서 있었다.

17시 5분, 긴 골짜기를 빠져나갈 때는 철길도 함께하고 있었다. 17시 20분부터는 대평원이 나왔다. 왕복 4차선을 시원하게 달렸다. 한창 숙기에 접어든 유채와 비단결 같은 초록 물결이 이는 끝없는 밀밭이 대평원에 펼쳐지고 있었다.

파란 하늘이 끝없는 지평선에 닿아있고 흘러가는 흰 구름이 꽃 그림을 그리는 풍요로운 들판이었다. 18시 10분부터는 평야지 싱그러운 숲속을 버스가 달렸다. 루마니아 수도인 부카레스트는 면적은 228평방킬로미터이고, 인구는 228만 명이다.

시내에 있는 한인이 경영하는 서울 식당에서 식사하고 19시 20분에 개선문을 지나 8거리에 있는 총리공관을 차장으로 바라보고 서울의 명동 같은 번화가를 지나 루마니아 민주혁명의 산실인 혁명광장에서 내렸다.

옛날 공산당 본부가 있었고, 한편에는 루마니아 정교회인 크레출레스쿠의 외관을 둘러보았다. 혁명광장에는 그 당시 차우세스쿠 독재정권에 항거하다 희생된 이들의 이름이 돌에 새겨진 추모비가 있었다. 그리고 중앙에 거대한 혁명의 탑이 묵묵히 그 자리를 지키고 있었다.

19시 45분, 차우셰스쿠 황제 궁전으로 갔다. 1만 여체의 가옥을 철거하고 흙을 모아 약간 높은 곳에 건축한 황제 궁전은 1984년에 착공하여 700여 명의 설계사를 동원 지상 11층, 지하 5층으로 완공했다. 길이가 270m, 높이 84m, 지하 92m로 방이 무려 1천 개가 넘는 미국의 펜타곤 다음으로 세계 2번째 대형 건물이란다.

맞은편 도로에서는 전경을 한 장의 사진에 담기가 쉽지 않았다. 지금은 국회의사당으로 사용하고 있다. 루마니아 수도 부카레스트는 발리키아 지방의 남동쪽에 위치한 도시다. 이 지명은 발리키아왕 시대(15세기)부터 수도로써 부르고 있다. 작은 파리라고 할 정도로 거리 모습은 그 품위와 역사를 느끼게 했다.

200헥타르가 넘는 호수가 있는 공원이 6개가 있고, 100년이 넘어 보이는 거대한 가로수가 푸른 잎으로 3~4층의 건물을 뒤덮을 정도였다. 그리고 다양한 정원수와 꽃이 많이 있어 세계에서 공원이 제일 많은 정원도시라 할 만했다. 시내는 고풍스런 석조건물이 많고 미려한 현대식 고층 건물들도 시선을 끌고 있었다.

국립대학을 지나 국립극장, 중앙로인 마게루 거리를 지났다. 이어 승리의 광장을 지나 하늘의 영웅이라는 조종사들을 상징하는 대형 위령탑도 지났다. 그리고 숲이 울창한 대형공원 입구에 위치한 PULLMON 호텔에 도착 908호실에 투숙했다.

2017년 5월 14일 (일) 맑음

8시 10분, 호텔을 나와 불가리아 옛 왕국 벨리코 떠로노브로 향했다. 소요시간은 5시간이다.

시내에서 고속도로로 향하는데 마라톤 경기 때문에 골목길을 도느라 1시간여를 허비했다. 그나마 연세 많은 택시기사의 10여 분 걸친 친절한 안내로 빠져나올 수 있었다. 수고비를 주려고 해도 사양하면서 떠나는 관광버스에 손까지 흔들어 주는 순박한 루마니아인의 아름다운 모습에 왠지 기분이 좋았다.

산재된 마을이 있는 들판을 지나는 도로변에 바자로(야외시장)가 열리어 자동차가 많이 몰려있는 특이한 곳도 지났다. 오늘 일요일을 기해 농산물 판매를 위한 시장이라 했다. 끝없는 지평선이 파란 하늘과 맞닿아 이어지고 있는 대평원을 달렸다.

10시 50분, 루마니아와 불가리아 국경을 가로지르는 다뉴브 강의 아치형 철교를 지났다. 대평원의 젖줄인 다뉴브 강줄기가 풍요로운 들판을 가르고 있었다. 국경 지대의 2차선 도로 포장상태가 좋지 않았다.

루마니아 출국은 쉽게 통과하였으나 불가리아 입국은 1시간(보통 20분 소요)이나 지체되었다. 얼마 후, 버스는 중앙분리대 높은 가로등마다 가득 붙은 홍보물이 바람에 흔들리는 이색적인 풍경의 4차선 도로를 달렸다. 불가리아는 면적은 110,910평방킬로미터이고, 인구는 718만 명이다.

12시경 야산 구릉 지대를 지나는데 이곳도 도로 포장상태가 좋지 않았다. 얼마 지나지 않아 농작물이 풍성하게 자라는 들판과 완경사 지대에는 녹색 융단이 멀리까지 바람에 파도를 일으키고 있었다. 그리고 가끔 주황색의 작은 주택들이 숲속에 오밀조밀 나타나는데 정감이 흐르는 풍경이었다.

13시 30분, 풍광이 좋은 대형 석조건물 식당에서 현지 교민 가이드를 만나고 불가리아식으로 중식을 하고, 14시 5분, 시내로 향했다. 우리나라 동남발전에서 4천억 원의 태양광 발전 시설을 하고 완공 후 관리도 하고 있다고 해서 반가웠다.

천혜의 요새 벨리코 르노보(Veliko Turnovo)의 차르베츠 성(Tsarevets Fortress)으로 가고 있다. 벨리코 투르노보는 불가리아 옛 왕국의 수도였으며, 아센 2세 시대에는 슬라브 문화의 중심지가 되어 불가리아의 아테네라고 불렀다. 1393년, 오스만 제국의 침략으로 왕국은 멸망했다. 이후 5세기에 걸쳐 문화교육의 중심지가 되었다.

1867년, 오스만에 저항하는 무장봉기의 중심지가 되었고, 제2차 세계대전 때는 반파시즘 운동의 최대거점이었다. 벨리코 투르노보 시는 인구 7만 명의 작은 도시이다. 대학이 4개나 있어 활기가 넘치는 젊음의 도시라 했다.

버스는 골목길을 한참 지나 주차장에 정차했다. 다른 버스도 이미 와 있었다. 차르베츠 성은 사방 다뉴브 강 지류인 안트라 강이 휘감고 흐르고 있어 정말 감탄이 절로 나오는 천연 요새였다.

차르베츠 성

    땀을 흘리면서 성 위에 올라가 오스만 군사에 의거 파괴된 옛 왕궁과 승모 승천 교회를 둘러보고, 15시 30분, 불가리아 수도 소피아로 향했다. 이곳에도 자동차가 상당히 많았다. 17시 현재까지 버스는 신록이 눈부신 시골길을 달렸다. 20여 분 더 달리니 4차선 도로가 나오더니 이내 소피아 시내에 들어섰다. 도로변 가로수는 프랑스 시내처럼 대부분 마로니에로 한창 눈부신 꽃을 피우고 있었다.

    불가리아 분지에 있는 해발 550m에 있는 소피아(지혜라는 뜻)는 면적 492평방킬로미터이고, 인구는 150만 명이다. 제일 먼저 성 니콜라스(Nicholas) 정교회를 둘러보고 발칸반도 최대 규모의 알렉산더 네프스키 대성당을 찾았다.

시내는 버스와 전차 등이 다니고 있었다. 시민들도 여유가 있어 보였다. 그리고 소피아 중심의 레닌 광장으로 가는 도중에 황금색 옛날 왕궁이 숲 사이로 자태를 뽐내고 있는데 지금은 미술관으로 활용하고 있다. 맞은 편 대통령 집무실과 그 옆에 있는 육중한 석조기둥이 있는 옛 공산당 본부는 의원 회관으로 사용하고 있었다.

계속하여 옥상에 불가리아 국기가 펄럭이는 대형 건물은 국무총리 집무실이다. 또 가까운 곳에 있는 고대 도시 유적지인 지하도시(?)는 지하철 개설 시 발견되었는데 로마 비잔틴, 투르크 등의 지배하에서 건축된 유적들이 지하에 그대로 보존되어 있었다.

불가리아 역사의 단면을 볼 수 있는 페트카 지하 정교회와 터키 최고의 건축가 시난의 작품인 바냐반시 모스크 등의 외관을 영상으로 담았다. 부근에 있는 흘러넘치는 수십 개의 온천수 수도꼭지에 손도 씻어 보았다.

호텔로 가는 도중에 국회의사당과 각 행정부처가 있는 직선으로 뻗은 중앙 주도로 맞은편에는 산봉우리 위로 하얀 뭉게구름이 피어오르고 있어 이국의 정취를 한층 더 느끼게 했다.

한인이 경영하는 코리아 식당에서 된장찌개로 고향 맛을 보고 인접한 SUITE 호텔에 20시 10분에 도착하여 808호실에 여장을 풀었다.

2017년 5월 15일 (월) 맑음

8시에 호텔을 나와 릴라로 향했다. 시내를 빠져나가는 2차선 도로는 아침 출근 시간이라 교통체증이 심했다. 얼마 후 버스는 4차선에 들어서서 시원하게 달렸다. 멀리 산허리로 휘감고 도는 유채 꽃밭들이 한 폭의 그림 같은 풍경으로 다가왔다. 낮게 흐르는 흰 구름 사이로 푸르름이 짙어가는 고산준령의 산길을 버스는 오르고 있었다. 산길 도로변에 주택들은 집집이 포도 몇 그루씩을 재배하고 있었다.

완만한 숲속 터널을 얼마나 올랐을까? 수도원 뒤 높은 태산에는 잔설(殘雪)을 가득 이고 있었다. 10시 30분, 사원 앞 주차장에 도착했다.

관광버스 몇 대와 승용차들이 주차장을 메우고 있었다. 릴라 수도원(Rila Monastery)은 10세기경 동방정교회(Orthodox Church)의 성자 반열에 오른 은둔자로 알려진 릴라의 성요한(St John)이 설립했다. 독특한 문양의 채색을 한 회랑이 있는 3~4층 건물의 릴라 수도원은 1983년에 유네스코에 등재된 동방정교 사원이다.

불가리아인들의 마음의 고향인 릴라 사원은 500년간 오스만 투르크 제국의 지배를 받으면서 이곳에 수도원을 지어 수도승들에게 불가리아 글을 전파 시켰다. 중앙에 있는 수도원은 성화로 가득 메우고 있었다. 그리고 내부에는 화려한 금박에 루비와 사파이어로 장식한 대형 십자가와 중앙에는 황금빛 대형 샹들리에가 금박 줄에 드리워져 있었다.

관람을 끝내고 하산하는 길옆 개천가에 있는 식당에서 송어구이로 중식을 하고, 13시 37분, 마케도니아 스코페로 향했다. 4차선을 달리는 버스는 끝없는 평원의 직선도로 푸른 산하의 미지의 세계로 기분 좋게 달렸다.

15시 5분, 불가리아 출국과 마케도니아 입국 심사를 30여 분만에 끝내고 연초록빛을 뿌리는 산악지대 길을 고불고불 내려가고 있었다. 도로 포장 상태가 좋지 않아 약간 덜컹거렸다.

주변에 간혹 보이는 주택들은 불가리아와 같았다. 버스는 협곡의

맑은 계곡 물과 나란히 계속 달리고 있었다. 얼마 후, 집단 주거지역
이 나타났다. 산골인데도 자동차들이 많았다.

15시 20분(시차 7시간으로 변경)에 넓은 들판의 직선도로가 나왔다.
주변의 농경지들은 대부분 방치된 농지 같았다. 간혹 소나 양들을 방
목하고 있었다. 나뭇잎이 이제 피어나고 있어 연초록빛이 햇빛에 더욱
반짝이고 큰 키를 자랑하는 버드나무는 바람에 흔들리고 있었다.

분지(盆地) 같은 넓은 들판을 지나, 16시 37분, 스코페에 도착했다.
마케도니아는 면적 35,333평방킬로미터이고, 인구는 210만 명이다.
또 수도 스코페는 면적 572평방킬로미터이고, 인구는 60만 명이다.

스코페 중앙광장의 알렉산더 대왕 청동 기마 동상

산악지대를 흐르는 바르다르강 기슭에 자리 잡은 마케도니아 수도
스코페는 고대에 일리리아 족의 중심지였던 스쿠피에서 시작하여 4
세기에 로마 제국의 일부 중심지였었다. 518년 지진으로 완전히 파괴

되었다가 7세기경 슬라브족에게 침략을 당하고 9~10세기부터 급속한 발전을 하였다.

1189년, 세르비아인들이 이곳을 점령하였고, 1392년에는 투르크인들이 점령하여 상업지역으로 발전시켰다. 1945년, 마케도니아 수도가 되었고, 철도 및 도로, 공항 등이 있는 중요한 교통의 요충지가 되었다.

현지 교민 가이드를 만나 이곳 출신 테레사 수녀(1910~1997) 동상을 둘러보고 2층 버스들이 다니는 도로를 건너 스코페 중앙광장에 도착했다. 광장 정중앙에는 이 나라가 가장 숭배하는 알렉산더 대왕의 높이 15m의 청동 기마 동상이 있고, 주위에는 많은 건물들이 건축 중이었다.

하얀 건물의 정부 청사와 국회의사당 건물도 보였다. 지금 이 나라가 정국이 다소 불안하다고 했다. 전체 인구의 25%를 차지하는 알바니아인들이 수용키 곤란한 요구사항 때문이라 했다.

광장에서 이어지는 곳에 구시가지와 신시가지를 연결하는 터키식 반원형 돌다리가 있다. 다리 건너편에는 국립극장과 고고박물관, 법원 건물이 보였고, 다리 아래로는 바르다르강이 흐르고 있었다.

다리를 건너자 좌측으로 키릴문자(러시아어)를 만든 키릴로스와 형 메토디우스 동상이 있고, 우측으로는 그 문자를 정리한 키릴로스의 두 제자 동상이 있었다. 그리고 맞은편에는 높은 좌대 위에 알렉산더의 아버지 필립 동상이 중앙광장을 바라보고 있었다. 소나기가 오락가락하고 있었다.

시장 쪽으로 향하면 1466년에 건립한 다오드 파샤(Daud Pasha)라는 발칸반도 최대의 터키탕을 만날 수 있다. 비잔틴 양식의 돔이 6개나 있는 대형 건물이었다. 그리고 인접한 스코페의 옛날 시장인 동방

시장을 둘러보고 긴 금은방 골목을 빠져나왔다.

다시 가까이에 있는 칼리 요새 옆에 있는 스베티 스파스 교회는 오스만 지배를 받던 16세기경 이스람을 제외한 모든 교회는 높이를 제한하였기에 반지하로 지은 교회를 둘러보고 이어 성곽이 있는 보노드 산허리에서 스코페 시내를 영상으로 담았다.

20시 20분에 스코페 변두리에 있는 BELEVUE 호텔에 도착 205호실에 여장을 풀고 호텔 식사를 했다.

2017년 5월 16일 (화) 흐림

7시 30분, 발칸반도의 진주 오호리드 호수 마을로 향했다. 교외를 벗어나자 조금은 조잡한 비닐하우스가 많이 보였다. 약간 경사진 곳은 푸른 초지로 조성하고 그곳을 중심으로 농가들이 산재해 있었다.

버스는 야산 지대 4차선을 달렸다. 간혹 황토색 지붕의 큰 마을들이 도로 좌우에 나타나기도 했다. 주위의 산들은 임상(林相)이 좋지 않았다. 고속도로가 산허리를 돌아가고 있었다. 멀리 높은 정상으로는 구름이 흘러가고, 그 아래로 잔설이 하얀 미소를 짓고 있었다.

산 4~6부 능선에 집단마을이 자주 보였는데, 식수와 전기 도로 등 생활이 상당히 불편할 것 같았다. 또 대형 산불이 나면 어떻게 대처할 것인지 궁금했다.

이어 넓은 평야 지대다. 경지정리가 안 되고 방치되어 있었다. 수림 사이로 간혹 경작지가 보일 정도였다. 쭉 뻗은 4차선 도로는 들판 중앙을 관통하고 있었다. 8시 30분부터는 다시 2차선 산길을 오르고 있었다.

상부 능선으로 돌 때는 산 아래의 멋진 풍광을 한눈에 조망하면서 갔다. 정상 부근의 휴게소에는 좁은 공간에 버스 여러 대가 대기해 있어 다음 휴게소로 향했다. 10여 분 정도 내려오니 철길이 나타났다. 산허리를 깎아내는 고속도로 공사는 전 구간을 동시에 작업하는 것 같았다.

10시 45분, 오호리드 시내에 도착했다. 오호리드는 마케도니아와 알바니아 국경지대에 있는 도시로, 11세기 이래 비잔틴 문화의 거점으로 중세 미술 발전에 기여했다. 중요한 벽화를 소유하고 있는 13세기 말의 성 소피아성당을 비롯한 많은 성당이 있다.

호반에서 구시가지 안으로 들어가니 2500년 역사를 가진 처마가 돌출된 독특한 양식의 좁은 골목길을 지났다. 1056년에 완성된 성 소피아 성당과 로마의 반원형 야외극장 등을 둘러보고 해안가 절경을 거닐면서 감상했다. 버스는 다시 14시에 알바니아 수도 티라나로 향했다.

14시 40분, 마케도니아 국경에 도착 출입국 수속을 끝내니 15시 10분이다. 10여 분 달리니 발아래 펼쳐지는 넓은 들판을 향해 급경사 꼬부랑길을 한참 내려갔다. 알바니아의 주거 형태도 다른 나라와 거의 같았다.

가끔 5층 내외의 아파트도 보였다. 이어 철길도 보였다. 알바니아는 면적 28,648평방킬로미터이고, 인구는 300만 명이다. 도로변에는 폐허로 남은 주택과 건물이 자주 보였다. 경지정리는 되지 않았지만, 우리나라처럼 한 평도 놀리지 않고 경작을 하는데 다양한 작물들이 작황은 좋았다. 알바니아 국경을 지나고부터는 계속 하강 길이다. 주위의 산들은 임목이 빈약한 급경사 악산들이었다. 조잡하게 만든 조명이 있는 어두운 긴 터널을 지나기도 했다.

17시 20분, 알바니아 수도 티라나에 도착했다. 티라나는 면적 41,8 평방킬로미터이고, 인구는 35만3천 명이다. 알바니아의 수도 티라나는 정치 경제 문화의 중심지이다. 도시 중앙에 있는 스칸데르베그 광장(일명 시청 광장)에는 5세기 중반 오스만 투르그와 싸운 국민 영웅 스칸데르베그 기마상이 있었다.

동쪽에는 1960년에 러시아가 건설한 문화관이 있고, 또 장서 86만 권을 자랑하는 국립도서관이 있었다. 그리고 북쪽에는 국립 역사박물관과 가까이에 시청이 있다. 광장 출입구 좌측에는 오래된 이슬람 사원인 에뎀 베이 모스크와 그 앞에는 1830년에 건립된 시계탑이 있었다.

티라나 시내

가이드의 설명을 들으면서 열심히 동영상으로 담았다. 시내관람을 끝내고 티라나시 외곽지에 있는 WHITE DREAM 호텔 401호실에 투숙했다.

2017년 5월 17일 (수) 맑음

　　8시에 호텔을 나와 동유럽 최고의 피오르드라 불리는 몬데 네그로(검은 산이라는 뜻)의 코토르로 출발했다. 소요 예상시간은 4시간 30분이다.

알바니아 티라나 시내 출근 시간은 교통체증이 심했다. 복잡한 시내를 벗어나니 교외 4차선 중앙분리대에 촘촘히 벽을 이루고 있는 새하얀 가로등이 이채로웠고, 가끔 도로를 횡단하는 하얀 아치형 다리도 이색적이었다.

잠시 후 2차선 도로가 나왔다. 도로변은 한국의 농촌 풍경과 비슷했다. 일부 경지 정리된 농경지에는 다양한 농작물을 재배하는데 밀은 황금빛으로 익어가고 있었다. 이곳 도로변의 여러 가지 상황은 생각과는 달리 알바니아도 잘사는 나라 같아 보였다.

주위의 야산 정상에는 가끔 성벽이 시선을 끌고 있었다. 알바니아 국경과 몬데 네그로 입국 수속이 연이어 이루어지는데, 1시간이나 지체되어 12시 23분에 끝났다.

몬데 네그로 도로는 2차선 시골길이다. 멀리 바위산 절경이 손짓하는 곳으로 버스는 달렸다. 도로 주변에는 수목 사이로 간혹 보이는 농경지에는 소나 양을 방사하고 있었다. 곧이어 띄엄띄엄 있는 농가 주택 주위로 무화과와 올리브나무 등을 재배하고 있는 곳을 지날 때는 차선도 없는 골목길을 가고 있었다.

몬테 네그로는 발칸반도 남서부에 위치한 나라로, 면적 12,812평방킬로미터이고, 인구는 약 63만 명의 작은 나라이다.

해안가의 그림 같은 큰 마을들을 내려다보면서 절벽 길을 가다가 하산하더니 13시에 2차선 도로에 진입했다. 대체적인 지형이 모나코처럼 마을 뒤 험한 산을 끼고 앞에는 아드리아 해를 마주하고 있었다. 아파트들이 있는 큰 마을들을 지나고 있었다.

13시 15분부터는 버스는 아드리아 해 해안을 계속 달리고 있었다. 조명도 없는 짧은 터널을 지나기도 했다. 계속해서 나타나는 아름다운 풍광에 시선을 뗄 수가 없었다. 산허리로는 새로운 도로를 개설하느라 산이 많이 훼손되고 있었다. 해안선에서 가장 큰 마을 부드바를 지나는데 앞으로 모나코처럼 많은 변화가 예상되는 곳이었다. 이곳저곳에서 신축건물이 많이 보였다.

조명이 있는 긴 터널을 지나 14시 20분에 코토르시에 도착했다. 코토르는 면적 336평방킬로미터이고, 인구는 2만3천 명이다. 몬테 네그로의 해안도시인 코토르는 중세 이태리의 베네치아 공국이 건설한 도시로 유네스코 자연유산에 등재되어 있고, 베네치안 양식의 영향을 받은 아름다운 건축물들을 관광객들이 많이 찾고 있다.

코토르는 성곽도시로 4.5km 고대 성벽이 험산을 따라 나 있었다. 항만을 가득 채우는 거대한 여객선이 정박해 있고 바닷물 해자(?)를 따라 아름다운 고성의 성벽이 가벼운 흥분을 일으키고 있었다.

관광객이 상당히 많았다. 줄을 서서 잠시 기다린 후 입장했다. 1166년에 건축한 코토르를 대표하는 교회는 성 트리폰 성당이다. 시청 광장과 시청을 둘러보고 해양박물관과 1195년에 준공한 동방정교의 루카성당도 돌아보았다.

16시 35분, 코토르 관광을 끝내고 14km 떨어진 코토르만의 피오르드 깊숙이(50km) 있는 페라스트(Perast) 마을에 도착하여 바다 위에 뜬 두 개의 섬(성 조지섬인 자연섬과 인공섬인 성모섬)을 유람선으로 둘러보았다.

18시 40분 호텔로 향했다. 소요시간은 50분이다. 이름 모를 풍광이 좋은 해안가에 자리 잡은 이색적인 꽃과 정원수로 잘 단장된 SUN RESORT 406호실에 투숙했다.

2017년 5월 18일 (목) 맑음

아침에 아름다운 해안가를 산책하고 7시에 두브로브니

크로 향했다. 소요시간은 2시간이다. 푸른 숲속의 황토색 지붕의 마을들이 아침 햇살에 눈부시었다.

7시 17분, 몬데 네그로 국경 지대에 도착했다. 출국 심사는 10분 만에 끝나고 소나무 위로 치솟은 사이프러스 군락지의 이색적인 풍광을 영상으로 담으면서 버스는 달렸다. 5분 후에 크로아티아 국경 입국 심사도 10여 분에 끝냈다.

화창한 날씨의 푸른 해안 길을 끝없이 갔다. 경작지도 없는 척박한 바위산을 뚫고 달리는 해안 길은 기분 좋은 풍경 길이었다. 세계 어디에서도 보기 어려운 절벽 길이다. 얼마를 달린 후 성을 통과하는데, 버스 한 대가 겨우 지나는 어두운 골목길 같은 이 길을 하루 버스가 수천 대가 지나다닌다고 하니 놀라울 지경이었다.

1,300년 전 형성된 서문으로 들어선 두브로브니크 성은 크로아티아에서 가장 인기 있는 관광도시로 두브로브니크 네레트바주의 중심 항구 도시이기도 하다. 인구는 약 5만 명이며, 크로아티아인이 전체의 88%를 차지한다.

예로부터 '아드리아 해'의 진주라 불렀다. 일찍이 베네치아 공화국의 주요거점 중의 하나로 13세기부터 지중해 중심도시였다. 베네치아 사람들이 쌓은 구시가의 성벽은 1979년 유네스코 세계유산으로 등재되었다.

1557년, 지진으로 인해 심하게 파괴되었지만 아름다운 고딕, 르네상스, 바로크 양식의 교회, 수도원, 궁전 등이 잘 보존되어 있다. 서문 입구에 있는 1448년에 만든 오노프리오 분수대는 12km 밖에서 물을 끌어와 수압으로 분수를 일으킨다고 했다. 이 거리가 플라차(PLACA) 서울의 명동에 해당하는 거리이다. 인구가 늘어나면서 매립하여 만든 길이란다. 그리고 좌측 건물은 1317년 설립한 프란체스코 수도원이다.

　도로 바닥은 모두 대리석으로 깔았는데 빤짝빤짝 빛났고 관광객이 시장통처럼 붐볐다. 9시 35분, 벤츠 셔틀 지프차로 전망대로 향했다.

　아슬아슬한 절벽 길을 지프차는 거침없이 정상으로 향해 달렸다. 10시 10분에 정상에 올라섰다. 수많은 차들이 꼬리를 물고 있었다. 발칸반도의 야생화도 영상에 담고 전망대에서 두브로브니크를 한눈에 내려다보면서 동영상으로 담았다.

두브로브니크(Dubrovnik)

크로아티아 아드리아 해안의 진주(眞珠)

철옹성(鐵甕城) 성곽(城廓) 도시

시선을 압도하는 거대한 성채는
바다 위에 떠 있는 요새(要塞)였다

위압감을 느끼며 성내(城內)로 들어서면
중세기 세계문화유산들이
발길마다 역사의 향기를 뿌리고
북적이는 관광객들의 열기도 뜨거웠다

쪽빛 바다를 거느리고 성벽 위를 걷노라면
그림 같은 풍광에 실려 오는 감미로운 해풍이
여독(旅毒)에 지친 심신을 씻어 내리고

유람선으로 누드비치 섬을 돌 때는
야릇한 호기심의 환호성이 뱃전을 울리기도 했다.

급경사 전망대를 꼬불꼬불 절벽 길
곡예 운전으로 올라 손에 잡힐 듯
아름답게 펼쳐지는 이국(異國)의 정취를
눈과 마음으로 담고 또 담았다

　

그리고 올라갈 때의 지프차로 하산하여 900m(전체 길이 2km) 성벽 투어로 두브로브니크 완전정복에 나섰다. 푸른 바다를 끼고 성벽을 도니 시원한 바닷바람이 땀방울을 씻어 내렸다. 12시 40분, 성벽 투어를 마치고 재래시장을 돌아본 후, 두브로브니크 완벽한 관광을 위해 성벽 유람선 관광에 나섰다.

두브로브니크의 아름다운 성벽을 해상에서 바라보면서 즐기다가 인접한 작은 섬(로크룸 섬) 투어에 나섰다. 해안 암석이 절경을 이루는 섬의 한쪽에는 나체 해안이라 하여 호기심을 자극하였는데 멀리서 엉덩이만 보아도 환호성을 질렀지만, 거리가 너무 멀었다.

해상 유람을 끝내고 13시 40분에 두브로브니크 해안에 도착하니 대형 여객선이 정박하고 있었다. 늦은 점심을 하고 버스는 다음 여정을 위해 쪽빛 해안 길을 달렸다. 대형 여객선 2대가 정박해 있는 해안을 지나기도 했다.

15시에 크로아티아와 보스니아 국경지대를 지났다. 보스니아 해안 길은 21km이다. 해안 길을 10여 분 가니 보스니아 해안도시 네움이 나왔다. 잠시 전망대에서 휴식을 갖고 출발하여, 16시 20분, 크로아티아 국경에서 여권심사를 받은 후 내륙으로 들어갔다.

주위의 산들은 임상이 빈약한 척박한 산들이지만 평야 지대로 유유히 흐르는 네레트바(Neretva) 강변 좌우로는 풍성한 농작물과 나무들이 자라고 있었다. 버스는 모스타(Mostar)로 가고 있었다. 모스타는 보스니아 헤르제고비나에 있는 도시이다. 18시 10분 모스타에 도착했다.

허름한 아파트들이 먼저 눈에 들어왔다. 넓은 주차장에는 많은 관광버스가 와 있었다. 화해의 다리인 모스타르(오래된 다리라는 뜻) 다리로 갔다. 좁은 시장길을 지나는데 길바닥은 주먹 크기의 자갈로 포장하여 울퉁불퉁 발바닥에 자극을 주는데, 얼마나 많은 사람이 다녔는지 유리알같이 반들반들했다. 그리고 주변의 일부 건물(2~2층)에는 무수히 많은 총탄의 흔적을 보고 그 당시 내전의 상황을 상상해 보았다. 모스타르 다리는 1556년에 오스만 터키의 통치 때 대리석으로 건설되었고, 모스타의 상징물 중 하나였다.

현재 이 다리는 1993년 11월 9일 보스니아 헤르체고비나 전쟁 동안 크로아티아 방위평의회 부대에 의거 파괴되었다가 2004년도 유네스코 지원을 받아 복원된 반원형 다리이다.

관광객이 미끄러운 대리석 다리 위에 가득 밀려들고 있었다. 가이드의 안내로 전경을 담을 수 있는 곳에서 아름다운 풍광을 영상으로 담았다.

18시 40분 매주고리(산과 산 사이라는 뜻)로 향했다. 꾸불꾸불 산길을 따라 한참을 올라가니 하늘위에 대평원이 나타났다. 1시간 정도 더 달려 1981년 성모가 발현했다는 산 아래에 도착했다. 주차장 주위로는 상점들이 들어서 있었다.

발현지에 간단한 산행을 한 후, 5천 명을 수용하는 의자가 놓인 야외 공연장과 쌍 탑의 성야고보 성당과 마당에 있는 백색 대리석의 성

모상을 영상으로 담고 가까이에 있는 예수상 종아리에서 나오는 성수가 치유의 효과가 있다는 신비의 예수상을 어둠 속에서 영상으로 담았다. 21시 10분, LUNA 호텔 111호실에 피곤한 여장을 풀었다.

2017년 5월 19일 (금) 맑음

　　　　7시 30분, 호텔을 나와 스플리트으로 향했다. 소요시간은 2시간 30분이다. 7시 45분, 버스는 4차선을 달렸다. 도로 주위는 평야지이긴 하지만 땅이 척박한지 완전히 방치된 상태다. 그리고 좌측으로는 생육이 불양한 바위산들이 길게 누워 함께 달리고 있었다. 8시 20분 국경을 쉽게 통과했다. 백설 같은 바위산 산맥이 해안가를 따라 이어지고, 그 사이로 4차선 고속도로가 가로수는 없었지만, 시원하게 뻗어 있어 기분이 상쾌했다. 통행 차량은 많지 않았다.

　스플리트 시내에 도착했다. 6차선 중앙분리대는 예쁘게 조경을 해 두었고, 고층 아파트도 상당히 많았다. 교통체증도 있었다. 이곳 스플리트시는 면적 79,38평방킬로미터이고, 인구는 221천명이다. 해안가에 대형 유람선과 일반 선박들이 야자수 사이로 보이는데 이국적인 풍광을 그리고 있었다.

　스프리트(크로아티아어=Split)는 크로아티아 서남부 스플리트 달마티아 주에 있는 도시이다. 아드리아 해와 마주하는 항구 도시이다. 크로아티아에서 수도 자그레브 다음으로 큰 도시이다. 로마 황제 디오클레티아누스가 황제 자리에서 물러난 후, 305년 이곳에 거대한 궁전을 지어 본격적인 도시로 발전하였다. 7세기에 슬라브족이 이곳으로 들어와 궁전에 정착하였다. 그 후 여러 시대를 거치면서 궁전은 비잔틴, 고딕 건축양식 등의 화려한 모습으로 바뀌었다. 유네스코 세계문화유산으로 등록되어 있는 곳이다.

마리아 해안가에 있는 디오클레티아누스 궁전의 남문으로 들어섰다. 이 궁전은 가로 210m, 세로 193m를 자랑하는 로마 시대 그리스 양식의 정교한 조각들이 새겨져 있었다. 관광객들이 밀려들고 있었다.

궁전 내부는 아파트 같은 많은 집들이 들어서서 미로를 만들고 있었다. 1,700년 전의 거대한 석조물 특히 높은 종탑 등을 영상으로 담았다.

북문으로 나와 가까운 해안가에서 점심을 하고 자다르(ZADAR)로 향했다. 소요시간은 1시간 45분이다. 4차선 고속도로변은 수목 생육도 불양하고 경작지도 보이지 않았다. 낮은 산자락 사이로 푸른 바닷물이 호수같이 들어서서 풍광이 아름다운 곳도 지났다.

때때로 산재된 주택들이 키가 작은 나무들 사이로 황토색 지붕이 정겨운 모습을 드러내고 있었다. 자다르가 가까워지자 넓은 평지가 이어지고 주택들 사이로 농경지도 보이기 시작했다. 아드리아 해 북부에 위치한 항구 도시로, '선물로 지어진 도시'란 뜻의 자다르는 로마 시저의 양아들 아우구투스가 조성한 3,000년 역사의 도시로, 면적은 25평방킬로미터이고, 인구는 7만여 명이다.

자다르 입구에는 거대한 유람선이 정박해 있었다. 5~8층의 아파트도 많고, 내항에는 호화요트들도 많이 있었다. 자다르의 구시가지는 약 3평방킬로미터 정도이고, 지형은 엄지손가락처럼 삐죽 나온 작은 반도 모양이다. 시내는 고대 로마 시대 때 요새화되었다.

베네치아 공화국 시대에 도시가 완성된 아름다운 성벽에 둘러싸인 내부로 들어갔다. 9세기경에 지어진 달마티안에서 가장 큰 성당인 성 아나스타샤 대성당과 나로드니 광장의 시계탑을 둘러보았다.

길바닥에 포장한 대리석들은 많은 관광객들의 발길에 닳아 빤짝빤 짝거렸다. 해안가에는 수상 워터 스키 수십 대가 굉음과 물보라를 일으키며 더위를 가르고 있었다. 인접한 곳에는 2005년 만들어진 자다르의 명물, 바다 오르간이 있었다.

파도의 크기에 따라 바다를 마주하고 있는 보도에 설치된 75미터 길이, 35개 파이프에서 파도의 밀물과 썰물을 이용한 독특한 바다의 연주를 감상할 수 있는 세계 최초의 바다 오르간이다.

잠시 귀를 기울어 감상을 하고, 또 아주 커다란 원형 집열판이 있었는데, 낮에 축전을 하였다가 밤에 다양한 색상의 빛의 쇼를 한다는 곳도 밟아 보았다. 야간 불꽃 쇼를 보지 못하는 아쉬움을 남기면서 16시 5분 자그레브로 향했다. 소요시간은 3시간이다.

자다르 시내를 벗어나 고속도 입구까지는 경작지도 가끔 보이는 평원이었다. 하얀 바위산들의 산자락 바닷가에 그림 같은 마을을 뒤로하고 버스는 태산을 '之' 자로 오르기 시작했다.

수km나 되어 보이는 긴 터널을 지나자 완만한 평원이 나왔다. 임목이 빈약한 대평원이 계속되더니 숲속에 산재된 주택들이 보이기 시작했다. 17시 30분부터는 경작지를 중심으로 농가 주택들이 곳곳에 산재되어 있었다. 터널도 자주 나타났다. 18시경부터는 평야 지대였다.

19시 20분, 자그레브(ZAGREB)교외에 도착하니 아파트들도 나타나고 교통체증도 있었다. 자그레브는 크로아티아의 수도이다. 면적은 641평방킬로미터이고, 인구는 111만 명이다.

도로변 울창한 수목은 풍성한 녹지대를 이루고 있었다. 왕복 6차선 중앙분리대에는 전차가 다니고 있었다. 먼저 캅톨 언덕 위에 세워진 자그레브 대성당으로 갔다. 자그레브에서 가장 높은 건물로 첨탑의 높이가 무려 108미터에 달하는 고딕양식의 건물을 둘러보고, 골목길을 돌아 올라가면 크로아티아를 상징하는 타일 모자이크 지붕의 성 마르코 성당(Crkva sv. Marka)이 있다. 14~15세기에 걸쳐 건축된 고딕 양식의 성당으로 지붕 오른쪽은 자그레브를 상징하는 문양을 왼쪽은 크로아티아를 상징하는 문양이 있어 특히 유명하다.

우측으로 총리 집무실이 있는 건물도 있었다. 이어 정면에 있는 골목길을 지나 약간 내려오면 반젤라치크 광장이라 부르는 중앙 광장이 나온다.

중앙의 기마상은 1448년 오스트리아·헝가리 제국의 침입을 물리친 전쟁영웅 BAN JELACIC의 동상이다. 어둠이 내리는 광장을 둘러보고 가까이에 있는 교민 식당에서 저녁을 했다.

21시 10분, 자그레브 시내를 지나는데, 전기 사정이 좋지 않은지 도로가 상당히 어두웠다. 21시 30분이 지나 호텔 PHOENI 302호실에 투숙했다.

8시 15분, 호텔을 나와 슬로베니아의 블레드로 향했다. 소요시간은 2시간 30분이다. 8시 30분, 시내를 통과하여 4차선에서 8차선 도로에 들어섰다.

크로아티아 출국은 생략되었으나 슬로베니아 입국심사는 버스가 많이 밀려 10시 30분에야 슬로베니아 땅에 들어섰다. 도로 주변의 야산에 초지 조성과 농가 주택이 목가적인 분위를 자아내고 광활한 평야 지대는 밀을 비롯하여 다양한 농작물을 재배하고 있었다.

슬로베니아는 면적 20,273평방킬로미터이고, 인구는 207만 명의 작은 나라이다. GDP는 3만 불이나 된다고 했다. 경작지 경계에 은백색 수양버들이 이색적이라 동영상으로 담아 보았다. 대체로 수목이 울창했고 블레드 호수가 가까워오자 멀리 태산에는 백설이 보이기 시작했다.

12시 40분, 블레드 호에 도착했다. 블레드 호는 슬로베니아 북서부 율리안 알프스 산맥에 위치한 빙하호로 블레드와 접한다. 호수의 최대 길이는 2,120m, 최대 넓이는 1,380m이고, 면적은 145헥타르이다. 최대 깊이는 30.6m이다. 호수 주변은 맑고 아름다운 풍경을 자랑하며 산 주변 풍광과 중세 시대에 세워진 블레드 성이 호수에 그림자를 드리우고 있었다.

호수 중앙에는 슬로베니아의 유일한 자연 섬인 블레드 섬이 있다. 200년 전통의 가업을 잇는 플레트나 노 젓는 배가 22대가 운영되고 있었다. 필자는 몇 년 전 그림 같은 블레드 섬에 가본 경험이 있어 섬에 가는 것은 생략하고 호반을 살피기로 했다.

　호반에는 수백 년(?) 수령을 자랑하는 마로니에 나무를 비롯하여
울창한 아름드리나무가 호반의 풍경을 그리고 아름다운 새소리와 호
수의 옥색 물빛이 호반을 가득 메우고 있었다.

　블레드호 섬 유람을 끝내고(1시간) 호수 면에서 130m 높이 절벽 위
에 세워진 블레드 성 탐방에 나섰다. 1011년에 독일의 왕 헨리 2세가
브릭센의 주교 아델베른에게 신앙심에서 봉헌한 성이다. 한때는 영주
들의 개인성으로 이용되기도 했단다.

　성의 전망대에서 호수 전경의 아름다운 풍경을 영상으로 담고, 작은
예배당과 중세무기를 전시한 박물관, 와인 저장고 등을 둘러보았다.

　16시 15분, 성 관광을 끝내고 독일 뮌헨으로 향했다. 슬로베니아와
오스트리아 국경은 검문 시설만 있었고, 근무자가 없어 논스톱으로
통과했다. 통과하자마자 7km 긴 터널을 지났다.

　4차선 고속도로변은 산악지대로 백설준령의 산자락 곳곳에 초록

융단의 초지 조성을 하였고, 산재된 농가들이 오후 햇살을 받아 환상적인 풍경을 그려내고 있었다. 길고 짧은 터널이 자주 나타났다. 독일 가문비 상록수 사이로 연초록 활엽수가 또 한 폭의 그림을 그리고 있었다.

뮌헨 공항이 가까워 왔을 때 여정의 마지막 선물로 황홀한 저녁노을이 20시 40분까지 한 시간 가까이 향연을 펼치고 있어 심신의 여독을 풀어 내렸다.

자연이 선물하는 아름다운 풍광을 동영상으로 열심히 담았다. 드디어 독일의 제3도시이고, BMW의 본고장, 뮌헨 공항 부근 호텔에 도착했다. 21시 35분, MOVENPICK 호텔 236호실에 마지막 여장을 풀었다.

2017년 5월 21일

아침 8시 50분 뮌헨 공항에 가서 12시 10분 ETIHAD(EY 006) 편으로 아부다비로 출발하여, 6시간 20분, 이 지난 후 20시 30분 아부다비공항도착 했다. 다시 연결 비행기 ETIHAD(EY876)편으로, 22시 15분, 인천공항으로 출발했다.

2017년 5월 22일

약 9시간 야간 비행 끝에 한국 시간 오전 12시에 인천 공항에 도착했다.

💬 COMMENT

雲海 이 성 미	여행기를 읽으면서 떠나보고 싶은 곳이 하나 더 생긴 것 같습니다. 제가 제일 부러운 게 세계여행인데 선생님은 참 쉽게 여행을 하시는 것 같아서 너무 부럽습니다. 긴 여행기 감사합니다. 다시 한 번 더 읽겠습니다.
꽃 미	지금 제가 세계 나라 여행을 하는 기분입니다. 직접 글을 읽고 보니 여행의 산 맛을 느낍니다. 좋은 여행 뜻있는 여행을 했습니다. 감사합니다.
성 을 주	발칸반도 여행기 여행의 실감을 느끼게 됩니다. 열심히 여행하는 기분입니다.
쏘 나 타	지구 상의 다른 모습을 구경하게 해주셔서 감사합니다. 소중한 의미 있는 글에 감사히 쉬었습니다. 늘 멋진 여행 다니시고요. 건강하세요.
꽃 벌	세계 각국으로 다니시면서 상세하게 표현해 주신 여행기 잘 읽고 갑니다. 감사합

니다. 5월도 서서히 막을 내립니다. 계절의 여왕, 5월 마무리 잘하시고, 6월에도 행복하세요.

혜 슬 기	두바이 여행 한번 하고 싶어요. 좋은 여행기 읽었습니다.
수 장	말로만 들었지 이렇게 글을 읽으니 조금은 이해가 갑니다. 세계 일주를 하시는 시인님 멋짱이세요.
소 당 / 김 태 은	여행 비용도 만만치 않을 텐데…, 참으로 멋지게 사세요. 원 없이 여행 다니시니 부러워요. 건강도 따라줘야 하는데, 행복한 삶이시길 기원합니다.

터키
여행기

2017. 3. 23. ~ 3. 31. (9일)

그동안 미루어 왔던 터키 여행길 산수유와 매화꽃이 만개하여 화사한 봄을 재촉하는 3월달. 9시 35분 아세아나(OZ551) 편으로 터키 이스탄불로 향했다.

270여 석의 여객기가 빈자리가 없이 만원이다. 비행 예상 소요시간은 11시간 10분이다. 얼마를 비행하였을까? 한국 시간 13시 59분, 밖을 내다보니 하늘은 구름 한 점 없고, 햇살이 쏟아지는 지상에는 거대한 중국내륙의 사막이 끝없이 펼쳐지고 있었다.

남은 비행시간은 7시간 20분(5,320km)이다. 이스탄불이 가까워질 무렵 가스피해를 지나는가 하면 빙판 위에 잔설이 쌓인 곳도 지났다. 낮은 산봉우리들은 흰 눈과 하얀 구름이 앞다투어 풍광을 그려내고 있었다.

얼마 안 있어 거대한 흑해 상공이다. 거울 같은 수면 위에 눈부신 태양이 물에 잠기어 뿜어내는 광채는 처음 보는 광경이라 동영상으로 담아 보았다.

착륙 55분 전에 터키 내륙 상공에 들어섰다. 높은 산들은 흰 눈을 이고 있고, 산재된 산 능선 사이로 구불구불 강줄기가 굼틀거리고 있었다. 임목은 울창하지 않았지만 평화로운 풍경이었다. 이어 거미줄 같은 도로 따라 산재된 마을이 오후의 햇살에 빤짝이고 있었다.

착륙 20분 전, 이스탄불 교외 야산들 사이로 대초원들이 융단처럼 펼쳐지고 있었다. 드디어 이스탄불 시내이다. 복잡한 가로망 사이로 붉은 지붕들이 보이고, 해안을 따라서는 아파트들도 많이 보였다. 바다에는 화물선들이 정박해 있고 일반 선박들은 유리알 같은 수면 위로 물보라를 일으키며 누비고 있었다. 야산도 하나 없는 해안 평야 지대라 그러한지 조금은 황량해 보였다.

정확히 15시 15분(현지시각임. 한국 시간은 21시 15분, 시차 6시간)에 아타튀르크 국제공항(이스탄불은 국제공항이 2곳임)에 착륙했다. 외기온도는 13도, 약간 쌀쌀한 기분이 들 정도였다. 비행장에는 계류 중인 여객기가 상당히 많았다. 가이드 김홍구 씨를 만나 일행 23명이 합류했다.

터키는 면적은 783,562평방킬로미터이고, 인구는 8천5백만 명인데, 그중 교민은 3,000명이란다. 그리고 이스탄불은 면적은 1,539평방킬로미터이고, 인구는 1,500만 명, 그중 교민은 500명이란다. 버스(벤츠)에 승차했다. 상당히 안락하고 편의기능이 많았다. 공항을 벗어나니 꽃길 조성이 잘 되어 있었다. 왕복 12차선을 달리고 있는 이곳은 유럽 쪽 이스탄불이라 했다. 이스탄불의 교통체증은 세계적으로 유명하단다. 도로변에는 분홍색 지붕의 4~8층의 아파트들 사이로 미려한 고층 아파트들도 간혹 보였다.

현재시간 16시 20분(앞으로는 현지시각임) 우측으로 마르마라 해(Sea of Marmara)의 해안선을 따라 터키 최대의 시장 그랜드 바자르(Grand Bazaar, '지붕이 있는 시장')로 향해 달렸다.

그랜드 바자르 시장은 메흐메트 2세(II. Mehmet) 때인 1461년 비잔틴 시대의 마구간 자리에 만들어졌으며, 처음에는 작은 시장이었다가 증축을 거듭해 현재는 5천 개가 넘는 규모의 상점들이 들어서 있는 이스탄불 최대의 시장이다.

도로변 좌측은 1,100년 전 오스만 제국 시대 도시 때 조성한 콘스탄티노폴리스를 방어하는 낡은 테오도시우스 성벽이 이어지고 있었다.

그랜드 바자르 시장가는 길, 넓은 도로에는 낡은 전차와 최신형 전차가 도로 중앙으로 쉴 새 없이 다니고 도로 양안으로는 버스와 승용차들이 운행되고 있었다. 실크로드의 종작지인 그랜드 바자르는 세계 최초의 쇼핑센터로서 세계에서 가장 오래된 시장 건물이란다.

그랜드 바자르 시장 입구(7번 출입구)에는 폭발물 예방을 위한 검사를 한 사람씩 검색을 하고 있었다. 석조 건물인 아치형 길을 따라 완전 복개된 시장이었다. 관광객을 포함해 많은 사람들이 붐볐다.

다른 상품들도 있었지만 대부분 화려한 황금으로 다양한 제품을 정교하게 세공하여 곳곳에 진열하여 유혹의 눈길을 보내고 있었다. 물론 백금제품도 많이 보였다. 그리고 상상을 초월하는 섬세하고도 아름다운 도자기 제품도 많았다. 굵은 기둥과 벽면 천장이 다소 퇴색되긴 했지만 다양한 문양의 채색이 미로처럼 얽힌 시장을 장식하고 있었다.

50여 분간 돌아보면서 영상으로 담고 1번 출구에서 모였다. 이어 도보로 가까이에 있는 히포드롬(Hippodrome, 대경기장 또는 로마 전차 경기장)은 고대 도시의 심장부로 콘스탄티노플을 점령한 로마 황제가 203년에 건설하기 시작해, 콘스탄티노플을 로마의 제2의 수도로 만들고자 했던 콘스탄티누스 대제에 의해 더 거대하게 330년 5월 11일 완성되었다. U 자 형태의 경기장을 중심으로 100,000명의 관객을 수용할 수 있도록 길이 400m, 넓이 120m 규모로 건설되었다.

중앙에 보이는 오벨리스크는 이스탄불에서 가장 오래된 기념비로, 기원전 15세기에 전쟁에서 승리한 것을 기념하기 위해 이집트의 룩소르 카르나크 신전에 있던 것을 기원전 390년 비잔틴 황제 테오도시우스 1세가 가져와 이곳에 세웠다.

오벨리스크의 무게는 약 300톤에 이르며, 본 길이는 32.5m였는데, 수송 과정에서 밑 부분이 깨져 현재의 높이는 20m이다. 오벨리스크

의 사면에는 이집트의 파라오 투트모스의 용맹성을 말해주는 상형문자가 새겨져 있다. 맨 아래 부분에 389년에 만들어진 대리석 받침대가 있다.

그리고 히포드롬에는 기원전 479년 그리스 아폴로 신전에 세워졌던 청동제 뱀 기둥과 콘스탄티누스 7세 황제에 의해 10세기에 세워진 높이 32미터의 콘스탄티누스 기둥이 있다. 원래 높이는 6.5m이었는데 현재는 5m뿐이다.

바로 인근에는 1616년에 완공된 부루 모스크 대성당이 황금빛 돔을 중심으로 뾰족뾰족한 첨탑들이 석양에 빤짝이고 있었다. 이 사원은 다시 방문할 기회가 있을 것이라 해서 전차경기장을 중심으로 동영상으로 담고 가까이에 있는 식당에서 터키 현지식으로 저녁을 하고, 19시 15분, 마르마나 해변을 달리는데 교통체증이 심했다.

그리고 끝없이 이어지는 테오도시우스 성벽은 1100년 전에 건설하였는데 3중 성벽으로 콘스탄티노폴리스 서쪽으로는 마르마라(프로폰티스) 해부터 골든 혼(콘스탄티노폴리스의 내항)까지 이어진 육중한 성벽이다. 구조를 살펴보면 테오도시우스 성벽은 해자를 갖추고 있는 성벽으로, 넓이가 2m 높이가 5m인 내 성벽, 넓이가 5m 높이 12m인 외 성벽의 삼중 구조로 이루어져 있었다.

이 성벽은 콘스탄티노폴리스 전체를 감싸고 있었는데, 육로에 면한 6㎞ 정도만이 3중 구조로 되어 있고, 전체 길이는 총 24km이란다.

이스탄불은 주 수입원이 관광 사업이라 했다. 그리고 해바라기를 많이 재배하고 포도와 밀도 경작을 많이 한다고 했다.

왕복 8차선 도로에 차량 불빛이 가득 넘쳐나고 있었다. 성벽과 시내 야간 풍경을 부지런히 동영상으로 담았다. 20시경에 RAMADA 호텔 1005(10층 5호)호에 투숙했다.

7시 45분, 호텔을 나와 톨마바흐체 궁전으로 향했다. 8차선 도로는 교통체증이 심했다. 도로 좌우에는 4 ~5층 아파트들이 즐비했다.

수많은 사원이 첨탑 사이로 산재해 있는데, 첨탑은 사원의 위치 표시이고 술탄(황제)이 방문한 사원은 첨탑이 4개 이상이고 블루모스크 사원은 첨탑이 6개나 된다. 10차선 도로도 교통체증이 심했다. 도로변은 신축한 고급 아파트가 상당히 많이 보였고, 도로변 경사지에는 매화꽃 등 꽃나무 꽃들로 아름답게 조경을 해두었다. 5월이면 이곳에 터키 국화인 튜립꽃으로 전부 단장을 한다고 했다. 돌마바흐체 궁전은 터키의 이스탄불 시가지에 위치한 오스만 제국의 궁전이다.

8시 30분, 궁전 앞 주차장에 내려 주위의 풍광과 마르마나 해상의 유람선들을 영상으로 담으면서 9시에 문을 열기를 기다렸다. 소지품 등 검색을 마치고 궁전 정원에 들어섰다.

연못을 중심으로 활짝 핀 튜립꽃 등으로 아름답게 조경을 잘 해 두었다. 화려한 석조 건축물로 세워진 이 궁전은 원래는 목조 건물이었으나, 1814년의 대화재로 대부분 불타고 31대 술탄(왕)인 압뒬메지트에 의해서 1856년에 재건되었다.

후문으로 입장을 하였다. 1층의 금박으로 장식한 넓은 대기실을 지나 2층 황제 집무실로 올라가는 계단의 난간 기둥 수백 개는 개당 3백만 원 한다는 멋진 크리스털로 해두었는데 아름다웠다.

실내를 밝히는 중앙에 늘어진 대형 샹들리에는 60억 원이나 된다는데 정말 정교하고 아름다웠다. 그리고 집무실을 중심으로 좌우는 도자기 비롯하여 모든 장식물(심지어는 입구 바닥에 깔려 있는 백곰의 피혁까지도)을 대칭으로 장식을 해두었다.

3층의 황제의 서재에는 고서들이 역사를 대변하고 있었고, 대리석 화장실, 황제의 휴식실에는 황제를 위한 다양한 연주 악기들이 진열되어 있었다. 이어 목욕탕도 독특한 이집트산 옥돌로 만들었는데 신비감을 주는 석질(石質)이었다.

황제의 방과 응접실에는 36명의 역대 술탄(황제) 초상화가 게시되어 있고, 6명의 초상화는 금박액자로 전시되어 있었다. 그리고 지나는 복도에는 전시(戰時) 그림들이 많이 있었고, 후궁들의 교육장, 치장실, 소연회장 등 정해진 관람코스에 의거 자세히 둘러보았다.

마지막으로 대형 연회장은 황제 등이 연설하는 곳으로, 홀 중앙에는 4.5톤 상당의 대형 샹들리에가 웅장한 모습을 자랑하고 있었다. 또 바닥에는 가로 10m, 세로 5m나 되어 보이는 수천만 원 상당의 대형 카펫이 있는데 정말 대단했다.

이 궁전은 프랑스의 베르사유 궁전을 모델로 한다면서 금으로 장식하고 세계 도처에서 보내온 진기한 물건들을 구입 진열하여 관광객의 탄성을 자아내게 했다. 궁전 내부 촬영이 금지된 아쉬움을 남기면서 10시 20분에 관람을 끝냈다.

다시 한 번 마르마나 해상의 풍광과 궁전 주변을 영상으로 담고 사프란볼루로 향했다. 왕복 6차선 시내 도로 위로 터키 대형국기를 비롯하여 여타의 많은 깃발이 축제 행사장처럼 도로 위로 휘날렸고, 도로변 가로수 아래는 아름다운 꽃들로 조경을 해두어 시선을 즐겁게 했다.

10시 35분, 보스포루스 해협의 제1 대교(현수교 1km)를 지나는데 유럽 이스탄불에서 아세아나 이스탄불로 넘어간다고 했다. 참고로 보스포루스 해협에는 교량 3개와 해저 400m 지하철이 있는데, 이 중 3번째 다리는 현대건설과 SK건설이 완공했고, 지하철은 현대건설이 완공하여 한국에 대한 인식이 좋다고 했다. 지금은 돌고래가 많이 나타나는 시기라 했다.

차량이 주차장처럼 길게 늘어서 있는데 이 길이 유일하기에 피할 수 없는 것이라 했다. 다리 좌우의 풍광을 동영상으로 담았다. 아파트를 많이 짓고 있는데 평균 가격이 20억 원을 넘을 정도로 비싸다고 했다. 계속해서 6차선 고속도로를 달리는데 야산 구릉 지대다. 산발적으로 주택과 공장들이 끝없이 이어지는데 어디까지가 이스탄불의 시 경계인지 알 수가 없었다.

도로변의 수목들은 연초록 잎새를 자랑하며 한창 피어나고 있었다. 능수버들은 마치 초록의 무게를 이기지 못해 늘어진 것처럼 아름다웠고, 이름 모를 분홍 하얀색 꽃나무들이 봄기운에 녹고 있었다. 12

시 30분부터는 야산들이 나타나고 산재된 농가를 중심으로 초록 융단을 자랑하는 초지가 시원하게 펼쳐지고 있었다. 약간 높은 산에는 활잡목이 새잎을 틔우고 도로변에는 활짝 핀 개나리를 비롯하여 야생화들이 유혹의 눈길을 보내고 있었다. 고속도로 휴게소에서 중식을 하고 13시 50분에 출발했다. 14시경부터는 경사가 급한 협곡을 지나는데 왕복 6차선 도로가 협곡을 가득 메우면서 시원하게 달렸다. 아직도 산록 변에는 잔설이 남아 있었다.

긴 터널을 통과하니 먼 산의 능선으로는 하얀 눈이 흰 구름과 함께 풍경화를 그리고 있었다. 14시 50분, 버스는 넓은 야산 구릉 지대 무립목지(無立木地)를 달리는데 인가도 없고 경작지도 없는 황량하기 그지없었다. 부근에 잔설이 많이 남아 있는 것으로 보아 해발 2,000m가 넘을 것 같았다.

15시경에는 고산 평야 지대를 지나면서 4차선으로 바뀌더니 이어 급경사 하산 길을 계속 내려가고 있었다. 15시 25분에 에스키파잘(해발 1,600m) 마을 주유소에서 휴식을 가졌다. 이곳에서 사프란볼루까지는 35분 예정이다. 버스는 거대한 철 제련공장을 지나면서 아래로 내려가고 있었다.

16시 20분 사프란볼루 마을 입구에 도착했다. 마을 입구 벽면에 1994년에 유네스코 문화유산으로 등록된 기념 대형로고가 새겨져 있었다.

13세기부터 20세기 초 철도가 개통되기 전까지 사프란볼루(Safranbolu)는 동서 무역로를 오가는 카라반(caravan)들이 자주 거쳐 가던 경유지였다. 1322년, 올드 모스크(OldMosque), 전통 목욕탕, 이슬람교 신학교 슐레이만 파샤(SuleymanPasha) 등이 건설되었다. 가장 번성했던 17세기에 사프란볼루의 건축은 오스만 제국 여러 도시 발달에 영향을 미쳤다. 증·개축이 불가능한 2~3층 옛 목조 건물은 그대로 보존되어 있었다. 창문마다 있는 판자 덧문이 이색적이었다. 골목마다 토산품을 팔면서 관광객을 맞이하는데, 포장용으로 깐 회색 돌이 반들반들 윤기가 날 정도로 많은 사람이 다녀갔다.

공중목욕탕

40여 분 둘러보면서 마을 풍경을 동영상으로 담고, 17시 20분, 앙카라로 향했다. 3시간 소요 예상이다. 잔설이 남아 있는 대평원 왕복 4차선을 달렸다.

18시 40분, 서쪽 하늘의 석양이 저녁노을의 빛을 뿌리며 내려앉고 있었다. 한 시간 정도 지나 어둠이 짙게 깔릴 무렵 앙카라 톨게이트를 통과했다. 도로 중앙의 가로등이 길게 늘어서 앙카라 시내로 안내하고 있었다.

앙카라 시내 야경은 비교적 화려했다. 앙카라는 터키의 수도이다.

이스탄불에 이어 두 번째로 큰 도시이며, 앙카라 주의 주도이기도 하다. 면적은 24,521㎢, 인구는 460만 명이다. 앙카라는 터키의 초대 대통령 무스타파 케말 아타튀르크의 정치적 중심지로, 1923년 오스만 제국이 멸망하고 터키 공화국이 세워지자, 이스탄불을 대신해 수도로 지정됐다.

이어 어둠 속에 한국전쟁 참전용사 741명의 넋을 기리기 위해 조성한 한국공원을 찾아 묵념을 올리고 야간 광경을 영상으로 담고 가까이에 있는 ALTINEL 호텔 2022호실에 여장을 풀었다.

2017년 3월 25일 (토) 맑음

6시 15분, 호텔을 나와 터키 초대 대통령 아타튀러크의 묘(대형 강당 같은 건물 지하에 안장됨)를 어둠 속 차창으로 보았다. 이곳은 검문검색이 철저하고 철통 보안을 하는데 공무원이 임용되면 반드시 이곳에 와서 신고한다고 했다.

무스타파 케말 아타튀르크(터키어: Mustafa Kemal Atatürk, 1881년 5월 19일 ~ 1938년 11월 10일)는 터키의 육군 장교, 혁명가, 작가이며 터키 공화국의 건국자이다. 그의 시호(諡號)인 아타튀르크는 '터키의 아버지'를 뜻한다.

앙카라 시내는 교통 소통을 위해 반 지하 차도가 상당히 많은데, 상당히 도움이 될 것 같았다. 3시 25분경에는 화려한 고층 건물이 많은 곳을 지났다. 건물 뒤로 아침노을이 물들어 오면서 건물들은 한 폭의 풍경화 같았다.

버스는 시내를 벗어나 소금호수로 달리고 있었다. 이른 아침이라 차량이 적어 6차선 도로를 시원하게 달렸다. 일부 낮은 야산이 있는 벌판이 펼쳐지고 있는데 초원이나 경작지가 없어 황량했다. 6시 50분, 동녘 하늘이 물들어 올 무렵 버스는 4차선에 들어섰다.

7시가 지나자 밀 재배지가 벌판을 뒤덮기 시작했다. 역시 경지정리가 되어 있지 않았다. 그래도 경작규모가 1인당 수십에서 수백 ha를 경작한다고 하니 소규모 영농을 하는 우리나라와는 비교되지 않을 정도로 대단했다.

가도 가도 끝없는 고속도로변은 가로수도 없고 일반 나무도 없었다. 간혹 주유소만 나타났다. 7시 40분, 우측으로 소금호수의 꼬리가 보이기 시작했다. 지금은 우기를 막 지났고 온도도 낮아 소금 결정체가 빈약하지만 7월경 건기에 들어서면 40도의 열기에 소금호수 주변은 새하얀 소금의 장관을 볼 수 있다고 했다. 곧이어 주차장에 도착하니 대형 버스 10여 대와 승용차들이 밀려들고 있었다.

이곳이 터키에서 2번째 큰 호수(제주도 보다 조금 작은 면적임)이자 터키 소금의 63%를 공급하고 있단다. 소금호수로 내려가는 길에 두 사람이 소금을 한 스푼씩 손바닥에 놓아 주면서 비비라고 한국말로 했다. 바로 옆에는 4~5세 되어 보이는 꼬마가 손 씻을 물 주전자를 들고 있었다.

필자에게 손을 비비라고 해서 비비고 씻을 물을 달라고 하니 손등까지 비비라고 한국말을 하는데 깜짝 놀랐다. 손등까지 비비고 나서야 온수 물을 부어 주었다. 그러자 "손을 닦아라."라고 또 한국말을 했다.

한국 관광객이 얼마나 많이 오는지 모두 한국말을 잘했다. 이어 30여m 걸어 호수로 나가서 호수 바닥에 하얗게 침전된 소금과 호변의 진흙에 하얗게 어린 소금 분말을 영상으로 담았다.

주차장은 개인 소유인데 무료개방 대신에 유료 화장실을 운영하고 있었다. 1불에 두 사람씩 입장하는데, 관광객이 밀려들고 있었다.

8시 2분, 카파도키아로 향했다. 버스는 소금호수를 끼고 계속 달리고 있었다. 9시 5분 지나서는 마을도 보이고, 곳곳에 버드나무가 산재되어 1960~1970년대의 한국의 시골풍경 같은 것을 느끼게 했다.

현재 해발 1,300m라 하는데 정면에 백설로 뒤덮인 하산(해발 3,300m)의 아름다운 풍광이 다가왔다. 9시 40분까지 설산을 안고 황량한 들판을 돌고 있었다. 곧이어 버스는 시골길에 들어섰다. 기독교인들이 박해를 피해 2,000명이 숨어 지냈다는 데린구유로 가고 있다.

데린구유는 카파도키아의 지하 도시이다. 카파도키아 지역 고난의 땅 데린구유는 1962년 닭치던 12살(1950년생) 소년이 자꾸만 닭이 사라지는 것을 찾다가 발견하여 유명한 관광지가 되었다.

조그마한 마을 1,700년 전의 지하 도시 데린구유에 10시 25분에 도착했다. 좁은 주차장에서 내려 골목길을 들어서는데 6살쯤 되어 보이는 어린이가 "안녕하세요." 인사말로 시작하여 한국말로 장사하고 있었다. 반갑기도 했고 한편으로는 측은했다.

60여m를 들어가니 매표소와 입장 입구가 있었다. 비잔틴 시대의 기독교 국가에서 지금의 회교 국가로 전환하는 과정에 핍박받은 기독교인들이 수직 땅굴(20층)을 파서 대를 이어 살았다고 한다. 깊은 우물이라는 뜻을 가진 데린구유 지하 120m까지 내려가는 대형 지하 도시는 현재 8층까지 개방하고 있다.

지하에는 마구간, 곡물 저장고, 부엌, 통풍구, 우물 등 생활필요시설을 갖추어 두었고, 외침 방지를 위한 시설과 복잡한 미로는 탄복할 정도였다.

혼자만이 통과할 수 있는 좁은 길, 숨이 턱에 찰 정도로 가파른 계단 등 어떻게 돌과 흙을 긁어내고 만들었는지 긴 세월 수십만의 생존을 위한 피땀 어린 곳이라 감회가 새로웠다.

데린구유 관광을 끝내고, 11시 15분, 다시 카파도키아 내부로 가는 길, 왕복 4차선에 들어섰다. 부근의 야산들은 거의 민둥산들이다. 11시 36분, 5성급(?) 아파트형 교도소를 지나기도 했다. 부근에는 마을들이 있고, 포도 등 과일나무 경작지도 간혹 보였다.

먼저 터키 카펫 문화체험장을 방문했다. 원료(양털, 면, 실크 등)의 천연 염색과 명주실 뽑는 과정과 카펫의 수공작업의 어려움도 관람했다. 카펫 전시장에서 한 장에 수십만 원에서 수천만 원을 하는 것을 펼쳐가며 설명하는 것을 견학했다. 버스는 가까이에 있는 세계자연유산으로 등재된 카파도키아의 버섯바위가 즐비한 파샤바에 13시경 도착했다. 이름 모를 과일나무와 매화꽃이 한창 피기 시작하는 주차장에는 대형버스 수십 대가 관광객을 풀어놓고 있었다.

카파도키아(Cappadocia)

억겁 세월의 풍우(風雨)에
화산 분진(粉塵)이 빚어낸
경이로운 풍광

기묘하고도 거대한 버섯바위 석림(石林)들
세계인들의 발길을
탄성으로 흔들었다

수천 수백 년 전
인류의 생존을 위한 지혜의 꽃이
곳곳에서
짙은 역사의 향기로
가슴을 물들이는 카파도키아

끝없는 호기심의 갈증은
지상에서는 사파리 투어로
하늘에서는 열기구 유람으로
뜨겁게 풀어 내렸다.

이곳 카파도키아는 세계 8대 기적이라 할 정도로 색다른 지역이다. 수백만 년 전에 에르지이스, 하산, 그리고 맬랜디즈 등 고대의 많은 화산 꼭대기서 분출된 용암과 재들이 이 지역을 뒤덮었다.

시간이 흐르면서 이질적인 석회로 변했고 수십만 년 동안 비바람에 의거 형성된 것으로 추정하고 있다. 그리고 초기 기독교인들은 로마인들의 학대를 피해서 지하 도시를 만들어 피하기도 하고, 많은 교회와 수천 개의 동굴을 그들의 가정으로 꾸미면서 살았다.

기묘한 장면들을 영상에 담으면서 둘러보고 2시경 동굴호텔(STONE. CONCEPT)에서 현지식으로 중식을 하고 동 호텔 120호에 여장을 풀었다. 오후에 열기구를 타기로 하였으나 기상 악화로 실시하지 못했다.

　　아침 8시 45분, 호텔을 나와 기기묘묘한 버섯 형상이 늘어선 골짜기의 동굴호텔이 많다는 마을 괴뢰메 야외 골짜기 마을을 지나 전경을 볼 수 있는 전망대에 9시에 도착했다.

　괴레메(Goreme, 보이지 않는 곳) 초기 기독교인들이 로마의 학정을, 십자군들의 횡포와 끊임없이 출정하는 아랍 군대를 피해 바위 언덕을 파서 교회와 지하 도시를 만들었고, 또 수천 개의 동굴을 파서 그들의 보금자리로 삼아 자연과 동화되어 하나님을 경외하며 살아온 수많은 믿음의 조상들이 살았던 이곳이 바로 카파도키아이다.

　　다양한 형상의 풍경을 파노라마로 동영상으로 담았다. 가까이에 있는 우치사르에 들렀다. 우치사르(Uchisar)란 코너, 모서리, 칼날, 화살축, 뾰족한 이란 뜻이다. 터키 카파도키아 우치사르에는 높이 30m가 넘는 기암괴석이 있는 곳으로, 기독교인들에게 '은둔자의 마을'이라고 불렸던 곳이다. 바위산 중턱에는 아직도 작은 마을이 있다.

정상에서는 괴레메 계곡과 괴레메 야외박물관에 이르기까지 한눈에 들어온다. 1,300m에 이르는 고지대에 위치한 '우치사르'는 황량했다. 기기묘묘한 바위들에 수없이 뚫려있는 비둘기 집이 있다. 괴레메 국립공원(Göreme National Park) 우치사르는 외부로부터의 방어의 목적으로 터널을 만들어 살아 오늘날과 같은 벌집 모양의 바위산을 형성하게 되었다고 한다.

10시 20분, 버스는 콘야로 향했다. 4차선 도로 주변은 오랜만에 보는 가로수가 있고 간혹 보이는 수양버들과 버드나무는 연초록 옷을 갈아입고 있었다. 11시 10분, 고속도로에 진입하여 달리는 주위의 지대는 몽골처럼 완경사 야산에는 나무 한 그루 보이지 않았다. 간혹 양 떼가 한가롭게 풀을 뜯고 있었다. 그리고 저지대에는 밀들이 파랗게 자라고 있었다.

현재의 고속도로는 과거의 실크로드 길이라 했다. 이곳은 여름에는 40도 이상의 열기로 아스팔트를 녹여 내린다는데, 그래서 그런지 포장도로에 모래만 남은 것이 끝없이 이어지고 있어 승차감이 좋지 않았다.

고속도로변에 간혹 보이는 마을의 지붕은 모두 분홍색이라 주위의 황량한 풍경과 어울리는 것 같았다. 끝없는 지평선을 가르면서 달리는 고속도로변에 주유소는 자주 나타났다.

13시 20분, 멀리 콘야(Konya) 시가지가 보이고 버스는 콘야의 공업지대를 지나고 있었다. 보수적 기풍이 지배하는 독특한 지역이고 종교색이 강한 도시라는데 시내를 둘러보지 못해 아쉬움이 있었다.

도로변에 가로수를 해마다 심어도 고사(枯死)하는 것이 많아 큰 나무는 없었다. 야산 산록변에는 독일가문비 같은 나무를 많이 심고는 있었다. 콘야의 시가지 뒤편 높은 산에는 백설(白雪)이 풍광을 더하고 있었다.

14시 16분, 고속도로변 휴게소에서 중식을 하고 안탈야로 향했다. 14시 50분, 버스는 산길을 구불구불 오르고 있었다. 고산 지대인데도 소나무와 활잡목이 많이 보였다. 인공조림지도 많이 나타났다. 응달에는 잔설이 봄기운에 녹아내리고 다습한 지역에는 버드나무가 군락(群落)을 이루면서 이어지고 있었다.

15시 40분, 현재 골짜기의 해발 800m이다. 버스는 협곡을 지나는가 하더니 바위투성이 험산을 오르기 시작했다. 이런 척박한 땅에도 소나무 등이 자라고 있는 것이 신기했다. 그리고 멋진 풍경을 그려내고 있었다.

얼마나 올랐을까? 좌측으로 거대한 '베다' 호수가 나타나더니 동행을 했다. 한참 후, PETLINE 휴게소에서 잠시 쉬었다. 매점에는 다양한 상품들을 많이 진열하여 놓고 관광객을 유혹하는데 종업원들 모두 한국말을 너무 잘해 놀랄 정도였다.

다시 버스는 안탈야로 향했다. 주위의 산들은 양지쪽 일부를 제외하고는 온통 하얀 눈으로 덮여 있었다. 그리고 도로변에는 설봉을 붉고 검은 색으로 칠하여 50m 간격으로 설치해 두어 도로의 표시와 적설량을 알 수 있도록 했다. 눈이 많이 오는 지방임을 알 수 있었다.

이어 버스는 굽이굽이 돌아가는 2차선 하산 길을 달렸다. 도로변은 소나무 등 울창한 산림이 계속되어 마음이 푸근하고 기분이 좋았다. 경사지 산길을 벗어나 들판에 들어서니 출수(出穗) 전 파란 밀밭이 반기고 비닐하우스도 나타났다.

이곳 안탈야는 온갖 작물이 잘 자란다고 한다. 올리브, 오렌지나무와 딸기 하우스 등이 많이 보였다. 역시 농경지는 경지정리가 되지 않았고, 전 들판에 산재된 농가들은 한국과는 완전히 달랐다. 안달야 주택(5층 내외 아파트 포함)들은 지붕 위에 모두 태양광을 이용하는 시설이 되어 있었다.

18시 50분, 비닐하우스 집단 단지가 나타나고, 4차선 중앙분리대는 종려수가 시원하게 조성되어 있고, 농경지와 주택들 사이로는 바람에 흔들리는 사이프러스가 이국적인 풍경을 그려내고 있었다. 인구 80만 명의 안탈야에 연간 관광객 천만 명이 온다는데 놀랐다.

19시 10분, 다양한 콘셉트의 화려한 호텔들이 즐비한 호텔단지에 들어서니 휘황찬란한 네온 불이 관광객을 유혹하는데 마치 미국의 라스베이거스에 온 것 같은 착각이 들 정도였다.

우리 일행은 GRAND PARK 호텔 8209호실에 여장을 풀고 호텔식 뷔페로 저녁을 했다. 이 호텔의 수용규모가 4,000명이 넘는다고 하는데 그 규모가 상상을 초월했다. 식사도 비닐 팔찌를 차야 입장이 가능할 정도로 대형식당이 붐비었다. 식사는 상당히 고급스러웠다.

2017년 3월 27일 (월) 흐림

아침 6시 20분, 안탈야 구시가지로 향했다. 가로등 불빛이 화려한 길을 지나 한참을 달려 시내 중심에 있는 하드리아누스의 문에 도착했다.

하드리아누스를 기리기 위한 하드리아누스의 문(Hadrian's Gate)은 기원전 2세기에 세운 장식용의 대리석 아치로, 로마 시대의 영광을

잘 보여주는 건축물 중에 하나다. 130년에 로마 황제, 하드리아누스 황제가 이 도시를 통치했던 것을 기념하기 위해 세워진 건축물이다.

섬세한 조각들로 구성된 문은 지진으로 제2, 제3문과 제2문 위의 하드리아누스의 석상은 파손되었으나 문은 복원하였다. 이 건축물의 용도는 과거 성벽의 출입구 중 하나의 역할을 했으며, 지금도 구시가지로 들어가고, 나가는 통로 역할을 하고 있다.

구시가지 집터는 1,000년 전 로마 시대 그대로이고, 원형보존을 위해 철저한 통제를 받는다고 했다. 조금 넓은 골목길에는 1,500년 전 비잔틴 시대의 유적인 인도(人道) 돌길을 5m 정도를 발굴 투명유리로 복개해 두었다.

골목길의 석축 유적지를 돌아 바닷가 조경공원을 거닐면서 멀리 옛날 등대 역할을 하였다는 8각형 이블리 탑(13세기에 셀주크가 사원의 탑으로 세웠는데 지금은 사원은 없어지고 38m의 미려한 8각형 이블리 탑만 남았음)을 줌으로 당겨 동영상으로 담았다.

이어 해변으로 내려가 다양한 장식을 한 유람선을 타고 안탈야 해안 절경을 50여 분 둘러보았다. 청자 빛 바다 물길을 따라 뱃길이 이어지는데 해안 절벽 위에는 미려한 양식의 호텔과 아파트들이 빈틈없이 들어서 있었다.

먹구름이 오락가락하는 선상에서 감미롭게 흘러나오는 선율에 잠겨 잠시 세상 시름을 달래 보았다. 8시 40분 하선하여 가까이에 있는 15인승 엘리베이터를 타고 해양공원에 올랐다.

넓은 광장에는 말을 탄 터키의 건국 초대 대통령인 아타투르크 동상이 있고, 도로 건너편에는 대경목 소나무 아래 요란한 분수 정원과 대형 분재 등으로 쉼터를 잘 조성해 두었다.

이블리탑을 다시 한 번 가까이에서 영상으로 담고 지하로 내려가는 에스컬레이터를 타고 내려가 대기하고 있던 버스에 올라 다음 관광지인 올림퍼스 케이블카를 타기 위해 출발했다.

이블리탑

　버스는 해안선을 따라 달리는데 곳곳에 해양공원을 많이 해두어 시선을 즐겁게 했다. 시내를 벗어나자 우측은 험한 산을 좌측은 바다를 끼고 달렸다. 수목이 울창한 해안 길이라 날아갈 듯 기분이 좋았다.

　10시 30분에 올림퍼스 케이블카 타는 곳에 도착했다. 해발 2,365m 정상으로 4,500m를 케이블카로 올라야 하는데, 필자는 일행이 다녀올 동안(1시간 남짓) 주스(1잔에 5$) 마시고 주위의 임상과 야생화를 영상에 담으면서 시간을 보냈다.

　11시 45분, 버스는 다시 지중해를 끼고 달렸다. 왼쪽은 타우루스의 험한 바위산, 우측은 지중해. 풍광이 좋은 곳은 숲속에 분홍색 지붕의 별장(?)들이 보이는가 하면 해안가 숲속에는 수많은 편익시설이 있어 시민들의 휴식처가 되고 있었다. 그리고 외관이 독특하고 다양한 주택들이 시선을 끌고 있었다.

　도중에 중식을 하고 13시 10분에 파묵칼레로 향했다. 곳곳에 터널을 지나기도 하는데 정말 풍광이 아름다운 해안이었다. 어떤 곳은 호사가가 절벽 위에 높은 곳에 식당을 마련하여 손님을 케이블카로 실어 나르는 특이한 광경은 우리나라에서는 상상도 못 할 일이었다.

　14시경에는 태산 타우루스 험산 협곡에 나 있는 4차선을 달리는데 주위의 산들은 임상(林相)이 빈약한 바위산들이었다. 산길을 얼마나 달렸을까? 넓은 들이 나타나고 농가들도 보이기 시작했다. 대부분 과수원들인데 일부는 꽃이 활짝 피어 풍년을 예고하고 있었다. 가까운 산들은 민둥산이고 멀리 높은 산은 백설(白雪)을 자랑하고 있었다. 버드나무가 많은 지역은 전형적인 농촌풍경을 이루고 있었다.

　그리고 넓은 들판에 집단으로 활짝 핀 꽃들이 탄성의 시선으로 모았는데 살구꽃이라 했다. 창밖에 시선을 뗄 수 없을 정도로 꽃의 향연이 펼쳐지고 있었다.

　도로변의 즐비한 상점들이 있는 작은 도시 데니즐리를 벗어나자 4차선 도로 중앙에 가로등이 늘어선 길을 잠시 달렸다. 도로 끝나는 지점에 백설보다 하얀 석회암석이 우리를 맞이하고 있었다. 파묵칼레 입구이다.

　히에라폴리스는 기원전 190년에 시작된 도시의 유적이다. '히에라폴리스'라는 도시 이름은 페르가몬 왕국의 시조인 텔레포스가 아내의 이름인 '히에라'의 이름을 딴 것이라고 한다.

　넓은 주차장에서 성곽 정문이 있는 곳으로 갔다. 처음 보는 이름 모를 노랗고 하얀 야생화와 함께 붉은 개양귀비 꽃이 카펫을 깔아놓은 것처럼 지천으로 피어 있었다.

먼저 2세기경에 축조하였다는 원형극장으로 향했다. 아름다운 석양빛을 안고 오르는 길 주위로 야생화의 달콤한 향기가 코끝을 간질이고 있어 기분이 정말 황홀했다. 석조의 원형극장은 1만 5,000명을 수용할 수 있는 규모로 잘 보존되어 있었다. 울림의 원리를 위해 돌계단의 홈을 판 것을 보니 지금도 쉽게 생각할 수 없는 것이라 약 2000년 전 인류의 지혜에 감탄이 절로 나왔다. 이곳에서 파묵칼레를 내려다볼 수도 있다.

지금 히에라폴리스(파묵칼레, Pamukkale)에는 비잔틴 문, 로마 목욕탕, 야외극장, 신전 터, 사도 빌립의 기념교회 등의 도시 유적이 고스란히 남아 있었다. 특히 네크로폴리스라고 불리는 헬레니즘~비잔틴 시대까지의 석관묘 1,200기가 멀리 우측 숲속에 조성되어 있다.

이 지역에서 나오는 온천수가 갖가지 병 치료에 효험이 있다고 전해지면서 많은 사람들이 이곳에 병을 고치러 와서 병이 나은 사람들을

고향으로 돌아갔지만, 그렇지 못하고 생을 마감한 사람들은 이곳에서 자신들의 장례 관습에 따라 만든 무덤이다. 수많은 유적들에 관해 설명을 들으면서 발걸음은 파묵칼레가 있는 아래로 향했다.

파묵칼레(Pamukkale)는 터키 남서부 데니즐리에 위치한 석회봉을 말한다. 파묵칼레의 뜻은 터키어로 '파묵'이 목화를 뜻하고, '칼레'는 성을 뜻하므로 목화 성이란 뜻이다.

이곳은 실제 목화재배를 많이 한다고 했다. 이어 온천수가 흐르는 테라스를 맨발로 직접 걸어보고 33도의 온천수에 족욕(足浴)도 하였다. 온천수가 부족하여 한 곳만 물을 흘려보내는데 전체 규모는 대단했다.

전체를 한 바퀴 돌아보고 돌아서는 길 시원한 바람이 불 때마다 영혼을 달래는 사이프러스의 바람 소리가 저녁노을에 젖어 흘렀다. 파묵칼레 관광을 끝내고, 17시 50분, 호텔로 향했다. 가까이에 있는 대형 호텔, COLOSSAE 318호실에 투숙했다.

2017년 3월 28일 (화) 맑음

7시 30분, 호텔을 나와 에페소로 향했다. 도중에 파묵칼레 입구에 있는 이불을 포함한 다양한 목화 제품 판매장을 들렀다.

파릇파릇 연초록으로 물들어 가는 들판을 지나면서 9시 18분경 김이 많이 솟아오르는 지열 발전소와 빤짝이는 스텐의 대형 파이프가 넓은 들판에 사방으로 펼쳐져 있었다. 그리고 올리버와 밀감농원이 끝없이 이어지는데 간혹 수확하지 않은 밀감도 있었다.

시골이라도 4~5층 아파트와 10층 내외의 고층 아파트도 들어서고 있었다. 올리버 나무는 스페인처럼 산 중턱까지 재배하고 있는데 스페인처럼 정조식이 아닌 산식(散植)으로 해두었다.

도로변에는 가로수처럼 유카리스 나무들도 많아 보였다. 11시 30분, 도로변에는 분홍색 꽃을 피우는 복숭아 등 다양한 과일나무들이 생산단지를 이루는 곳을 지나기도 했다.

에페소 지역의 하나인 셀축 마을에 도착했다. 대형 종려나무 아래로 팬지꽃 등으로 거리를 아름답게 조경을 해두었다. 이어 인근에 있는 양피 제품 매장에서 남녀모델의 멋진 쇼를 감상하면서 둘러보았다.

HITIT 호텔 식당에서 중식 후 13시 45분 가까이에 있는 에페소로 갔다. 관광은 높은 곳에서 낮은 곳으로 이동하면서 보기로 했다. 검문하는 터키 군인들의 한국 관광객에게 친절히 대하는 모습을 보니 형제의 나라다운 기분을 느꼈다.

넓은 주차장에 도착하니 호객 행위가 심했는데 모두 한국말을 잘도 하였다.

에페소(라틴어: Ephesus)는 서부 소아시아의 에게해 연안에 (현재의 터키) 위치한, 고대 그리스의 아테네에 의해 기원전 7~6세기에 건립된 식민도시다. 에페소는 주변 도시 혹은 국가, 스파르타, 페르시아, 페르가몬, 로마 등의 흥망성쇠에 따라 식민지화되는 역사로 점철되어 왔다. 하지만 이러한 식민지의 역사에도 불구하고 에페소는 상업을 통해 막대한 부를 축적했다. 기원전 6세기에 건조된 웅대한 아르테미스 신전과 로마 제국 시대에 건조된 소아시아에서 가장 큰 로마식 건축물인 도미티아누스 신전(기원후 1세기)이 유명하다.

제일 먼저 허물어진 목욕탕과 인접한 기둥만 2개 남은 시청사를 거쳐 귀족들 의사 교환하는 정치 아고라 장소와 1,400명 수용의 소형 원형극장과 대형 기둥만 남은 하드리아누스 신전 등을 현지가이드의 안내를 받으며 관광했다. 모든 유적들이 많이 훼손되었지만 중앙의 긴 도로를 따라 좌우로 있어 곳곳에서 해당 유적의 설명을 들었다.

그리고 헤라클레스(헤라클레스는 그리스 신화에 나오는 영웅이다. 도리스 족의 시조신이자 신성한 영웅으로 제우스와 알크메네의 아들이자 페르세우스의 후손이다. 그리스의 가장 위대한 영웅으로 칭송받으며, 사내다움의 모범, 헤라클레스 가의 시조로 알려져 있다.) 석상이 있는 좁은 문을 중심으로 위쪽은 귀족들 아래로는 평민들이 거주한다는 곳을 지나 옛날의 목욕탕. 아주 멋진 화강석으로 만든 화장실 등을 돌아보았다.

도로가 끝나는 지점에 2층(아파트로는 5층 높이?)의 거대한 셀수스 도서관(그 당시 25만 명이 넘는 사람들이 살았던 에페소 Ephesus에서 가장 인상적인 건물 중 하나인 셀수스 도서관Celsus Library이다. A.D. 117년에 완공했다. 대리석 2층 건물인 이 도서관은 당시에 만이천 권 정도의 장서를 보관

했단다. 기둥 사이에 학문의 목표인 지혜, 지식, 우정, 이해를 상징하는 여신상이 세워져 있다. 셀수스 도서관은 A.D. 262년 고트 족의 침입과 지진에 의해서 완전히 파손되었다가 1978년에 지금의 모습으로 복원되었단다.)이 우리를 맞이했다.

이곳에서 모두 사진을 많이 담는 곳인데 필자는 동영상으로 전경과 인접한 유적지를 담았다. 그리고 측문으로 나가 넓은 광장에 광장 양측으로 대형 돌기둥이 수없이 늘어선 곳을 둘러보았다. 항구 쪽으로 가는 도로이자 아고라로서 집회나 종교 행사, 상거래 등에 이용되었단다. 유럽과 지중해에서 들여온 온갖 물건이 이곳에서 팔렸으며 때로는 노예들의 거래도 있었단다. 이어 창녀촌을 지나 대형 원형극장으로 갔다.

헬레니즘 시대에 축조된 원형극장은 반원형으로 되어 있는데 최대 2만4천 명을 수용할 만큼 크다. 아래 무대에서 소리를 내면 골고루 음향이 전달된다고 한다.

크기는 지름이 154m 높이가 38m인 반원형 구조로 되어 있으며 4세기경에는 검투사와 맹수의 싸움이 벌어졌단다. 울림의 계단으로 복원 예정인데 시범적으로 일부 설치해 두고 있었다. 설명을 듣는 동안 중국인들이 집단 가무로 시험을 하는데 울림이 커서 가이드의 설명을 중단할 정도였다. 원형극장의 규모가 너무 커서 100M 이상 떨어진 곳에서 전경을 영상으로 담고 15시 40분 쉬린제로 출발했다. 쉬린제는 워낙 고산지대라 비가 내리는 등 날씨가 좋지 않으면 갈 수 없다는데 오늘은 날씨 덕을 보는 것 같다.

쉬린제(Şiirince)는 터키 이즈미르(Izmir) 주(州) 셀축(Selçuk)시에서 동쪽으로 8km 거리에 있는 마을로 해발 700m 높이의 산속에 있는 평화로운 마을이다.

쉬린제로 올라가는 산길 주변은 급경사 8부 능선까지 올리버를 식재하였는데 나무 굵기를 보아 100년은 넘어 보이는 고목들이다.

7부 능선에 있는 넓은 주차장에는 대형버스 몇 대와 승용차들이 많이 와 있었다. 전망대에서 바라본 맞은편 비탈에 있는 2층 주택들은 오스만 터키 시대 때 15세기의 농촌의 모습을 고스란히 간직하고 있는 그리스인들이 모여 살던 곳이지만 1924년 터키와 그리스 정부가 주민들을 서로 교환했을 때 그리스에서 이주해 온 터키인들이 정착했단다.

마을의 모든 건물이 흰 회벽에 붉은 기와지붕을 하고 있는데 그리스풍의 집들이란다. 고목 소나무 사이로 동영상으로 담아 보았다.

특산물로는 주민들이 직접 재배한 올리브, 포도주, 사과, 복숭아를 이용한 과실주, 수공예품 등이 있다. 백 년 전에 우체국으로 사용했다는 실내에서 포도주. 오디. 복숭아주 등을 시음했다.

16시 10분 버스는 아이발릭으로 향했다. 넓은 벌판 멀리 소도시가 보이는 지역을 지나는가 했더니 17시 30분부터는 소나무가 울창한 산길이다. 12여 분 지나자 다시 이름 모를 도시 중앙 왕복 6차선 도로를 서산으로 기울고 있는 석양을 안고 버스는 달렸다.

17시 56분, 터키 최대의 무역도시 '이지밀'을 통과했다. 도로에는 컨테이너를 실은 트럭들이 항구답게 수없이 다니고 있었다. 산 위에 있는 고층 아파트들이 석양에 붉게 물들고 있었다. 18시 30분, '알리아' 지역을 지날 때는 부근에 수많은 풍력 발전기가 바람을 가르고 있었다. 이어 시원한 '에게 바다'가 우리 일행을 맞이했다.

19시경부터는 야산 구릉 지대에 수령이 오래된 올리버 나무들이 울창한 숲을 이루고 버스는 저녁노을의 눈부신 낙조를 안고 달렸다. 아름다운 장면을 동영상으로 담았다. 20시에 에게해의 휴양도시 아이발릭에 있는 GRAND TEMIZEL 호텔 243호에 여장을 풀었다.

2017년 3월 29일 (수) 맑음

6시에 호텔을 나와 트로이로 향했다. 어둠이 걷히고 아침 햇살이 쏟아지는 7시 30분 도로변의 2~3층 주택들이 분홍색 지붕 위에 태양에너지 시설 등이 눈부시게 빛났다. 아주 이색적이었다. 큰 고목(古木)의 올리버 나무들도 생기가 넘쳐 흘렀다.

올리버가 없는 산과 들에는 이름 모를 꽃나무들이 알록달록 봄빛에 자태를 뽐내고 있었다. 높은 산길을 넘자 왕복 4차선 도로가 시원하게 뚫리고 완경사 구릉지에는 무성하게 자라는 밀들이 부드러운 초록 융단을 펼치고 있었다.

8시 15분, 버스가 지나는 이곳은 에게해 영향에서 마르마나해의 기후가 미치는 곳이란다. 부근의 야산들은 올리버 재배지는 보이지 않고 울창한 소나무 숲이 이어지고 있었다. 8시 30분, 트로이 야립간판(野立看板)이 안내하는 입구를 지나 농로를 한참 들어가 트로이 유적지 주차장에 도착했다. 우리 일행 이외 버스 2대도 모두 한국 관광객이었다. (※ 트로이는 고대 그리스 문학에서 언급되는 지명이다.)

영어식 발음을 따서 트로이라고도 하며, 표준어도 트로이로 등재되어 있다. 트로이 유적은 1998년 유네스코 세계 유산에 등재되었다.

기원전 3천 년 전에 발흥하여 아홉 왕조가 존재하다. 사라진 전설 같은 왕조가 트로이(Troy) 왕조이다. 트로이는 흑해로 가기 위해서는 반드시 지나야 하는 마르마라 바다와 에게해를 잇는 다르다넬스 해협 부근에 자리하고 있다.

트로이 전쟁이 끝난 400년 후, 호메로스(장님)이 창작한 오딧세이 소설의 실제 유적지를 발견한 사람은 독일 태생인 '아인리히 슐리만'이다. 그는 어려서 아버지로부터 호메로스의 일리오스(트로이) 이야기를 듣고 전설이 아니라 실제 이야기로 믿었다. 후에 무역을 통해 많은 돈을 벌게 되자, 1871년, 어려서부터 꿈꿔왔던 트로이 발굴에 본격적으로 나서게 되었다. 그의 나이 49세 때이다.

2년에 걸친 발굴 끝에 1873년, 히사를륵(HISARLIK) 언덕에서 항아리, 황금으로 된 목걸이 등 다수의 보물을 발굴해 트로이가 전설 속의 도시가 아니라는 것을 입증했다. 조금은 규모가 작은 방치된 유적지를 둘러보고 거목의 사이프러스가 그늘을 지우는 거대한 트로이 목마 조형물을 영상으로 담았다.

9시 10분, 다르다넬스 해협의 항구로 출발했다. 바다를 끼고 달리는 도로변 주변에는 분홍빛 복숭아밭이 끊임없이 이어지고 있었다. 10시에 항구에 도착 대형 여객선에 버스에 탄 채로 승선하였다가 내려서 선실 2층으로 올라갔다. 소요시간은 35분이다.

차나칼레(Çanakkale)는 터키 북서부에 위치한 유럽지역 도시로, 차나칼레주의 주도이며 인구는 11만 명 정도이다.) 항구에 도착하여 생선을 곁들인 이른 중식을 하고 11시 15분 이스탄불로 향했다. 10여 분 지나자 나무는 한그루도 보이지 않는 광활한 구릉지에 보기만 해도 풍요로운 푸른 밀밭의 향연이 펼쳐지고 있었다.

달리는 버스 안에서 모바일로 여객기 좌석을 예약했다. 31일 귀국하는 아세아나기 좌석을 가이드의 휴대폰으로 예약해두었다. 참 편리한 신기술이다.

3월 23일부터 오늘까지 장장 3,300km를 버스 투어한 것이다. 버스는 잔잔하고도 검푸른 해안을 달리고 있었다. 이스탄불 외곽지대에 들어섰을 때는 늘어진 능수버들의 연초록빛이 봄바람에 휘날리고 있었다.

시내 중심지가 가까워질수록 미려한 고층건물이 자주 나타났다. 왕복 8차선인데도 교통체증이 심했다. 언덕 위의 구시가지는 낡아 보이고 초라해 보였다. 15시경에는 거미줄처럼 얽힌 입체 교차로를 지나 우측으로 향하는데, 도로가 오르락내리락하면서 복잡한 이스탄불의 도로사정을 대변하고 있었다.

마르마나해에는 수많은 화물선이 정박해 있었는데, 이들은 밤 12시까지나 새벽 6시까지 통과할 수 있단다. 물론 소형 배는 낮에 보스포루스 지나다닌다.

우리 일행은 성소피아 성당 입장 마감 시간(16시) 전에 겨우 도착 15시 40분에 입장했다. 성 소피아 성당은 비잔틴 제국 유스티니아누스 황제의 지시로 537년에 지어진 아야 소피아는 대표적인 비잔틴 양

식 건축물 중 하나인데, 비잔틴건축물의 특징인 둥근 돔, 정사각형
건물, 모자이크 벽화 등이 잘 나타나 있다.

537년에서 1453년까지는 그리스 정교회 성당이자 콘스탄티노폴리
스 세계 총대주교의 총본산이었다. 1453년 5월 29일부터 1931년까
지는 모스크로 사용되었고, 1935년에 박물관으로 다시 개장했다.

내부 바닥 대리석은 얼마나 많은 사람이 지나갔는지 닳아서 반들
반들하고 빤짝거렸다. 2층(15m) 무(無) 계단 복도를 굽이굽이 돌아 올
라가는데 역시 바닥의 대리석은 닳아서 윤기가 흘렸다. 천국의 문을
지나 금박의 예수상을 영상으로 담았다. 중앙의 돔은 직경 30m, 돔
까지 높이 25m인데, 돔에 기둥이 없는 것이 세계 7대 불가사의 중
하나라고 했다.

사원 관광을 끝내고 17시에 칼라타 다리로 향했다. 17시 25분, 칼
라타 다리 옆에서 유람선에 올라 보스포루스 해협 관광에 나섰다. 시
원한 바닷바람이 반가웠다. 수많은 유람선들이 충돌할까 염려스러울
정도로 뱃고동을 울리며 지나가고 있었다. 제1대교로 가는 좌측 능선
에 있는 갈라타 타워는 옛날에는 등대로 사용했고 했다. 보스포루스
해협은 평균 폭이 1km 깊이는 제일 깊은 곳이 400m이다. 터키의 관
할이지만 패전국가라 통행료는 받지 않는다고 했다.

잠들지 않는 보스포루스

　　해상교통의 요충지로서
　　긴긴 세월에 빛을 뿌리는
　　보스포루스 해협

천혜의 삶의 터전
검푸른 파도 위로 누비는
뱃고동 소리조차 풍요로웠다

지중해와 흑해로 연결하고
아시아와 유럽을 넘나드는
폭 일 키로의 황금의 다리 위로
눈부신 석양이 내려앉고 있었다

자정(子正)에서 새벽으로 이어지는
대형 선박들의
불꽃 튀는 생존경쟁
불야성을 이루고

인류의 물질문명이
번성했던 이스탄불

번영의 깃발로 휘날리고 있었다

　석양 속에 돌아보는 보스포루스 해협은 정감이 가고 삶의 활력이 넘치는 아름다운 곳이었다. 가끔 지나는 돌고래의 재롱에 탄성이 터지기도 했다.

　45분간 유람을 하고 18시 14분 하선하여 식당으로 향했다. 식당까지 교통체증이 심해 거북이걸음이라 1시간 20분이나 소요되었다. 어둠이 내려앉고 화려한 네온 불이 건물마다 흘러내리는 거리를 지나 9시가 넘어서 RAMADA 호텔 218호실에 들었다.

2017년 3월 30일 (목) 맑음

　　　7시 30분, 호텔을 나와 톱카프 궁전으로 향했다. 8시 30분, 톱카프 궁전 주차장에 도착했다.

　톱카프 궁전은 15세기 중순부터 19세기 중순까지 약 380년 동안 오스만 제국의 군주가 거주한 궁전이다. 이스탄불 구시가지가 있는 반도, 보스포루스 해협과 마르마라 해, 금각만이 합류하는 지점이 내려다보이는 언덕 위에 세워져 있다. 현재는 박물관으로 이용 중이다. 총면적은 70만 평이며, 벽 길이만도 5km나 된다.

　9시에 군인들 경비와 보안카메라가 움직이는 속에 궁전에 입장하여 내부를 둘러보았다. 총 4개의 정원으로 이루어져 있는 톱카프 궁전. 소피아 박물관부터 쭉 따라 나와 당도하게 되는 정문을 통해 들어가는 곳이 바로 제1정원이다. 1정원을 지나면 바로 제2정원, 예절의 문이다.

2정원에는 오스만 제국이 얼마나 크고 대단했는지를 알 수 있는 궁전의 부엌이 있다. 그곳은 바로 380여 년 동안 5천여 명의 사람들에게 매 끼니를 제공하던 곳이다. 부엌 옆에는 도자기 전시관이 있어 유럽을 비롯한 중국, 일본 등 전 세계의 다양한 주방기구와 도자기 1만 2천 점이 전시되어 있어 영상으로 담았다.

3정원에는 오스만 제국 황제들이 사용하던 보석과 보물이 보여 있는 보석관이다. 에메랄드 단검과 100kg이 넘는 황금 의자, 술탄의 갑옷과 칼, 그리고 보석으로 장식한 권총, 장총, 백여 종류의 시계 등을 촬영금지라 감탄 속에 눈요기로 둘러보았다.

톱카프 궁전의 기마병

4정원에 들어서면 '골든 혼 테라스' 보스포루스 해협이 한눈에 들어

오는 최고의 전망대다. 이곳에서 바라보는 이스탄불 시내를 조망할
수 있다.

　관광을 끝내고 나오니 일부 외국인들도 있었지만, 터키 어린이들의
단체 입장이 많았다. 필자가 동영상 카메라를 돌리니 귀여운 모습으
로 손을 흔들면서 야단이었다. 다시 인근에 있는 벽과 거대한 기둥의
푸른색 타일 장식이 아름다운 불루모스크로 걸어서 갔다. 관광객들
에게는 블루 모스크(Blue Mosque)라고 부르지만, 터키인들은 술탄 아
흐멧 사원(SULTAN AHMET MOSQUE)이라고 부른다.

　10시 30분, 모두 신발을 벗고 입장했다. 여자는 머리카락이 보이지
않게 스카프를 써야 한다. 또 바지나 치마를 입지 않았다면 필요의상
을 무료로 대여해 준다. 남자도 반바지 차림은 입장이 안 된다.

　불루 모스크는 1609년에 시작하여 1616년에 완성한 이곳은 처음
에는 사원복합건물이었다. 오토만의 종교 건축물 중 최고이다. 터키

에서 6개의 높은 첨탑이 있는 유일한 사원이다. 사원에는 전체 260개의 창문이 있으며 중앙 돔의 높이는 43m이다.

　사원 내 바닥은 전 면적에 이음새가 보이지 않는 카펫을 깔아 촉감이 아주 좋았다. 거대한 기둥(직경 5m)의 푸른색 타일 장식과 화려한 천정 돔 등을 조용히 가이드의 설명을 들으며 감상했다.

　이어 가까이에 있는 올리버, 장미 오일 등 매장에 들렀다가 중식 후 공항으로 이동했다. 공항로 주변에는 다양한 꽃들로 다양한 형상의 조경을 해 두었다.

　공항 내 현대차 '투산'의 대형광고판이 반갑게 눈에 들어왔다. 공항 사정으로 예정시간보다 40분이나 지연된 18시에 아세아나(OZ552)기로 이스탄불을 출발했다. 소요 예정시간은 9시간 40분, 인천공항에는 31일 10시 5분에 도착했다.

💬 **COMMENT**

소당 / 김 태 은　맨발로 가만히 앉아서 터키 구경 잘했어요. 멋지게 사시는 소산 시인님 부라보.

가 을 하 늘　터키 여행 다녀오셨네요. 저도 몇 년 전 다녀온 곳이라 감회가 깊습니다. 볼거리가 많은 나라 터키 여행 좋은 추억으로 남아있습니다. 여행기 잘도 쓰셨네요.

바람의 그림자　새로운 여행지 한 권 소장한 즐거움, 감사합니다. 소산 님.

성　을　주　터키 여행기 재미있게 봅니다. 저가 터키에서 있는 기분입니다. 세밀한 여행기 잘 보았습니다.

미 량　국 인 석　세계 어느 곳이든지 한국 관광객들이 많아요. 터키는 유적지도 많고 볼거리가 참 많은 나라인 것 같습니다. 장문의 여행기 저도 같이 동행한 마음으로 잘 읽었습니다. 감사합니다. 소산 선생님!

雲岩 / 韓秉珍　소산 선생님 덕분에 글로 터키 여행을 한 것 같습니다. 터키 여행 기행문 잘 읽었습니다. 늘 건강하시고 행복이 가득하시길 기원합니다.

눈　　보　　라　　세계 여행을 즐기시는 시인 문재학 님, 터키에 대해서 소상히 알려주시고 사진을

올려주셔서 구경을 잘합니다. 고마워요.

요르단·아부다비·
두바이 여행

2018. 11. 20. ~ 11. 27. (8일간)

단풍이 흩날리는 늦가을 세계 7대 불가사의의 하나인 페트라를 둘러보기 위해 인천공항으로 향했다. 하늘 위의 궁전이라는 에미레이트 항공 A380(KE323) 대형 여객기로 두바이 공항으로 출발했다. 맑았던 날씨가 한밤중이 되니 창밖에는 추적추적 비가 내리고 있었다. 두바이까지 소요 시간은 9시간 45분이다.

한국 시간 5시 30분, 여객기 창밖으로는 어스름 달빛에 젖어 있는 황량한 사막의 산들이 전개되고 있었다.

6시 50분, 어둠을 밝히는 불빛들이 띄엄띄엄 나타나면서 인가들이 보이기도 했다. 한국 시간 9시 28분, 두바이 외곽에 들으셨다. 가로등 불빛들이 시가지를 밝게 가르고 있었다. 사막이 보이지 않는 어둠 속 4시 35분경(현지 시간 시차 7시간), 두바이 공항에 도착했다. 많은 여객기가 계류하고 있었다. 두바이 공항 이곳저곳을 둘러보면서 여유 시간을 즐기다가 셔틀버스를 타고 두바이 공항을 일주하다시피 10여 분을 달려, 8시 20분, 에미레이트(EK901)편으로 환승하여 요르단 암만공항으로 출발했다. 소요시간은 3시간 40분이다.

여객기는 두바이 시내를 한눈에 조망할 수 있도록 선회하고는 이내 바다 상공으로 나갔다. 바다 수면에는 낮은 구름이 그 위로는 높은 구름이 몽실몽실 아름다운 구름 꽃을 피우고 있었다.

곧 희뿌연 안개구름 사이로 끝없는 모래사막이 나타났다. 이곳도 이집트 사하라 사막처럼 250만 년 전에 형성되었을까? 10시 15분, 저녁 노을처럼 솜털 같은 붉은 고운 자태의 모래사막을 지나자 사막에 집단으로 있는 녹색의 원형경작지들이 무슨 작물인지 모르지만 파랗게 나타났다. 일부는 모래로 덮여있는 것도 보였다. 무슨 작물인지 상당히 궁금했다. 계속해서 질서정연하게 일정 규격으로 펼쳐져 있었다.

11시가 지나자 흘러가는 구름 사이로 산과 계곡형상의 지형이 나타나고 약간 흐릿하지만, 산에는 식물이 있어 보이고 계곡은 메마른 모래 계곡이 보였다. 그리고 가끔은 포장도로가 구불구불 보였다. 그러나 인가나 경작지는 보이지 않았다.

수백만 년 전에 흘러감직한 모래 지형들이 하천 형태로 남아있었다. 11시 25분부터는 경작지도 일부 보이고, 농가도 보이는가 싶더니 물기 젖은 경작지와 비닐하우스도 나타났다.

곧이어 사막지대에 있는 암만(Amman)국제공항에 착륙했다. 무척 작은 공항으로 조용했다. 계류 중인 여객기도 몇 대 있었다. 그래도 요르단에 있는 3개 공항 중 규모가 제일 큰 공항이라 했다.

마중 나온 현지인 가이드에게 여권만 주고 입국 수속 없이 화물을 찾아 대기하고 있는 관광버스에 올라 마다바(Madaba)로 향했다. 1시간 소요예정이다. 암만 국제공항은 암만 시내로부터 30km 떨어져 있다고 했다.

도로변 주위로는 잘 조성된 수목들이 상당히 많이 보였다. 그리고 버스가 달리는 동안 주택들이 많이 보였다. 공항 주변은 해발 800m 정도라 했다.

요르단(Jordan)은 면적 88,778㎢이고 70%가 사막이다. 인구는 990만3천 명이다. 해발 1,000m에 위치한 수도 암만(Amman)은 면적 8,231㎢이고 인구는 210만 명이다.

인구 6만 명의 마다바(Madaba)는 암만에서 남서쪽으로 25km 정도 떨어진 곳에 위치한다. 건물들이 깨끗하지 못하고 거리에는 쓰레기들이 많았다.

세계에서 가장 오래된 비잔틴 제국과 우마이야 왕조 시대에 제작된 (기원전 400~500년 전) 모자이크로 만든 성지지도는 200만 개 이상의 색상이 다른 돌로 사용한 것으로 유명하다. 성지지도는 예루살렘을 중심으로 요르단까지 레바논과 지중해의 이집트와 시나이반도 등 여러 성지가 표현되고 있다.

버스에서 내려 걸어 올라가는 골목길 좌우로는 관광객 상대로 하는 매장들이 많이 들어서 있었다. 땀이 날 정도의 약간 더운 날씨 속에 성 조지교회에 도착했다. 바로 옆에 있는 교육용으로 준비된 모자이크 성지지도에 대한 설명을 듣고 성 조지교회 바닥을 장식하고 있는 실물 성지지도를 둘러보았다.

이 모자이크 지도는 원래 약 15.6×6m, 즉 94㎢이나, 그중 약 4분의 1만이 현재까지 보존되어 있단다.

이 지도에는 4천 년 전에 만들어진 왕의대로가 표시되어 있었다. (이 도로는 군사의 이동과 무역상들이 지나다닌 중요한 도로로 아카바 만에서 출발하여 시리아의 수도인 다마스쿠스까지 연결된 도로다.) 이 성 조지교회는 A.D. 1896년에 6세기 비잔틴 교회 자리에 건설되었다 했다.

비교적 작은 성당 내부 바닥에 있는 컬러 모자이크 성지지도를 동영상으로 담았다. 천정에 있는 화려하고 정교한 샹들리에 2개도 함께 영상으로 담았다.

(※ 여객기에서 내려다본 원형의 파란 경작지는 사우디아라비아 북쪽 사막에 있는 도마도 재배지이고 원형 가운데에 분수시설을 하여 농사를 짓고 있단다.)

11시 40분, 느보산(Mount Nebo)으로 향했다. 소요시간은 15분 거리이다. 마다바 시내를 벗어난 도로주위의 경작지가 제일 비옥한 땅이라 했다. 올리버 나무와 소나무들이 많았다.

느보산 주차장에는 버스들과 승용차가 몇 대 있었다. 해방 800m 느보산으로 오르는 길 좌우로는 인공 조림한 나무들은 급수를 계속하고 있었다.

입구에 2000년도에 로마교황이 설치한 대형 입석이 있었고, 이어 우측으로 조금 올라가니 모세 기념 표지석과 기념석(대형 둥근 둘)이 있었다. 이 느보산은 3500년 전 기독교 성지로 발달한 성지 중 하나로서 모세가 묻힌 곳이기도 하다. 모세의 무덤은 찾을 수 없지만, 부근에 무덤이 있을 것이라고 추정하고 있다. 정상에는 1932년에 세워진 프란체스칸 수도원이 자리하고 있다.

그 뒤편으로 모세가 시내광야에서 뱀에 물린 사람들을 살려내기 위해 만들었다는 놋뱀과, 인류 구원을 상징하는 예수 그리스도의 십자가를 복합시킨 의미 깊은 작품인 대형 놋뱀의 십자가가 사해바다가 내려다보이는 곳에 있었다. 사해 바다 건너는 이스라엘이 흐릿하게 보였다.

수도원 내부 모자이크 등 여러 가지를 둘러보고 내려와 가까운 곳에서 중식을 했다. 13시 20분, 세계 최대의 소금호수 사해로 향했다. 소요시간은 40분이다. 느보산(해발 800m)에서 사해(해저 420m)로 계속 내려가는 삭막한 산길은 꼬부랑 길이었다.

가끔 지하수가 솟는 곳에는 과수원 등 경작지가 있고, 천막으로 살아가는 유목민들도 보였다. 우산처럼 사막을 덮고 있는 녹색의 아름다운 이름 모를 나무(시팽나무?)가 상당히 많이 보여 영상으로 담았다.

14시 3분, 사해 부근에 도착했다. 주변에는 나무들도 많고 많은 주택과 호텔도 가끔 보였다. 요르단강 물이 흘러드는 사해(Dead Sea)는 사막 한가운데에 있다. 해면은 해발 −420m로, 지표에서 가장 낮은 곳이다. 남북 67km, 동서로 18km이고, 수량은 147㎦ 정도로, 요르단과 이스라엘 국경지대에 있다. 염분 농도는 바닷물보다 10배나 짜다. 모두들 수영복으로 갈아입고 부영 체험을 했는데 정말 신기하게 물에 떴다. 그러나 뒤뚱거려서 중심을 잘 잡아야만 했다.

세계 각국에서 많은 사람들이 몰려들고 있었다. 필자는 전신을 머드로 둘러쓴 몸집이 좋은 수영복 여자분들의 요청에 의해 자기들 휴대폰으로 사진 촬영을 해주기도 했다.

사해(死海, Dead Sea)

해발 마이너스 사백이십 미터
깊이깊이 내려 앉아
세월의 무게가 하얗게 녹아있는
사막의 보석 소금호수

뒤뚱뒤뚱
중심만 잡으면
미소 짓는 파란 하늘이 보였다

온몸도 둥둥
마음도 둥둥
하늘을 나는 경이로움

호기심으로 즐기는

부영(浮泳) 체험도
검은 머드 체험도

비단결처럼 감미롭고
매끄러운 촉감들이
신비로움으로 넘실거렸다

※ 사해의 염분 물은 유황 물보다 몸을 더 매끄럽게 했다.

깜빡하고 휴대폰을 수영복에 넣고 다니다가 수십 분 후에 깨닫고 꺼냈지만, 작동될지 염려스러워 물로 씻고 지문으로 켜보니 다행히 작동되어 우리나라 방수 기술(L사 제품임)을 실감했다.

15시 30분, 버스에 올라 암만 시내로 향했다. 소요시간은 2시간 예정이다. 주위에는 주택들도 가끔 보이고 나무들 사이로 농작물을 재배하고 있었다. 그리고 15분 정도 가서 도로변에 있는 사해에서 생산되는 머드 등을 이용한 화장품 등을 파는 대형 토산품 매장을 들리기도 했다. 대체로 가격이 비싸 눈요기로 끝냈다. 황량한 사막의 구불구불 산길을 계속 오르고 있었다.

암만 시내가 가까워져 올 무렵, 16시 30분부터는 어둠이 내리기 시작하고 주위 건물들은 하나둘씩 불이 들어오고 있었다. 구릉지대에 있는 암만 시내는 무질서하고 복잡해 보였다. 암만 시내는 교통체증이 심했다. 17시경 시내에 있는 현수대교를 지났다. 요르단도 차량이 급속도로 늘어나고 있단다.

17시 26분, CRAND PALACE 호텔 506호실에 여장을 풀었다.

7시에 페트라로 향했다. 소요시간은 5시간이다. 호텔 가까이에 있는 종합 운동장과 정치 경제 중심지인 압달리를 지났다. 그리고 시리아 대사관도 지났다.

암만 시내는 지형이 기복이 심한 구릉지 암석 위에 건물들이 들어서 있었다. 잠시 후 교외로 빠지는 왕복 6차선 고속도로는 가끔 지하를 지나기도 하면서 달렸다. 도로변에는 몽실몽실한 우산 소나무가 있어 그나마 삭막한 사막의 그림자를 지우고 있었다. 중앙분리대는 시멘트로 해두고 그 위에 높은 가로등이 줄을 잇고 있었다.

7시 30분부터는 조금은 조잡해 보이는 비닐하우스가 많이 보이고 경작지 주위나 농가 주위로 사이프러스 나무들이 띠를 이루고 있었다. 이 고속도로 360km 끝 지점에 있는 홍해 바다에는 요르단의 유일한 항구(주변에 이스라엘. 이집트. 사우디아라비아 등이 함께 인접함) 아카바(Aqaba) 항구가 나온다.

7시 50분, 구름이 낮게 드리운 황톳빛 들판을 지나는데 농한기라 재배작물은 보이지 않았다. 고속도로 8차선 확장공사를 곳곳에 하고 있었다. 가끔 녹색 과수원이 보여 눈을 즐겁게 하고 있었다. 그리고 이어 철탑만 지나는 황량한 사막에 들어섰다. 모래바람이 이는 것처럼 시야가 흐려 상당히 을씨년스러웠다.

또 사막초(草)가 바람에 흔들리는가 싶더니 검은 급수 호스가 늘려 있는 올리버 농원도 지나기도 했다. 풀이 자라지 않아 제초작업은 필요 없을 것 같아 보였다. 지금 지나는 곳은 아직도 마다바 남부 지역이란다.

8시 20분, 중동의 그랜드 캐니언 이라는 아르논(Arnon) 협곡의 조망 포인트까지 버스가 내려갔다. 협곡은 높이가 30~65m, 길이가 18km에 달한다.

아르논은 한때는 이스라엘의 영향에 놓여 있었다. 후에 아랍에 의해 정복당한 이후에는 '큰 소리를 내며 떨어지는 물'이라는 의미의 '엘 무집'이라는 명칭으로 불렸다. 경사가 급하고 골짜기가 깊어 천연적인 경계선이 되고 있다.

위쪽으로 내려가는 꼬부랑 포장길 멀리 곳곳에 녹색 식물이 숨 쉬고 있었고, 협곡 건너편 스카이라인에는 옅은 운무에 싸인 생기 있는 나무들이 풍광을 조성하고 있었다.

협곡 아래 우측으로는 풀 한 포기 없는 메마른 땅 급경사였다. 그래도 협곡 아래 한 무리의 양 떼가 있어 영상으로 담고 다시 페트라로 향했다. 앞으로 남은 소요시간은 3시간 30분 예정이다.

사막지대에서 처음으로 트랙터 2대가 지나가는 것을 보았다. 그리고 초지도 없는 사막에 가끔 양 떼도 만났다. 9시 17분, 왕복 4차선에 들어섰다. 가드레일도 없는 도로 곳곳에 감속용 요철이 있었다.

'카락'이라는 지방을 지날 때 80년대에 한국전력이 완공한 화력 발전소가 있었다. 그 당시 요르단 전력의 70%를 공급함으로써 요르단 사람들은 한국 사람을 좋아하게 되고 요르단 대학에서는 한국어를 가르치는 학과도 생겼다고 했다. 버스는 다시 8차선 공사가 한창인 곳에 들어섰다. 교행 차량은 많지 않았다. 그리고 태양광 발전 시설도 자주 보였다.

10시 10분경부터는 다시 6차선이다. 이곳도 요철을 많이 해두어 차량 속도를 줄이고 있었는데, 고속도로에 요철 설치를 하는 것이 이해가 잘되지 않았다. 11시 8분부터는 사막에 지피물(地被物)이 많이 보이고, 급수호수를 이용한 농작물 재배지가 많이 나타났다. 또한, 리기다소나무도 많이 있었다.

11시 20분부터는 2차선 시골길에 접어들었다. 산재된 주택들이 있는 마을 중심을 지나는데 미루나무 등 활엽수가 노랗게 단풍이 들어 가을 정취를 풍기고 있었다. 현재의 길이 대상들이 다닌 왕의 길로 해발 800~1,000m 높은 곳은 1,700m 산악 길 오르막이다. 11시 35분, 왕의 길 페트라(Petra)에 들어섰다.

요르단의 고대 유적인 페트라는 나바테아 인들이 암벽에 바위를 깎아 만든 도시로 페트라는 고대 그리스어로 '바위'를 뜻한단다. 관광버스와 승용차들이 많이 지나다니고 있었다.

얼마 후, 버스는 500m를 계속 내려가고 있었고 주위의 경사진 비탈에는 많은 주택들이 산악도시를 이루고 있었다. 그리고 도로변에는 수많은 상점이 들어서 있었다. 꼬부랑길을 내려가다가 맑은 물이 샘

솟는 곳에 정차하여 안으로 들어가 신기하게 펑펑 솟는 맑은 물을 영상으로 담았다. 밖을 나와 멀리 보이는 제일 높은 산 '아름다운 자태로 유혹의 손짓을 하는 호르산'도 동영상으로 담았다.

중식 후, 12시 40분 페트라 탐방에 나섰다. 페트라는 기원전 1400년에서 A.D. 1세기에 걸쳐 세워져 오랫동안 고대 메소포타미아와 이집트를 연결하는 주요 무역통로로 나바테아 왕국의 수도로 극장, 목욕탕, 상수도 시설까지 갖추어 번영을 누렸으나 106년에 로마 제국에 멸망했다. 그리고 A.D. 363년 대지진으로 파괴로 더욱 황폐화되었단다.

1980년 페트라가 세계문화유산으로 등재되었다. 사막 한가운데 있는 산악 도시 페트라는 수천 년간 정착하면서 자연환경과 문화적 고고학적 지질학적 유산들이 복합되어 있는 나바테아 인들의 도시로 남아 있었던 것이다. 매력적인 문명의 흔적(痕迹)인 사암(砂巖)의 절벽 등에 새긴 정교한 조각들과 구조물 등을 통해 그 옛날 번영의 시대를 짐작해 볼 수 있다.

1812년, 스위스 탐험가 요하네스 버크힐트에 의해 발견된 후 아직도 발굴이 진행되고 있단다. 입장료 7만2천 원을 내고 들어서니 우마차와 인도를 구별한 수백 미터를 지나면서 아름다운 바위산과 갖가

지 유적(오벨리스크 무덤, 고대인의 동굴 주거지 등)들에 대한 설명을 들으면서 시크(The SIQ, 아랍어로 협곡의 뜻)입구에 도착했다.

시크는 페트라가는 경로로 그 끝에는 파라오의 보물창고라는 뜻의 '알카즈네'(Al Khazneh)가 나온다.

조물주가 빚어 놓은 위대한 걸작품 폭이 좁은 곳은 3m도 채 안 되는 곳도 있고 높이는 70~80m의 좁은 협곡의 斷崖. 붉은 사암들의 기기묘묘한 형상들이 황홀할 정도로 아름다웠다. 이런 협곡이 2km 이상 이어진다.

이 좁은 길에 마차와 관광객들이 북새통을 이루고 있었다. 협곡좌우에 바위를 파서 긴 수로를 만들어 좌측은 가축전용 용수로 우측은 식수로 이용하였다는데 거의 원형으로 보존 되고 있었다.

이처럼 깊이 들어와야 했던 구조였기 때문에 수 세기 동안 사람들에게 발견되지 않았단다. 숨 막히는 절경을 영상으로 담으면서 끝없이 내려가니 보물전(寶物殿)인 알 카지네 신전 앞 광장에 도착했다. 많은 사람들이 붐비고 있었다.

바위산을 통째로 조각한 알 카지네(Al Khazneh)는 높이 43m(아파트 12층 높이), 넓이 30m, 규모의 암석을 위에서부터 아래까지 조각하여 헬레니즘 건축양식으로 만들었는데 정교한 조각과 고린도 식 6개의 둥근 기둥 2층 구조로 되어 있는데 B.C. 1세기의 나바테아 왕 아레타스 3세의 무덤으로 단정하고 있다.

페트라(Petra)

거대한 인류 문명의 성지
조물주가 빚어 놓은 현란한 걸 작품
기기묘묘한 형형색색의 사암들이 펼치는
숨 막히는 절경들의 향연

좁디좁은 깎아지른 단애(斷崖)
깊고 깊은 미로 따라
황홀한 풍광들 속에

섬세하게 조각한

이천 년 전의 경이로운

찬란한 문화 유적들을

억겁 세월에 새겨 놓았다.

광활한 지역에

다양한 역사의 숨결

보면 볼수록

불가사의한 눈부신 향기들이

감동의 물결로

탄성의 메아리로

흥분의 도가니에 쏟아내고 있었다.

※ 페트라는 요르단에 있는 세계 7대 불가사의 중의 하나이다.

    다시 우측으로 100m 이상 내려가면 높은 절벽이 있는 바로의 궁전
이 나타난다. 그리고 넓은 길을 따라 더 내려가면 바위를 깎아 만든
33개 계단의 3,000명을 수용할 수 있는 거대한 붉은 사암의 원형극
장이 있어 둘러보았다.

원형극장이 내려다보인다.

또 아래쪽으로 더 내려가 맞은 편 높은 절벽에 있는 왕가의 무덤으로 올라가서 다양한 색상의 사암을 깎아 만든 무덤들을 영상으로 담았다. 곳곳에 노점상들과 우마차 낙타 관광객들이 많아 복잡했다.

1시간여를 내려갔던 길을 다시 되돌아 올라가 대기하고 있는 버스에 올라 16시 15분 와디 럼(Wadi Rum)으로 향했다. 소요예정시간은 2시간이다. 맑게 갠 하늘 서편으로 해가 넘어가고 있었다.

버스는 페트라 협곡을 우측으로 끼고 좌측 험산을 올라가고 있었다. 부근에는 경사가 급한데도 곳곳에 주택들이 많이 들어서 있었는데 식수와 생계유지는 어떻게 하는지 궁금했다.

16시 38분, 험산의 8부 능선에서 정상까지 그림처럼 들어서 있는 주택지를 지나자 해는 완전히 지고 주위는 어둠으로 빠져들고 있었다. 능선을 넘어서자 광활한 지대가 나타났다. 풍력발전기 수십 대가 흐느적거리고 대형 변전소도 보였다. 서쪽의 지평선으로는 붉은 저녁 노을이 어둠 위에 꽃을 피우고, 동녘 하늘에는 만월이 미소를 짓고 있었다.

17시 50분, 가로등 불빛이 밝은 4차선에서 2차선 시골길에 들어섰다. 와디 럼(Wadi Rum) 가는 길이다. 와디 럼 투어 개방은 2년 정도 되었다고 했다. 와디(골짜기의 뜻) 럼(높은)은 해발 1,600m 이상의 고지대에 위치해 있고 면적은 720㎢나 된다. 18시 20분부터는 도로 양측으로 조명이 화려한 상점들이 자주 보였다.

이어 비포장 모랫길을 덜컹거리며 들어가니 천막형 캠프호텔(?) 나왔다. 미리 준비된 토속 음식으로 저녁을 하고 93캠프에 여장을 풀었다. 수세식 화장실 등이 있었으나 여러 가지 불편했다.

2018년 11월 23일 (금)

아침에 일어나 캠프 주위를 둘러보니 기묘한 바위산들이 사방으로 둘러싸여 있는데 정말 아름다운 곳이었다. 그리고 얕은 모래언덕에서 바라보는 눈부신 일출은 분홍빛 사막을 더욱 붉게 물들이고 있었다.

와디 럼(Wadi Rum)

삼억 세월이 빚어낸
환상의 분홍빛 사막 와디 럼
달리는 지프차에 올라

이정표 없는
광대무변(廣大無邊)의 대 사막을
종횡(縱橫)으로 누비면

기묘한 바위산들의
눈부신 풍광들이
시선 가는 곳마다 손짓했다

멀리서는 보잘것없는 암석들이
다가서면 감동으로 맞아주는
신비한 순수 자연의 비경

사막의 열기도
미세먼지의 고통도
까맣게 잊은 체

비탈진 반원형 사구(砂丘)를 회전할 때
급경사 내리막길을 질주할 때
짜릿한 스릴의 비명 소리는

분홍빛 사막을 붉게 물들이고 있었다

※ 와디 럼은 요르단에 있는 태고의 숨결이 녹아있는 붉은 대 사막이다.

7시 45분, 우리 일행은 6인 1조로 하여 대기하고 있는 3대의 지프 차에 올라 사막 투어에 나섰다. 60여 개의 명소가 있지만 7~8개소를 찾아가기로 했다. 곳곳에 경관이 좋은 바위 부근에는 캠프 호텔이 들어서 있었다.

시선을 즐겁게 하는 작은 바위산들이 끝없이 펼쳐지고 그 사이로 지 프차는 질주를 했다. 지프차는 바위가 아름다운 곳마다 정차를 했다.

분홍빛 모래와 흰 모래가 있는 곳을 찾아 흰 모래를 페트병에 담아 분홍빛 모래 위에 '와디 럼'이란 글을 써놓고 기념 영상을 남겼다. 그리고 즉석에서 전통복장을 한 지프차 기사들과 안내원이 횡으로 서서 손뼉을 치며 추는 전통춤이 흥을 돋우어 관광객들과 함께 하는

함성이 되어 와디 럼 사막에 울러 퍼졌다. 분홍빛 모래가 밀가루처럼 곱고 촉감이 좋았다.

지프차가 30도 급경사를 내려갈 때나 반원형 모래 비탈길에 속력을 내면서 회전할 때는 비명 소리를 내면서 즐기는 스릴도 맛보았다.

곳곳에 다양한 형상의 아름다운 바위산들이 손짓을 하고 시선 가는 곳마다 새로운 풍광들이 펼쳐졌다. 이정표 없는 대 사막을 종횡무진으로 달리고 달렸다. 대형 바위 통천문(通天門)이 있는 곳은 그 문 위로 올라가 건너가 보기도 했다.

10시 10분경에는 사마리아인들의 이동경로를 표시한 암각 문자가 있는 곳도 둘러보았다. 사막의 열기도 미세먼지의 고통도 까맣게 잊은 체 분홍빛 사막과 흰모래 사막을 넘나들며 광대무변의 대 사막을 질주하는 즐거움을 맛보았다.

떼 묻지 않은 순수 자연이 숨 쉬는 곳 와디 럼 투어를 「아라비아 로렌스」 영화 촬영지의 배경 바위산을 마지막으로 영상에 담고 캠프로 돌아왔다.

캠프에서 중식 후, 12시 20분, 암만으로 출발했다. 와디 럼 사막에는 물이 많아 그 물을 암만시까지 끌어다 먹고 있단다. 그래서 그러한지 주위 곳곳에 농작물 재배하는 곳이 많이 보였다. 도중에 빈약한 철길이 나왔다. 이 철도는 남쪽 아카바 항구에서 북쪽 끝까지 올라가면서 모든 도시를 경유한다고 했다. 오후가 되니 모래바람이 불고 있었다. 필자 일행들이 사막 투어 할 때 모래바람이 불지 않아서 천만다행이었다. 12시 50분, 와디 럼 진입로를 빠져나와 4차선 고속도로에 진입했다.

사막 저지대 곳곳의 작은 습지들이 보이고 부근에는 푸른 농작물을 재배하고 있어 물의 풍요로움을 느낄 수 있었다. 암만까지는 290km 남았고 3시간 정도 소요 예정이다. 민둥산 사막의 산들이 산재한 도로를 따라 가끔 마을들이 있어 그렇게 삭막하지는 않았다.

차창에는 사막의 뜨거운 열기를 느끼는데 왕복 8차선 공사를 하고 있었다. 13시 현재, 버스는 다시 6차선을 달리고 있는데 승차감이 좋았다. 통행차량이 적어 시원하게 달리는 도로 멀리는 희끄무레한 모래바람이 심하게 일고 있어 시야를 가리고 있었다. 얼마 후, 바위로 이루어진 태산을 구불구불 한참 올라가니 새로운 고원지대의 사막이 전개되고 있었다.

13시 50분부터 다시 공사 중인 왕복 8차선이 나왔다. 주택이 있으면 나무가 있고 나무가 있으면 주택이 있었다. 이것이 사막의 풍경이었다. 때로는 고속도로 중앙분리대에 급수의 도움을 받는 종려나무들이 늘어서 있기도 했다. 그리고 멀리 지평선에는 많은 풍력 발전기가 쉼 없이 돌고 있는 곳을 지나기도 했다. 암만시내가 가까워질수록 주택들이 늘어나고 수목들이 많아졌다.

16시 20분, 녹색으로 뒤덮인 암만의 외곽지대는 파란 하늘에 흰 구름이 걸려 있었다. 높고 낮은 구릉지 따라 백색의 4~6층 일정높이의 연립주택들이 숲을 이루고 있었다. 암만 시내 천체가 비슷한 주거 형태를 유지하고 있는 것이 특이했다.

얼마 후, 주택들 뒤로 눈부신 석양이 마지막 빛을 토해내고 있어 동 영상으로 담아 보았다. 어둠이 깔리면서 이곳저곳에 불이 들어 올 무 려 첫날 투숙했던 CRAND PALACE 호텔 623호 실에 여장을 풀었다.

2018년 11월 24일 (토)

7시 45분, 호텔을 나와 암만의 구시가지 중심에 있는 암 만성(시타텔 = Citadel 암몬 성터)으로 향했다. 10분 거리이다. 시내 도 로 중앙에 넓은 주차장과 녹지공간이 있는 이색적인 곳을 통과 했다. 도로 좌우로 높은 언덕에는 주택들이 많이 들어서 있는 곳을 지나 8 시에 해발 850m의 암만성 정상 주차장에 도착했다.

(※ 고대 암몬의 수도인 랍바(Rabbah)는 오늘날 요르단 수도인 암만이다.)

B.C. 1000년경에 암몬 사람들이 축성한 암만성은 동쪽 2시간 거리 에 있는 메소포타미아 문화 발상지인 현재의 이락 지역의 영향을 받 은 것으로 알려져 있다.

옛 도성이었던 암만성의 가장 대표적인 사건으로는 다윗과 우리아 의 사건이다. 다윗은 우리아의 부인 밧세바(Bathsheba 솔로몬왕의 어머 니)를 범한 자신의 잘못을 은폐하기 위해 우리아를 랍바성(Rabbah) 전투의 선두에 서게 하여 성안의 사람들에게 표적이 되어 죽게 한 곳 으로 유명하단다.

산 정상에서 오래된 성채는 구약시대 다윗이 점령한 랍바성의 일부

이며, 오늘날의 암만도 이 성채를 중심으로 확장되었다고 한다. 암만 성에서 암만의 시가지를 한눈에 내려다볼 수 있다.

암만성 주위 7개의 언덕 따라 사방으로 경사진 곳도 관계없이 주택들이 들어서 있었고, 그 가운데 있는 원형극장은 고대 필라델피아 유적 중 가장 잘 보존된 건축물로 거의 완벽하게 남아있었다.

이 극장은 A.D. 169~177년경에 건설한 것으로, 6,000명을 수용할 수 있는 규모이다. 시내 한복판에 위치하고 있어 현재도 각종 행사가 열리고 있다.

성채 내에 있는 고대의 성벽, 로마 시대에 건축한 대형 기둥이 있는 B.C. 400년 전의 '헤라클레스' 신전과 비잔틴 시대의 사원 내부와 인접한 대형 물 저장소 및 이슬람 시대의 왕궁 등을 둘러보고 박물관 내에 있는 B.C. 7천 년 전 토기로 만든 쌍두(雙頭) 인간 조각상도 보았다.

8시 40분, 북쪽에 있는 제라쉬(Jerash) 유적지로 향했다. 도중에 숲속에 자리 잡은 요르단 대학 앞을 지나기도 했다. 교외로 빠지는 4차선 도로 중앙분리대에는 종려나무와 가로등이 함께 줄을 잇고 있었다.

도로변에 있는 석물 가공공장에는 가공제품을 전시해 두었고, 좁은 들이지만 비닐하우스도 많이 보였다. 그리고 산에는 소나무가 울창한 곳도 있어 풍광이 좋았다. 한참을 달려 동에서 서로 흐르는 강에(강폭이 약 5m) 물이 흘러가는 것을 오랜만에 보니 반가웠다. 이 강물이 수량(水量)이 제일 많은 강이라 하는데, 그냥 계천이었다. 하류에 있는 요단강과 합류한다고 했다. 주위로는 수목들이 울창하고 생기가 넘쳤다.

지금 버스가 달리는 도로 일부는 옛날 왕의 도로라 했다. 9시 30분, 대형 개선문 아래에 있는 주차장에 도착했다. 관광버스가 몇 대와 있었다. 6,500년 전부터 조성된 제라쉬 고대도시는 면적이 20만 평에 달한다.

지금 남아 있는 유적지들은 대부분 로마 시대 유적들이다. 주차장에서 내려 대형 토산품 매장을 지나 A.D. 129년에 하드리아누스 황제의 제라쉬 방문을 기념하기 위하여 축조했다는 남쪽의 출입문 화려한 하드리안 개선문으로 올라갔다. 원래 13m 크기의 세 곳의 출입문이 있었는데 현재 2개만 복원된 상태란다.

하드리안 개선문을 영상으로 담고 안으로 들어가 인접한 전차경기장을 둘러보았다. 고대 제라쉬는 대리석과 화강암으로 화려하게 장식된 단독 구조물들을 갖춘 개방형 도시였고 공학기술의 수준이 대단히 높아서 도시의 많은 부분 유적이 오늘날까지도 유지되고 있다.

전차경기장은 길이 260m, 폭 80m의 경기장은 전차 경주 및 기타 스포츠를 15,000명을 동시에 수용할 수 있었다는데 일부 화강석으로 만든 계단식 좌석이 남아 있었다. 그리고 필라델피아 게이트 매표소를 지나 포럼광장(forum)에 도착했다.

유적지 전경

규모 90m~80m의 대형 포럼광장은 대형 기둥 56개(상단 문양이 이오니아식)가 광장을 원형으로 둘러싸여 있었다. 광장 중앙에 한 개의 기둥이 세워져 있는데, 이는 중앙 제단으로 신에게 제사를 지냈던 곳으로, 기둥 상단에는 불꽃을 상징하는 조형물이 있었다. 그리고 좌측 언덕에 우람한 제우스 신전으로 올라가서 제라쉬 고대도시 전경을 영상으로 담았다.

유적지의 가장 높은 곳에 위치한 이 제우스 신전은 제라쉬 유적 중 가장 오래된 건축물로, 지금은 지진으로 인해 형태를 알아보기 힘들 정도로 무너져 내린 상태이다.

신들의 왕 제우스를 모시던 신전답게 기둥의 규모가 가장 크며, 돌기둥의 규모가 워낙 크다 보니 제라쉬 유적 중 복원이 가장 더딘 곳이란다. 바로 옆에 있는 음향시설이 좋은 원형극장(3,000석 규모)에서 백파이프 연주를 듣고 아르테미스(Artemis) 신전으로 갔다.

제라쉬 수호 여신으로 여겨졌던 아르테미스 여신을 모시던 신전으로 코린트 양식의 전면 기둥은 현재 11개만 남아 있다. 하드리안 개선문과 마찬가지로 기원전 2세기 경 건축된 것으로 추측된다.

전체 기둥은 코린트 양식이며, 기둥머리 부분은 아칸서스 잎 모양
으로 지어졌다. 이 기둥은 내진 설계가 완벽하게 되어 있어 옛 로마인
들의 건축기술을 엿볼 수 있었다.

아르테미스 신전

거대한 문양의 돌기둥과 남아 있는 신전을 둘러보고 반대편 북문을
뒤로 하고 로마로 통하는 석재로 포장되어 있는 800m의 막시무스
도로는 10m가 넘는 돌기둥 열주(列柱)가 시선을 압도하고 있었다. 도

로 바닥은 지하수를 흐르게 하여 일정한 구멍을 통해 빗물을 흘려보내는 역할을 했다.

그리고 도로 중간 지점에 있는 림프 신전 앞에는 지역민이 모래예술을 즉석에서 시범을 보여 주면서 팔고 있었다.

비교적 시원한 날씨 속에 넓은 면적에 펼쳐져 있는 거대한 유적들을 둘러보았다. 중식 후 12시 40분, 암만 국제공항으로 향했다. 소요시간은 1시간 20분이다. 차창으로 바라본 도로변 민둥산 야산에는 주택들이 산재되어 있었다. 그리고 얼마 후는 비닐하우스가 집단으로 설치된 작은 들판을 지나기도 했다. 날씨가 흐리더니 가랑비가 내리기 시작했다. 관광 일정을 끝내고 공항으로 가는 길이라 다행이었다.

도로 주변은 낮은 산이지만 암반(巖盤)으로 이루어져 있고 흙이 있는 산은 우산 소나무가 자라고 있었다. 조경이 잘된 암만 국제공항에 도착할 무렵에는 비는 그쳤다.

13시 50분 공항입구에 도착했다. 공항 주변은 평야 지대이고 특이하게 소나무들이 한쪽(동쪽)으로 비스듬히 자라고 있어 색다른 풍경을 연출하고 있었다. 암만 공항 출국 시 현지인 가이드의 친절한 도움을 또 받았다.

17시 10분, 에미레이트 항공(EK904)편으로 두바이로 출발했다. 3시간 40분 소요예정이다. 23시에 두바이 공항에 도착 입국 수속을 밟고 알로프트(Aloft) 호텔에는 25일 0시 35분에 도착 508호실에 투숙했다.

　　　　아침 8시에 아부다비 루브르박물관으로 향했다. 소요시간은 2시간이다. 아부다비의 베두인들은 천연진주와 대추야자를 재배하며 살아왔는데 15세기 포르투갈 들어오고 16~17세기 네덜란드인들이 점령한 혼란 시기를 거쳤고, 그 후, 1800년 말경에 영국이 무력으로 점령하에 있다가 1968년 독립했다.

　현 아부다비 왕(할리파 빈 자이드 나하얀) 아버지(셰이크 자이드 빈 술탄 알나하얀)에 의해 7개 왕국(아부다비, 두바이, 샤르자, 라스 알 카이마, 푸자이라, 움 알 쿠와인아즈만)의 왕들이 모여 외세에 공동대응하기로 하고, 1971년 11월 2일, 연합국 아랍에미레이트(UAE)를 만들었다.

　UAE 수도는 아부다비이고 경제력이 좋은 아부다비 왕이 대통령이고 부통령 겸 총리는 두바이 왕이 맡고 있다. 최고 연방회의는 과반수 찬성으로 하는데 아부다비 왕과 두바이왕은 거부권을 행사할 수 있다 한다. 임기는 5년이지만 사실상 영구 집권이라고 했다.

　일반적인 행정은 각각의 왕들이 자체적으로 하고 있다고 했다. 왕복 16차선인데도 아부다비행 도로는 교통체증이 일고 있었다. 두바이 쪽 도로변 사막지대는 계속해서 건물이 들어서고 있었다. 그리고 야립 홍보 간판이 50~100m씩 연속으로 설치되어 있었다. 8시 25분, 왕복 12차선으로 바뀌었다. 두바이와 아부다비 사이 150km를 11분에 주파할 수 있는 전철을 만들 것이라 했다.

　아부다비 쪽 도로변은 도로 중앙분리대를 비롯하여 넓은 면적에 걸쳐 사막을 숲으로 덮고 있어 부의 상징처럼 풍요로워 보였다. 바닷물을 담수하여 급수함으로써 이룬 풍광이었다. 나무 아래에는 급수용

검은 호수가 많이 보였다.

UAE(아랍에미리트) 면적은 83,600㎢이고, 그 중 사막이 97%이다. 그리고 인구는 970만 명이고, 이 중 현지인은 10% 정도라 했다. UAE의 석유 매장량이 989억 배럴인데, 이 중 94%가 아부다비에 있다. 아부다비의 석유산업 비중은 60%이고, 두바이는 1.7% 정도이다. 두바이와 아부다비에는 정유시설이 잘되어 있다고 했다. 아부다비가 가까워질수록 모래바람이 심하게 불어 시야를 가리고 있었다.

도로변에는 새로운 건물들을 많이 짓고 있었다. 맑고 깨끗한 바닷가로는 맹그로브 나무들이 넓게 분포 생육하고 있어 눈을 시원하게 했다.

버스는 섬과 섬을 연결하는 왕복 10차선을 달리고 있었다. 도로 중앙분리대에는 야자수가 늘어서 있고, 그 하층에는 다양한 꽃들을 피워놓은 곳을 지나 아부다비의 사디야트(행복이라는 뜻) 섬에 9만7000㎡ 규모의 부지에 세워진 루브르박물관에 도착했다. 이곳에는 루브르박물관 이외 해양박물관 지이드 박물관 등 문화 특구 지역으로 조성하고 있단다.

2007년에 시작하여 2017년 11월에 개관한 루브르박물관은 프랑스 건축가 쟝 누벨이 설계했는데, 대추야자에서 얻은 모티브로 지붕을 8겹의 모양이 다른 7,864개의 구멍이 있는 거북이 등껍질같이 만들었다. 건물 내부로 들어오는 빛이 시시각각 변하도록 하였다는데, 비가 오지 않는 사막이기에 가능한 독특한 건물이다.

건축비는 1조 3천억 원이 들었고, 프랑스 루브르박물관의 유물 300여 점을 30년간 빌리는 비용도 1조 3천억 원이라고 했다. 꽃과 나무들로 조경이 잘된 정원을 지나 박물관 내부에 입장하여 약 1시간에 걸쳐 다양한 전시물을 설명을 들으면서 영상으로 담았다. 곳곳에 감시하는 분들이 주의를 주고 있었다.

특히 '빛의 우물'이라는 조형물이 인상 깊었고, 수많은 빛이 쏟아지는 지붕 아래서 인증 사진을 남겼다. 학생들 단체 견학도 있었지만, 관광객들이 상당히 많았다.

빛의 우물

빛이 쏟아지는 루브르박물관 지붕 내부가 아주 이색적임

관람을 마치고 아부다비 시내로 들어가는 다리 위에서 바닷물 위에 떠 있는 그림 같은 루브르박물관을 동영상으로 담아 보았다. 모래바람 때문에 희뿌연 대기(大氣) 속에 아부다비 시내 메리어트 호텔 2층에서 중식을 하고 13시 50분 가까이에 있는 에미레이트 팰리스 (Emirates Palace) 호텔로 갔다.

2008년 2월에 개관한 이 호텔은 당초 왕궁으로 사용하려고 했으나 두바이의 버즈 알 아랍 7성급 호텔을 보고 이곳도 7성급 호텔로 바꾸었단다.

싱가포르에 있는 객실 2,000개의 마리나베이 샌즈 호텔이 공사비 5조 원이 들었고, 에미레이트 팰리스 호텔은 객실 394개에 황금 40톤을 사용함으로써 4조 원의 공사비가 들었다고 했다. 이 호텔의 일반 룸은 1박에 90~100만 원 정도이고, 특실은 천수 백만 원 하는 곳도 있단다.

좌우에 시원한 분수대를 끼고 호텔 입구에 올라서서 뒤돌아보니 길 건너편에 있는 2011년에 문을 연 아름다운 에디하드 타워(Etihad Towers) 70층(최고 74층) 내외의 외벽이 미려한 유리 건물로 이루어진 오피스텔과 아파트 호텔 등으로 사용되는 5개 동이 시선을 끌고 있어 영상으로 담았다.

호텔 내부는 검문하는 사람이나 검색대가 없어 무상출입이 가능해 보였다. 사람들이 많은 화려한 중앙 홀을 지나 내부 우측으로 갔다. 내장의 대부분이 황금빛이라 고급스런 분위기가 물씬 풍겼다.

1인당 금가루 카푸치노와 초콜릿 케이크 한 조각을 75$ 주고 먹었다. 수저도 전부 금으로 도금했었다.

호텔 내 여러 곳을 둘러보면서 창가로 약간 멀리 보이는 화려한 아부다비 왕궁을 영상으로 담고, 15시 10분, 호텔을 나왔다. 모래바람이 잦아들어 시야가 확보되어 기분이 좋았다.

버스에 올라 아부다비 왕궁 입구로 가니 주변은 열대나무와 아름다운 꽃으로 조경을 잘해 두었으나, 출입구에는 무거운 철문으로 굳게 닫혀있어 아쉬움을 남기고 돌아섰다.

버스는 세계에서 3번째 규모를 자랑하는 그랜드모스크(Sheikh Zayed Grand Mosque)로 향했다. 10년간 건축 기간을 거쳐 2007년에 완공한 그랜드모스크는 현 아부다비 국왕의 아버지 '셰이크 자이드 빈 술탄 알나하얀'이 시작했는데, 아쉽게도 준공을 보지 못하고 2004년도에 사망했다고 했다.

그랜드 모스크로 가는 도중에 35층의 Capital Cate Tower 18도 기울어진 특이한 건물과 둥근 원판 모양의 Aldar Headquarters 빌딩이 눈에 띄어 영상으로 담아 보았다.

그랜드 모스크는 건물 전체가 대리석으로 이루어져 있어 햇빛이 반사되면 눈부시도록 아름다우며, 화려한 문양의 대리석 바닥과 거대한 탑 4개에 돔 82개, 금박 야자수 기둥 1,096개로 조성되어 있고, 4만 명의 신도가 동시에 예배를 볼 수 있다.

모스크 입장 하려면 여자는 얼굴만 내놓고 가림을 해야 입장이 가능하다. 2017년 5월 이후 2번째 둘러보는 것이라 곳곳을 확인 차원에서 찾았다. 출입구에서 신발을 벗고 들어가면 돔에 둘러싸인 모스크의 광장이 나온다. 여기서 모스크 건물들을 동영상으로 담고 좌측으로 금박 야자수 기둥이 있는 긴 회랑을 돌아서 들어가면 예배실이 나온다.

장인 1,200명이 2년 동안 만든 무개 35톤의 촉감이 좋은 정교한 카펫을 밟고 지나가면 무게가 12톤이나 되는 눈부신 샹들리에가 화려한 색상을 자랑한다. 샹들리에 3개가 일렬로 늘어서 있는 장면을 영상으로 담고 돌아 나왔다.

16시 10분, 두바이로 돌아가는 도중에 붉은색 지붕의 거대한 놀이기구가 있는 페라리 월드를 지났다. 이곳의 청룡 열차는 시속 240km를 자랑한단다.

어둠 속 고속도로를 따라 두바이로 얼마를 달렸을까? 두바이 시내에 도착하여 현란한 불빛을 자랑하는 빌딩 숲속에 있는 한인 식당에서 한식으로 저녁을 했다.

밖을 나오니 사막지대인 두바이에도 시원한 빗줄기가 쏟아지고 있었다. 호텔로 돌아오니 20시 20분을 지나고 있었다.

2018년 11월 26일 (월)

새벽에도 빗줄기가 호텔 유리창을 두드리고 있어 오늘 관광 일정이 염려스러웠다. 10시에 호텔을 나올 때는 다행히 비가 그쳐 있었다. 먼저 인공 섬 팜 아일랜드로 향했다.

도로변의 초목들은 빤짝이는 물방울을 머금고 있어 한결 싱싱해 보이고 다양한 꽃과 나무들이 시선을 즐겁게 했다. 멀리 고층 빌딩 허리에 구름이 걸려 있어 비 온 뒤의 푸근한 분위기를 그리고 있었다.

10시 20분, 팜 아일랜드 입구에 도착했다. 팜 아일랜드 3개(1. Palm Jumeirah, 2. Palm Jebel Ali, 3. Palm Deira)의 인공 섬 중 가장 먼저 개발한 팜 주메이라(Palm Jumeirah)는 2006년에 착수 2008년에 완공하였는데, 공사비가 140억 불이 소요되었다.

육지와 연결된 부분이 좌우 각각 8개의 야자수 잎 모양으로 펼쳐진 곳마다 바닷물이 들어와 있다. 여기에 고급주택(1동에 75억 상당)들이 들어서 있다.

5.5km의 팜 주메이라의 외곽은 왕관 모양으로 되어 있고 이곳으로 가려면 해저터널을 이용해야 한다. 버스는 끝부분에 있는 해저터널을 지나 아틀란티스 더 팜 호텔(Atlantis The Palm Hotel) 앞에 도착했다. 이 호텔은 1,564개 객실의 벽면이 수족관으로 되어 있다고 했다. 하룻밤 숙박료가 700만 원이나 되어 서민으로는 꿈도 못 꿀 가격이었다.

호텔 주위에 있는 워트파크 등을 모노레일 탑승장에서 내려다보고 자동으로 운행되는 모노레일에 탑승했다. 2009년 개통한 팜 주메이라 모노레일은 중동 최초의 모노레일이다.

하루 평균 약 4만 명의 승객이 이용하고 있으며, 아틀란티스 호텔과 게이트웨이 타워까지를 잇는 총 길이는 5.45km이다. 모노레일의 위치가 높아 팜 주메이라 전경을 내려다보면서 육지로 달렸다.

모노레일에서 바라본 두바이 해변

팜 아일랜드 왕관 모양의 원형 방파제의 양측은 개방하여 해류의 흐름을 도와 물의 부패를 막는다고 했다. 달관으로 관광을 끝내고, 11시 10분, 버즈 알 아랍(Burj Al Arab) 호텔이 있는 해변으로 향했다.

11시 25분, 아름다운 백사장이 있는 쥬메이라 해안가에 도착 자유
시간을 가졌다. 해변에는 많은 사람들이 무더위 속에 해수욕을 즐기
고, 안전요원들이 전망대에서 이들을 지키고 있었다. 지난밤 비 때문
인지 더위가 그렇게 심하지는 않았다.

　페르시아만 해안에 280m 정도 떨어져 만들어진 인공 섬에 1999년
에 완공한 버즈 알 아랍 호텔은 7성급 호텔로, 27층 321m 높이에 객
실이 202개가 있다. 숙박료는 보통 1박에 비수기는 240만 원, 성수기
는 700만 원 하고 가장 비싼 객실은 3,600만 원이나 한단다. 바다 위
에 떠 있는 배의 돛의 모양을 형상화한 알 아랍 호텔과 해안가 풍경
을 영상으로 담았다.

　중식을 한 후, 1890년에 형성된 반사이트 마을(구 시장)로 갔다. 두
바이의 과거 모습을 정부 차원에서 보존하도록 지정된 곳으로 두바이
의 역사적 의미를 살펴볼 수 있는 곳이다. 13시 30분, 전통마을에 도
착했다. 이곳에도 외국인 관광객들이 많이 오고 있었다. 가이드의 설
명을 듣고 마을 탐방에 나섰다.

　옛 주거지는 좁은 골목마다 집 내부로 들어서면 다양한 수제 공예

품과 그림 등을 팔고 있었다. 이 당시 우리나라는 초가지붕 아래 살았는데, 이곳의 집 가세는 상당히 규모도 크고 생활이 편리하도록 되어 있었다. 땀을 흘리면서 둘러보았다. 처음 보는 그림자 액자가 신기하여 영상으로 담기도 했다.

그림자 액자

14시 20분, 수상택시 타는 곳으로 향했다. 도중에 돌과 흙으로 되어 있는 과거 왕궁을 차장으로 보기도 했다. 이어 해안가에 있는 매연과 소음이 심한 수상택시에 올라 5분 정도 거리의 반대편 선착장으로 향했다. 여객선을 비롯해 많은 배가 있는 항구 주변으로는 낡은 주택들이 늘어서 있었다. 반대편 선착장에 도착하니 바로 향수시장이다. 향기로운 향수가 진동했다.

향수 거리를 지나 세계에서 2번째 넓고 큰 금시장에 들어섰다. 금시장 입구에 진열된 사람보다 큰 황금 반지를 영상으로 담고 넓은 황금시장의 눈부신 금제품을 눈요기로 둘러보았다.

두바이 금시장은 나라에서 인증한 금을 판매하는 곳이란다. 약 400여 개의 도매상과 275여 개의 소매상이 모여 있다. 상점마다 가지

고 있는 디자인이나 금제품 보유 수가 다르고 정말 다양한 형상의 섬
세한 세공이 돋보이는 황금시장거리였다.

　홍콩시장은 사진 촬영을 못 하게 했는데, 이곳은 마음대로 영상으
로 담을 수 있어 좋았다. 황금보다 더 아름다운 황금 술잔과 주전자
를 싼 가격에 기념으로 사 보았다. 이 시장의 금 보유량이 10톤이나
된다고 했다.

　다시 버스는 시내로 향했다. 지하도로를 지날 때 보니 전 구간을 밝
은 타일로 단장해 지하의 답답한 어둠을 밝히고 있었다. 화려한 빌딩

가를 지나는 도중에 빌딩 끝이 뾰족한 쌍둥이 빌딩 에미레이츠 타워
는 쌍용건설에서 건립한 두바이 랜드마크와 같은 건축물로서 높낮이
가 다른 호텔타워(56층)와 오피스타워(54층)가 있는데 오피스타워 내
에 두바이 국왕 쉐이크 모하메드의 집무실이 있다고 했다.

국제센터를 비롯한 화려하고 다양한 형상의 빌딩 숲이 하늘 높이
솟아 있었다. 15시 40분, 마디낫 주메이라(Souk Madinat Jumeirah)
아름다운 시장에 도착했다. 굵은 목재로 이루어진 고풍스런 시장은
너무 넓어 미로(迷路) 같았다.

다양한 상품으로 손님들을 유혹하고 있었다. 고급 호텔과 전통 양
식으로 지어진 개인 거주지로 둘러싸여 있는데 이곳에서도 알 아랍
호텔이 가까이 보였다. 경비원이 출입을 통제하고 있었다. 주위 수로
를 따라 전통 나무배인 아브라를 타고 부근의 풍광을 즐길 수도 있었
다. 17시경, 보트를 타기 위해 마리나 해변으로 가서 꽈배기 건물을
비롯한 주위의 풍광을 영상으로 담았다.

2013년 개장한 높이 309m의 꽈배기 모양 빌딩인 카얀타워(Tower
of Cayan)는 각 마루가 1.2도 회전하여 거대한 나선형을 이루는 초고

층 건물로 75층까지 90도 돌아간다. 비틀린 디자인의 빌딩으로는 세계 최고 높이를 자랑한단다. 버즈 칼리파를 설계한 회사에서 카얀타워를 설계했단다.

어둠이 내려앉으면서 건물마다 불이 들어오고 있었다. 가까이에 있는 Signature 호텔 1층에서 뷔페식 저녁을 하고 화려한 요트들이 즐비한 선착장에서 요트를 타고 마리나 해안의 아름다운 야경을 선상에서 감상했다.

홍콩보다 친근감이 있고 싱가포르처럼 화려한 고층빌딩들이 저마다의 자태를 뽐내고 있었다. 물론 꽈배기 건물 야경도 영상으로 담았다.

해안가로 나가 시원한 바닷바람 속에 아직 건축 중인 어린이 놀이시설 부근 등으로 선회를 하면서 돌아보고 버즈 칼리파로 향했다. 시내 교통체증이 조금 심했다. 서울의 코엑스보다 4배나 규모가 크다는 두바이 몰 주차장(14,000대 주차)에 내렸다. 엄청나게 혼잡했다.

이어 안으로 들어가니 한 벽면을 차지하는 대형 수족관이 반겼다. 수족관 바로 위에는 우리나라 LG가 설치한 820개의 OLED 대형스크린의 현란한 영상이 가슴을 뿌듯하게 했다.

일행들은 직선으로 들어가 6번 출구에서 버즈 칼리파 앞에 있는 인공호수에 도착했다. 마침 버즈 칼리파 대형타워 건물을 수놓는 화려한 엘이디 쇼가 진행되고 있어 탄성 속에 동영상으로 담아 보았다.

장엄한 음악 속에 펼쳐지는 쇼를 멀리서도 한 장에 전경을 담아내지 못해 안타까웠다. 그리고 30분마다 아름다운 선율을 타고 춤추는 분수 쇼를 관람했다. 아쉬운 점은 컬러 분수 쇼가 아니었다.

버즈 칼리파

세계 최고층 일백육십삼 층
세계 최고 높이 팔백삼십 미터
구름 위에 위용을 자랑하는
두바이의 상징 버즈 칼리파

뜨거운 사막에 피어 있는
미려하고 장엄한 사막의 꽃
정교한 내진(耐震) 강풍의 시공은
우리나라 건축술의 금자탑이었다

구름같이 밀려드는
세계인들의 시선을 달구는
현란한 엘이디 쇼, 빛의 향연은
황홀감으로 빨려드는

환상의 빛으로 물들이고

인공호수에 드리운
다양한 선율 위로 춤추는 분수 쇼는
금상첨화로 어울리어
숨 막히는 그림을 그리고 있었다

한참 후 두바이 몰로 가서 버즈 칼리파 전망대로 가는 팀과 가지 않는 팀으로 나누고 23시 40분 만나는 장소를 약속하고 헤어졌다.

필자는 2017년 5월에 야간에 전망대를 전에 올라가 보았기에 분수 쇼가 진행되는 버즈 칼리파로 다시 갔다. 역시 조금 전에 본 것과 다른 엘이디 쇼가 진행되고 있어 열심히 영상으로 담았다.

24시경, 버스는 두바이 공항으로 이동하여 출국 수속을 밟고 27일 새벽 03시 40분, 에미레이트 항공(EK322)편으로 인천공항으로 향했다.

2018년 11월 27일 (화)

8시간 20분 긴 비행 끝에 우리나라 시간 16시 50분 인천 국제공항에 도착했다.

💬 COMMENT

나그네 인생	자세한 여행기, 그쪽 갈 때 참고해야겠네요. 즐감하고 갑니다.
선화공주	해외여행의 달인 님이 떠오릅니다. 이젠 전문가 수준 가이드를 하셔도 베스트. 다녀온 것보다 더 소상하고 자상하십니다. 부럽습니다. 경제적 여유와 시간적 여유를 모두 겸비하신 선생님. 세계기행 책 한 권(아니 시리즈) 쓰시지요.
가을하늘	중동지방을 여행하셨네요. 한번 가보고 싶은 곳, 그러나 여행기에 선뜻 그곳에 있는 느낌을 받았습니다. 감사합니다.
자스민 서명옥	얼마 전의 여행길이셨네요. 두바이 공항에서 느낀 글 비행기 안에서의 풍경 환상입니다. 덕분에 대리만족 잘하고 있습니다. 다음번엔 어디 여행담이실지 궁금해집니다.
소당 / 김태은	사막의 일출이 장관이네요. 못 가봤어도 이 글로 만족하고 갑니다, 소산 시인님.
雲海 이성미	요르단이나 두바이 여행할 기회가 있으면 많은 도움이 될 것 같습니다.
화석(華石)	소산 님 경력도 보고 소산 님 기행문도 여러 편 읽고 정말 수고 많음을 알 수 있습니다. 저도 이 긴 글 열심히 퍼다가 다른 카페에 올렸습니다. 너무 공감의 글이니까요.

호주·뉴질랜드·
피지 여행

2008. 6. 10. ~ 2008. 6. 20. (10일간)

2008년 6월 10일

　　　　　　　퇴직 공무원 모임인 공우회 회원들 부부 모임에서 관광버스를 타고 인천공항으로 향했다. 오후 15시 30분경, 인천공항에 도착 3층 출국장에서 출국 수속을 밟고. 오후 19시 5분, 대한항공편(KE 137)으로 피지 난디 국제공항으로 출발했다. 비행시간은 9시간 20분 소요 예정이다. 도착지까지 거리는 8,200km이다.

　　현재는 후쿠오카 상공을 지나 피지로 향하고 있었다. 피지와의 시차는 3시간 현재, 우리 시간 3시 35분인데, 피지 시간으로는 6시 35분이다. 기내에서 아침 식사를 했다. 도착지 남은 시간 55분, 고도 12,000m 시속 938km이다.

2008년 6월 11일

　　　　　　　12,000m의 상공은 맑았다. 아래쪽은 뭉게구름과 흘러가는 안개구름이 2층이었다. 피지 현지 시간 7시 47분 도착 예정이다. 도착 20분 전, 고도를 낮추니 잔잔한 바다 가운데 있는 그림처럼 아름다운 섬들이 손짓했다. 계속하여 섬들이 나타나고 경사가 급한 산과 함께 아침 햇살에 민둥산이 눈에 많이 들어왔다.

여객기가 고도를 낮추자 섬이 많이 나타나면서 호기심을 불러일으키고 있었다. 바닷물이 아주 맑아 기분이 좋았다. 작은 배들도 가끔 보였다. 인가가 있는 섬의 굴곡이 심한 해안에는 파도로 인한 하얀 포말이 장관이었다. 여객기가 좌회전했다. 인가가 많이 산재되어 있고 포장된 도로도 보였다.

이제는 섬 내륙에 들어섰고, 많은 사탕수수 경작지와 관리농가도 많이 보이기 시작했다. 동영상으로 담았다. 난디 국제공항 주위는 인가가 상당히 많았다. 착륙은 상당히 부드럽게 짧게 했다.

현재시간(지금부터는 현지 시간) 7시 22분, 외기온도 20도라는 멘트가 여객기에서 흘러나왔다. 비행장은 상당히 작은 편이었다. 계류 중인 여객기가 6대나 보였다. 모두 피지의 태평양 항공기다.

남태평양 피지는 인구 85만 명(피지인 48%. 인도인 46% 기타 6%). 열대 해양성 기후 면적 18,272㎢로 경상남북 정도 크기 332개 섬으로 이루어졌다. 피지의 수도는 난디로부터 서쪽으로 약 3시간 거리에 위치해 있고, 주요산업은 사탕수수 농업과 관광업이다.

가장 큰 섬 비티래부는 '커다란 피지'라는 뜻이고, 가장 높은 산은 빅토리아 산(해발 1,322m)이다. 공항 안 입국자 검색 정면 벽에 bula('안녕하세요.'의 뜻)가 크게 붙여 놓았다. 공항을 나서니 백○현 가이드가 기다리고 있었다.

인구의 75%가 본섬(제주도만 함)에 살고 인도인이 많은 것은 영국 식민지 시절 피지인들이 개을러서 부지런한 인도인을 데려와 정착한 결과라 했다. 피지인들은 체격이 크다. 피부는 검기는 하나 아프리카 흑인보다 잘생겼다.

대기하고 있는 버스에 올라 잠자는 거인의 정원으로 바로 향했다. 현재 우리가 가는 이 도로가 피지서는 main street란다. 차는 좌측

통행이다. 영국 식민지 영향 때문이다. 잠자는 거인의 정원 들어가는 입구부터 비포장이다. 이곳 피지는 12개 부락 추장이 모여 대통령을 선출하고 선출되면 종신 대통령이란다.

10여 분 정도 비포장을 들어가니 삼백토산(잠자는 거인의 뒷산 = 능선에 누워 있는 사람의 상이 있음) 아래 잠자는 거인의 정원은 다양하고 이색적인 꽃과 식물을 관리사 안내로 관람코스를 따라 돌아보았다. 열대의 향기가 물씬 풍기고 있었다.

설명을 들으면서 바쁘게 아름다운 꽃과 식물을 동영상으로 담았다. 그중에 빨간 무궁화(피지의 국화 = 잠자는 무궁화)가 인상적이었다. 무궁화를 국화로 하는 곳은 한국, 피지, 하와이란다. 난(蘭) 종류도 많지만, 신기한 열대 식물을 구경하면서 들어가니 약간의 경사지 산록변에도 열대 식물로 가득했다.

관리사에서 간단한 음료와 함께 휴식을 취한 후, 버스에 올라 난디의 전통 재래시장을 둘러보러 출발했다. 이곳의 주식은 마, 빵, 과일, 토란이다. 보이는 것은 사탕수수재배가 90% 이상이었다. 사탕수수는 1년에 3회 수확한단다. 수확 시는 불을 질러 잎을 태우고 줄기만 수확하는데 그래도 뿌리는 죽지 않아 3기작이 가능하단다.

삼처럼 생긴 카바사(cassava) 나무의 고구마처럼 생긴 뿌리(고구마와 감자의 중간 맛)를 식용으로 하는 작물을 도로변 곳곳에 경작하고 있었다.

난디는 피지서 3번째 큰 관광도시이고, 건물 높이는 야자수보다 낮게 4층으로 제한하고 있었다. 도로변에는 농가들이 산재되어 있었고 담배 경작지도 보였다. 사탕수수를 실어 나르는 간이철도(?) 선로도 있었다.

도로변에 화려한 힌두사원을 건축하고 있는 곳에서 우측으로 들어가니 난디 시가지였다. 시내는 어떤 중소도시에 온 느낌이다. 이곳은 치안 상태가 좋지 않아 오후 17시면 상점문을 닫는단다. 이곳의 의류는 대부분 일본 제품이었다.

재래시장은 30여 평 되어 보였다. 비 가림 시설 때문에 안쪽은 조금 어두웠다. 이곳도 경제적 여유가 있는 인도인은 좌판 위에 농산물을 진열하여 팔고, 피지 현지인들은 바닥에서 물건을 팔고 있었다. 이곳 부인들은 70%가 맨발로 다니고 나머지는 슬리퍼를 신고 있었다.

Rain tree라는 나무가 사탕수수밭 부근이나 지평선에 일정한 높이로 경관을 조성하고 있었다. 피지 $는 1$에 1$ 30센트, 한국 돈 780원 정도였다. 차량이 좌측통행이다 보니 차는 대부분 일제였다. 슈퍼에 들러 물을 한 병에 피지 돈으로 1.99$ 9병에 미화 14$에 샀다. 일행에게 한 병씩 나누어 주었다.

점심은 한인이 경영하는 아리랑 식당에서 소불고기로 식사한 후

12시 30분(현지 시간) TANOA HOTEL의 415호(4동 15호) 단층짜리 건물로, 호텔 로비에서 200m나 되는 긴 홀을 따라가야 하는 특이한 호텔에 여장을 풀었다. 10시간의 비행 여독도 있어 오후 17시 30분까지 휴식시간을 가졌다. 호텔은 깨끗하나 욕실에 비누와 수건 이외는 아무것도 없어 조금은 불편했다. TV는 오래된 한국의 gold star라 반가웠었다.

2008년 6월 12일

　　　　아침 7시가 다 되어서야 먼동이 튼다. 기온은 20℃ 정도나 되는지 활동하기에 적당한 날씨다. 오늘은 일정상 수영복 준비를 했다. 구름이 많아 비가 내릴까 염려스러웠다. 호텔에서 8시 30분에 출발하여 대나라우 선착장에 도착했다.

　관광객이 많았다. 이곳에서 1시간 15분 정도 배를 타고 아름다운 산호초와 해수욕장이 있는 타부아 섬으로 갈 예정이다. 10시에 범선에 승선했다. 돛이 달린 배긴 하지만, 엔진으로 운행했다. 승객은 여러 나라에서 온 관광객들이라 차림도 다양해 동영상으로 담아 보았다. 운행하는 사람이 남녀노소라 한 가족 같았는데 아니란다. 티부아 섬 가까이에서 다시 모터보트로 이동했다.

　섬에는 관광객을 위해 여러 가지 식당과 민박시설 등을 해두고 있었다. 음식과 술 음료수를 무료 제공하긴 했지만, 재료는 육지에서 운반하여 현지에서 요리를 해주고 있었다. 작은 섬이지만 이름 모를 열대 식물이 많았고, 해변에는 카누랑 비치파라솔 대신 야자 잎으로 덮은 휴식 시설도 곳곳에 해 두었다.

이슬비가 계속 내리다가 섬에 도착하니 비가 그쳐서 다행이었다. 바닷물에 안 들어가려다가 주위의 성화에 못 이겨 바다로 들어가 일행과 함께 수영을 오랜만에 해보았다.

피지(Fiji)의 낭만

에메랄드빛 투명한 바다가
유혹하는 피지 섬

보석처럼 떠 있는 섬 사이로
우람한 체격의 토착민들

열정적인 춤과 노래가
낭만의 포말(泡沫)을 일으키는 피지 섬

스콜이 쏟아지는
야자수 섬(島) 그늘 아래 바비큐 낭만도

'푸푸' 담소(談笑) 속에 피어나는
해수욕의 즐거움도

광대한 지역에 손에 잡힐 듯
형형색색의 산호(珊瑚) 수림 속을
현란(絢爛)한 색상을 자랑하는
신기한 열대어들의 유영(遊泳)에 넋을 잃고

호기심의 눈을 황홀(恍惚)하게 하는
다양한 열대 꽃들의 향연(饗宴) 등

순수 자연의 숨결이 가득한
지상의 파라다이스

모두가 추억의 빛으로 살아있는
피지의 낭만이다

바다 수온이 아주 적당했다. 한국보다 바닷물이 짜다고 하지만 필자는 잘 모르겠다. 탈의실도 없고, 민물이 없어 상당히 불편했다. 여자들은 숲속에 가서 수영복을 갈아입기도 했다. 다시 모터보트를 타고 산호가 있는 200~300m 정도 바다 가운데로 나가 해저에 있는 산호초를 배 밑바닥의 유리를 통하여 보았다.

산호 속에 노는 청색 황금색 등 다양한 열대어를 볼 수 있었다. 산호섬의 화려한 열대어의 유영하는 광경을 유리에 이끼와 이물질이 많아 동영상으로는 선명하게 담을 수가 없어 아쉬웠다.

주위에 있는 외국인들은 물안경과 마우스 호흡기, 물갈퀴 신발 등 장비를 갖추어 남녀노소 모두 산호 속의 아름다움을 즐기고 있었다.

중식은 양식 뷔페여서 식성에 안 맞지만, 배가 고프니 그런대로 한 끼 때웠다. 다시 비가 오락가락하였지만 옷이 젖을 정도가 아니라서 여자들은 물속에서 강강술래를 하는 등 재미있게 시간을 보낼 수 있었다. 본섬으로 돌아오는 길 멀리 유류 저장고 같은 것이 있고, 바닷물에 뿌리를 잔뜩 내리고 있는 맹그로브 식물의 멋진 풍광을 동영상으로 담았다.

배에서는 거대한 체구의 현지인들이 관광객의 해당 나라에 대한 노래를 들려주는데 모두 따라 불렀다. 우리나라 노래는 「아리랑」과 「사랑해 당신을」을 연주해주어 반가운 마음에 목청껏 합창했다.

17시 반경, 한인이 경영하는 식당에서 된장국과 주꾸미 볶음으로 저녁 식사를 했다. 18시가 되니 어둠이 짙게 밀려왔다. 이곳도 지금이 겨울이라 우리나라처럼 하루해가 짧단다. 호텔에 돌아와서는 몸에 묻은 소금을 씻고 자리에 들었다.

2008년 6월 13일

오늘은 자유시간이라 여행지는 여행자 경비 부담으로 할 예정이다. 비행기 투어나 모터보트 등은 비용이 많아 어제와 비슷한 관광을 하기로 하고, 1인당 7만 원 한국 돈으로 즉석 수금을 하여 가이드에 전했다.

어제와 같은 항구에서 12시 출발이라 호텔에서 10시 50분에 출발했다. 우리는 SOUTH SEA라는 작고 아담한 섬으로 간다. 비가 내리는데 우의를 파는 데가 없어 난감하기 그지없었다.

우리가 타는 쾌속정은 섬마다 시간 맞추어 들리는 정기 여객선이었다. 섬마다 가는 관광객을 구별하기 위해 손목에 종이 팔찌를 주는데, 빨강, 노랑, 청색 등 다양한데 우리는 초록색이다.

비바람 때문에 파도가 약간 높았다. 우리가 가는 섬이 제일 가까운데, 역시 어제와 같이 섬까지는 작은 배로 이동하였다. 파도 때문에 모두 긴장을 했다. 항구에서 섬까지 30분 정도 소요되었지만, 비바람 때문에 멀게만 느껴졌다.

섬에는 기본 시설이 되어 있었다. 비가 와도 천막 아래서 식사를 할 수가 있고 실내에서 각종 음료수, 술 등을 무료로 제공했다. 밖에서는 가스 불로 바비큐를 하고 중식은 뷔페식이었다.

이내 비가 그쳐 다행이었다. 섬 규모는 어제보다 더 작았다. 그러나 편의 시설은 더 많았다. 다양한 열대 식물을 둘러 볼 수 있고, 야외 풀장도 있다. 특히 야자수 열매가 손으로 직접 만질 수 있을 키가 작은 것이 있어 그것을 만지는 장면을 동영상에 담았다.

햇빛 나는 시간을 택해 여자들은 수영복으로 갈아입고 바다에 들어가서 놀고 남자들은 나무 밑에서 술을 한 잔씩 했다. 한 시간 정도 지나자 비가 내리기 시작하더니 15시가 지나자 장대비가 쏟아졌다.

2008/06/13

본섬으로 돌아가는 길에 우의가 없어 여자들만 대형 검은 쓰레기 봉투로 무장하니 우스꽝스러운 모습이었다. 17시 20분경, 어둠이 내리는 시간에 다행히 비가 잠잠해지고 파도도 심하지 않았다. 열대 섬의 풍광을 만끽한 하루였다. 그래도 배를 옮겨 타는데 파도 때문에 여자들은 겁을 내었다.

항구에 돌아오니 완전히 어두웠다. 도중에 한인이 경영하는 면세점을 들른 후, 저녁은 아리랑 식당에서 생선 매운탕으로 저녁을 했다. 이곳은 한인이 경영하는 식당이 2곳뿐이라 아시아나 여객기 여승무원들 15여 명이 평상복으로 식사하러 들어왔다. 늘씬한 키에 모두 미인이었다.

호텔에 돌아오니 20시 10분이다. 소형 배에 부딪히는 파도에 젖은 몸을 샤워로 씻어낸 후 잠자리에 들었다.

2008년 6월 14일

호텔에서 8시경 공항으로 이동했다. 호텔 버스로 이동하는데 소요시간이 5분밖에 안 되는 가까운 거리다. 공항에 도착하니 관광객으로 상당히 붐볐다. 작은 섬나라에 관광객이 정말 많이 오는 것 같았다.

항공권 발급과 짐 부치는 것이 동시에 이루어지는데 10여 코너에 1/2은 시드니이고, 1/2은 오클랜드행이다. 검색도 상당히 까다로웠다. 2층에 에스컬레이터로 올라가니 면세점이 있는 게이트다. 3번 gate로 9시 15분까지 탑승해야 했다.

공항 면세점에서 stone에 흑진주 코팅한 목걸이 3개를 피지 돈으로 26$를 카드로 결제했다. 비행기가 2층까지 있는 A380 대형 air pacific FJ 비행기다. 날개에 엔진이 각각 2개씩 달렸다. 1층만 66라인(1라인에 10명 = 좌우 3명 가운데 4명)이다. 탑승객이 427명이란다. 그런데 빈자리가 없이 만원이다. 엔진 문제로 2시간이나 지체된 후에 출발했다.

조금은 추운 뉴질랜드 기온에 대비한 복장인데, 2시간 지체하면서 엔진 정비할 동안 여객기의 비상구 문을 모두 열어두어 30도 이상 되는 무더위에 시달려야 했다. 의자 목 부분을 앞으로 양측을 약간 당기니 머리가 고정되어 수면에 편리하다. 12시 12분 이륙했다.

오클랜드 국제공항에는 14시 45분(2시간 30분 소요)에 도착했다. 공항에 내리니 상당히 대규모였다. 수하물 찾는 곳이 5라인인데, 1라인에 200m는 되어 보였다. 공항 검색이 까다로웠다. 세관원이 한국말도 약간 했다. 과일과 음식이 없다고 하니 파란 선으로 쉽게 통과시켜 주었다.

고추장을 가진 일행 때문에 시간이 약간 지체되었다. 공항에는 가이드 장용수(영어 이름 장풀)가 나와 있었다. 가이드가 친구의 사촌 동생 고향 사람이라 더욱 반가웠다. 이곳에 온 지 17년이란다. 버스기사(코치 캡틴)도 교민인 임 기사다.

호주에 교민은 2만5천 명이라는데, 비교적 적은 편이다. 중국인은 1860년 금광이 발견되어 그 당시 많이 옮겨와 현재 14만 명이나 된단다. 뉴질랜드는 인구가 400만 명(이 중 10%가 원주민)이나 유동인구(관광객)가 430만 명이란다.

오클랜드 인구는 130만 명이다. 수도 웰링턴 인구는 33만 명이다. 면적은 27만534㎢로 우리 한반도의 1.3배 일본과 비슷하다. 국토의 53%가 목장이다. 소, 양, 사슴을 많이 사육하고, 야생 사슴도 많다고 했다.

이 나라의 복지제도를 보면 병원비는 모두 무료이고, 교육도 고등학교까지는 무료다. 실업수당도 준다. 실업수당은 일자리를 찾는 노력을 보이고 그 증빙서류를 내어야 계속 탈 수 있단다.

여자와 학생에게 생업 수당도 준단다. 양육 보조금만으로도 생활 가능하다고 했다. 대학생은 융자를 주고 졸업 후 취업을 하여 상환하면 된다. 한 가족의 가족 수는 평균 2.7인이다.

시내 중심에 있고 오클랜드 시내를 한눈에 바라볼 수 있는 해발 196m의 에덴(EDEN)동산에 정상까지 차로 올라갔다. 정상 분화구 옆에 주차장이 있었다. 날이 따뜻해 겨울 느낌은 없고 곳곳에 단풍이 늦가을을 연상케 했다.

관광객이 수십 명이 와있었다. 중앙에 1927년에 설치한 세계 주요 도시를 방향별 거리로 표시한 동판이 있었다. 아쉽게도 우리나라 서울은 없었다. 현재시간 16시 30분, 피지와 같이 한국보다 3시간 앞선다.

뉴질랜드는 가축, 나무, 관광 수입으로 1인당 국민소득이 2만4천 불로, 우리나라보다 2배 이상 높다. 뉴질랜드를 먹여 살리는 것은 오염되지 않은 깨끗한 환경이라 이것을 선호하는 세계인을 상대하려고 공항 검색이 까다롭단다.

이곳의 소 사육 두수는 1천만 마리로, 우리나라보다 6배나 많다. 그리고 모든 초식동물은 풀밭에 방목하여 농후 사료를 먹지 않아 기름기가 적고 마블링이 거의 없다고 했다. 소 한 마리당 소요 초지 면적이 1,000평이다. 그리고 이곳은 축사가 없이 모두 방목한단다.

강우량이 연 2,400mm로 풍부하여 풀이 아주 잘 자라고, 겨울에도 풀이 파랗게 자란단다. 화산재로 형성된 땅이라 배수가 잘되어 하천이 없어 가축 방목이 아주 용이하다고 했다.

이곳의 전력은 원자력을 반대하는 국민들 때문에 수력발전, 풍력

발전과 지열을 이용한 발전으로도 전기가 부족 하지 않단다. 북섬에 우리나라 백두산보다 높은 산 2,790m의 산이 있다. 현재 우리가 가고 있는 1번 고속도로(남북도로) 좌측통행이라 진·출입이 헷갈린다. 지금 봄배이라는 지역을 통과하고 있다. 어둠이 깔리는 도로변에 목장이 많았다. 이 나라의 주식은 고기와 감자다.

로토루아(ROTORUA 큰 호수라는 뜻)에 19시 36분에 도착했다. 오클랜드에서 230km 떨어진 곳이다. 차에서 내리니 유황 냄새가 짙었다. 로토루아는 면적은 2,614.9㎢이며, 인구는 6만9천 명이다.

이어 교민이 운영하는 산수 식당에서 매운탕으로 저녁 식사를 했다. 그리고 가까이 있는 로토루아 호반에 있는 SUDIMA hotel 2층 118호실에 여장을 풀고 150m 거리에 있는 노천 유황온천(POLINASIAN POOLS)으로 목욕을 하러 갔다. 어른이 1인당 뉴질랜드 돈으로 40$이다. 꽤 비싼 편이었다.

실내 욕장도 있지만, 수온이 다양한(7종) 야외 온천장에서 어둠 속에 목욕하였다. 방에 돌아오니 밤 21시 50분이 지났다. 실내 TV가 LG 제품이었다. 피곤하여 바로 잠자리에 들었다.

2008년 6월 15일

아침 7시에 호텔 앞에 부근의 풍광을 영상으로 담았다. 유황 냄새가 짙고, 호반 곳곳에 끓는 온천수와 김이 나는 곳을 우리 일행 여자 몇이 모닥불 주위에 앉은 것처럼 둘러앉아 씌워 보기도 했다. 지하에는 전부 온천수로 끓고 있는 특별한 지역이었다.

8시에 아침 식사를 하고, 9시경 호텔 가까이에 있는 로토루아 시청 앞 국립공원에서 분출되는 250도 끓는 물 등과 열대 식물로 조경이 잘된 공원을 둘러보고 다시 양 사육장으로 이동했다. 도로변에는 곳곳에 수정기가 올라오는 곳이 많이 있었다.

이슬비가 내려 시야가 그리 좋지 않았다. Agrodome에서 양털 깎기 등 쇼를 관람하기 위해 실내로 입장 했다. 시설은 수십 년 동안 관광객 상대로 쇼를 행해 온 것 같아 보였다.

양은 3m 이상은 시력이 약해 앞을 못 본단다. 양을 종류별로 정면 무대에 2줄로 계단식으로 진열시키고 품종별로 설명하면서 개가 양 등을 타고 오르내리는 쇼 장면을 보여 주었다. 헤드폰 6번 채널에서 한국말이 흘러나와 이해를 돕고 있었다. 양털은 한 마리 깎는데 기계로 2분 30초 걸렸다.

양털을 제일 많이 사용하는 것이 옷인 줄 알았는데, 건물 단열재로 사용하는 것이란다. 처음 듣는 이야기라 깜짝 놀랐다. 양털로 단열재로 사용하면 화재 시 쉽게 타지 않고 유독 가스가 나오지 않는단다. 그리고 화재 시 양털을 물에 적셔 쓰고 나오면 불길을 쉽게 통과할 수 있어 아주 유용하게 사용된다고 했다. 또 단열 효과도 높다고 했다. 공연장 앞에서 개가 양몰이 하는 시범도 관람했다.

현재시간 10시 32분, 한참을 달려 Red wood 수목원에 도착했다. 무슨 행사가 있는지 자동차가 많았다. 이곳은 2만 평 정도 되는데, 1800년부터 삼나무를 심었다. 나무를 자세히 보니 삼나무 비슷한데 삼나무는 아니었다.

이곳에서는 일명 red wood라고도 한다. 이곳에 산책코스, 산악자전거, 말 타는 코스 등이 있단다. 중국, 캄보디아, 미국, 캐나다 등 대경목을 많이 보아 왔지만, 이곳의 제일 큰 나무는 1901년도에 식재되었다는 높이 65m이다. 그 이외 나무들도 엄청나게 큰 나무들이 많았다.

필자가 보아온 임상 중 최고였다. 이 나무는 줄기가 약간 붉은 빛을 내고 있어 red wood라 하는가 보다. 그리고 천근성(淺根性)이라 밀식(密植)을 하여 도복(倒伏)을 억제한단다. 한 나무가 옆으로 쓰러졌는데 그 위에 일정한 간격으로 굵기가 기둥 이상의 측지 5개가 자라고 있어 관광객을 놀라게 하고 있었다. 정말 신기했다.

관광객이 얼마나 다녀갔는지 나무껍질이 많이 벗겨져 있었다. 숲속 산책코스를 20여 분 걸으며 감상했다. 아주 기분 좋은 곳이었다.

다시 버스는 로토루아 시가지를 둘러보기 위해 670m의 ngongotaha산 정상으로 차를 타고 올라갔다.

불행하게도 안개비가 내려 뉴질랜드에서 9번째 큰 인구 6만8천의 로토루아 전경을 볼 수 없었다. 정상의 식당에서 비프스테이크로 점심을 하고 아쉬움만 남기고 떠나 왔다. deer world에서 사슴 녹용 등 판매장을 둘러본 후, 1시간 20분 거리의 타우포 호수(Lake Taupo)로 향했다. 도로변의 산들은 전부 100m 미만의 야산이고 초지 조성이 많았다. 가는 도중에 멀리 굴뚝에 연기가 나는 것은 지열을 이용하여 발전하고 남은 열을 버리는 것이란다.

뉴질랜드는 화산재로 이루어져 있어 비가 여간 많이 와도 고이지 않아 하천이 거의 없었다. 연 강우량이 2,400mm라면 곳곳에 하천이 있어야 할 텐데 정말 하천이 잘 보이지 않았다. 그런데도 농업용수 생활용수가 부족하지 않다는 게 부러웠다.

도중에 HUKA fall 폭포를 관광했다. 타우포 호수에서 흐르는 물이라는데 수량(水量)도 많고 푸른 물색이 너무 아름다웠다. 오색으로 보이는 것은 미세한 용암 가루가 섞여 흐르기 때문이란다.

현재시간 15시 48분이다. huka는 원주민의 말로 깨끗하다는 뜻이란다. TAUPO(큰 망토라는 뜻) 호수 가는 길 도로변에는 아름다운 조경으로 단장한 잘 지은 별장이 많았다. 타우포 호수는 뉴질랜드에서 가장 큰 호수(1억 8천만 평)로, 싱가포르 면적과 같단다.

호수로 가는 도중에 도로변에서 200m 거리에 있는 bungy jump 하는 곳이 있어 구경하였다. 높이 42~47m(수위 따라 다름)에 뛰어내리는 사람을 촬영하는데 순식간이라 촬영이 쉽지 않았다.

타우포 호수 주위 인구는 2만 명 정도라 하는데, 주거 환경이 미국 등과 비슷해 보였다. 16시 40분 어둠이 내리고 있었다. 열 발전소를 보기 위해 서둘러 떠났다. 열 발전소는 30여 곳의 열을 스텐으로 모으는데 시속 200km 속도를 관 굵기가 지름 15cm에서 1.5m(길이 5km 되는 곳도 있음) 통하여 모아서 발전한단다. 가는 도중 큰 파이프 옆으로는 끓는 온천물을 흘려보내고 있었다.

지열(地熱)발전소를 관람할 수 있는 전망대에서 바라본 발전소 규모는 방대했다. 스텐으로 빤짝이는 배관 등을 동영상으로 담았다. 파이 프라인 따라 산이고 들이고 곳곳에 김이 솟고 있는데 용암이 솟을까 봐 겁도 났다. 지열 발전소 8개소에서 열 발전으로 얻는 전력은 뉴질 랜드 전체 전력의 17%라 했다.

호텔에 돌아와서 뉴질랜드 전통식 요리를 특히 양고기를 지열(地熱) 로 구운 것 포함하여 뷔페식으로 저녁 식사를 하고, 그 자리서 마리 오(MAORIo) 원주민들의 민속춤(CONCERT)을 21시부터 1시간 관람 하고 22시경에 자리에 들었다.

2008년 6월 16일

수디마 호텔 로토루아 호반에서 끓는 물과 솟아오르는 김의 열기를 직접 접해 보고 호텔 한쪽 옆에 솟아오르는 온천 용출수 광경을 동영상으로 담았다.

9시에 호텔에서 나와 가까이에 있는 13번째 큰 호수 로토루아 호반 에서 처음 보는 흑고니들의 우아하게 유영하는 모습을 갈매기와 함께 동영상으로 담았다. 그리고 조금은 잘 사는 나라답게 우리나라서는 좀처럼 볼 수 없는 수상 경비행기 3대가 호수에 떠 있었다.

교민이 운영하는 양털 이불 공장을 견학한 후, 9시 58분, TEPUIA 민속촌으로 향했다. 시내 중심에서 남쪽으로 3km 정도 떨어진 곳에 있었다.

마오리족의 통나무 움막과 음식 조리기구 농기구 등 다양한 것을 살펴보고 바로 인접한 와카레와레와(Whakarewarewa)에는 수증기와

온천수가 분수처럼 분출되는 곳 간헐천(pohutudla)을 가까이서 사진
을 담으면서 한참 둘러보았다.

간헐천 포후투는 1시간에 한 번 정도로 분출하고, 분출시간은
5~10분, 높이는 20~30m라는데 우리가 둘러 볼 때는 5m 정도였다.

끓는 물이 계속 흘러나오는 곳이 있는가 하면 지열로 진흙이 끓어
오르는 Mud pool과 더운 김만 나오는 곳 등 한곳에 다양하게 볼 수
있었다.

분수처럼 분출되는 온천수가 우리가 관광을 끝내고 돌아설 무렵에
는 분출되지 않았다. 이것도 운(運)이다. 많이 솟아오를 때 보면 좋았
을 텐데….

다음은 시내 공원 옆에 있는 족탕에서 여독을 풀고 한인이 경영하
는 매점에서 머더파스 와 태반크림 등을 200여 불 어치를 카드로 샀
다. 그리고 부근에 있는 한인이 경영하는 종가집 식당에서 불고기로

점심을 했다. 현재시간 13시, 반딧불 동굴을 보려 출발했다. 소요시간은 2시간이란다. 이슬비는 계속 내렸다.

버스는 2차선을 달리고 있었다. 주위는 대부분 야산이었다. 임상도 비교적 좋았다. 한참을 가니 목장이 곳곳에 울타리를 경계로 하여 소와 양을 많이 방목하고 있었다.

대부분 소규모였다. 울타리는 한집에서 여러 개 구역으로 나누어 가축을 이동시키고 있는 것 같았다. 남으로 내려갈수록 산림은 없고 90% 이상이 초원이다.

이곳은 1인당 경영규모가 클 것 같다. 겨울이라지만 목초의 생육이 좋았다. 그리고 하천이 없으니 목장 이용에는 최적이다. 이슬비는 내리지만 멀리까지 시야가 확보되어 다행이었다. 가도 가도 초원이다. 국토의 53%가 초지라는 것이 실감할 수 있었다. 국토 전체가 거대(巨大)한 초원 같았다. 느낌은 몽골보다 더 넓어 보였다.

축사도 없고, 건초 저장고도 보이지 않았다. 말은 등피를 쓰고 있지만, 다른 가축은 그대로 방목하고 있었다. 2시간 달리는 동안 계속 파란 초원뿐이었다. 그리고 화산 지대라 비가 지중으로 잦아들어 도랑과 하천이 없어 초원이 그냥 정원처럼 보기 좋았다.

현재 14시 52분, 잠시 후 waitmoto cave(와이모토 동굴 = 마리오어로 구멍을 따라 흐르는 물이란 뜻)에 도착 예정이다. 이곳 Waitomo Glow worm Caves(글로우 웜 동굴)는 백 년 이상 수백만 명이 관광한 세계 8대 불가사의 중에 하나란다. 더디어 비가 내리는 속에 동굴 입구에 도착했다.

입구를 조금 들어가니 석순과 종유석을 관광하기 위해 직경 2~3m, 깊이 14m(4층 높이)나 되는 수직 구멍이 있는데 그곳으로 내려가 배를 타고 관광할 것이라 했다.

먼저 동굴 입구에서 100여m(?)에 있는 신비의 석회석 동굴 석순과 종유석을 감상한 후 계단으로 빙빙 돌아서 아래로 내려가 배(사람이 줄을 당겨서 운행함 = 16명이 한꺼번에 승선)를 타고 어둠 속에 빛과 소리를 내지 않고 천정에 매달린 그로우웜(빛을 발하는 곤충)을 감상했다. 마치 밤하늘의 은하수(별)를 보는 것처럼 빛이 나는데, 정말 신기하고 아름다웠다. 관람하는 길이는 60여m(?)나 될는지? 이 벌레의 유충이 끈적한 길이 15cm의 투명한 줄을 내리고(내려놓은 줄도 일정 간격의 길이로 아름다웠음.) 빛을 내면서 벌레를 유인하여 먹이로 살아간단다.

11개월 수명에 주로 애벌레 시대이고, 이때 빛을 내며 성충은 2~3일 정도 산단다. 배를 타고 관광이 끝나면 들어갔던 입구 아래쪽으로 나오는데 그곳에서 하선(下船)하였다. 그리고 비가 내리는 100여m 걸어 올라오니 버스가 대기하고 있었다. 어둠이 짙어가는 속에 비 내리는 길을 따라 오클랜드로 향했다. 중간에 휴게소에서 잠시 쉬고, 다시 시내로 향했다.

시내에 들어서니 퇴근 시간이라 차가 상당히 밀렸다. 그래도 유류대 인상으로 차량 운행이 많이 줄었다고 했다. 열차통근 승객이 늘어 객차를 증량하여 운행하고 있단다.

7시경 한인이 경영하는 식당에 도착하였다. 3시간을 밤길 빗속을 달려온 셈이다. 한식으로 저녁을 먹고 그곳에서 가까이에 있는 여인숙 비슷한 millenium hotel의 1층 115호에 투숙했다. 필자가 여행한 곳 중 가장 저급의 숙소였다.

내일은 4시 기상 6시 출발 9시 여객기를 타기 위해 간단히 씻은 후 바로 잠자리에 들었다. 오늘 일정에 있는 오클랜드 상징인 하이브릿지와 고급주택이 즐비한 미션 베이를 보지 못한 것이 아쉬웠다.

　　　　아침에 4시에 일어나 출발 준비를 했다. 6시에 호텔을 나와 캄캄한 어둠 속에 공항으로 향했다. 6시 20분, 공항 부근에서 뷔페로 아침을 하고 5분 후 공항에 도착하였다. 7시 30분인데도 아직도 약간 어두웠다. 8시 30분에 체크인하고, 9시에 뉴질랜드 703 여객기(승객 160명 정도 소형임)에 탑승하였다.

　오클랜드 비행장은 바닷가에 위치해 있었다. 여객기 창밖에 맺은 빗물은 이륙과 동시에 사라졌다. 이어 구름 속에 비행이다. 효주 시드니 공항에 다 와서도 구름이 많아 날씨가 걱정되었다. 구름 속에 착륙을 시도했다. 뉴질랜드 시간 12시 10분(호주 시간 10시 10분)이다. 다행히 날은 흐리지만 비는 오지 않았다. 이곳 비행장도 역시 바닷가다.

　하늘에서 내려다본 시드니는 곳곳에 고층 빌딩이 집중적으로 있고, 붉은 지붕의 주택들은 런던 상공처럼 숲속에 들어서 있었다. 부두에는 대형 선박들이 있고, 주유저장소로 보이는 것도 2곳이 보였다.

　시드니 공항은 규모가 상당히 넓어 보였다. 계류 중인 여객기도 많았고, 공항 주변도 복잡했다. 날씨는 구름은 많지만, 시야가 확 트여 기분이 좋았다. 공항에는 안내원 안ㅇ준(별명 라이온)이 나와 있었다.

　이곳은 호주서 제일 큰 공항으로 연간 1,200~1,300만 명이 들어오고 나간단다. 여객기는 1분 28초에 1대씩 운항한단다. 호주의 칸타스(캥거루) 항공사는 1919년 이후 단 한 건의 항공 사고가 없어 믿을 만하단다.

　호주는 면적 770만㎢의 대륙이다. 지형은 기복이 심하지 않는 완만한 평원이다. 인구는 금년 3월 조사 통계상 2,140만 명(98%가 백인임)

GNP는 1인당 4만7천 원이고, 세금은 소득의 40~45%를 내면서 모든 공과금은 국가 부담한단다.

18세까지는 교통비도 무료다. 호주는 1771년 8월부터 영국 국토로 죄수 유형지였으나 1793년부터 자유이민이 시작되고 1901년 호주 연방 자치를 거쳐 1926년에 완전히 독립한 나라다. 호주는 세계 최대의 석탄 및 다이아몬드 수출국이고, 세계 최대의 양모 생산 및 유가공 수출국이다. 세계에서 가장 안전한 나라 살기 좋은 나라라고 가이드가 자랑한다.

호주 역사는 230년 정도 일천(日淺)한데도 민주화가 잘되어 있어 투표율이 좋단다. 투표 기간은 2주를 주는데, 투표를 안 하면 벌금을 내기 때문에 외항 선원까지 전부 투표를 한단다.

공항을 나오자 활주로 아래 4km나 되는 긴 터널을 지났다. 여객기에서 내려다본 것과 같이 주택들이 숲속에 많이 있었다. 올림픽 공원(옛날 쓰레기 매립장)에서 불고기로 중식을 끝내고 세계 3대 원시림의 하나인 블루마운틴으로 향했다. 소요 시간은 2시간 정도다. 시내 전역이 대체로 나무가 많았다. 고속도로를 지나 도중에 '레피안'이라는 강을 지났다.

이곳부터 블루마운틴 구역이다. 호주서는 노벨상을 11명이나 받았다. 그만큼 많은 학술 연구가 이루어진다는 것이다. 그리고 헬리코박터균을 발견한 배리마셜(Barry J. Marshall) 교수는 균(菌) 발견하고 1회 위암 완전 방제연구로 2회, 즉 한 사람이 두 번이나 받았단다.

이곳에서는 학비가 무료인데 대학원도 약간의 학자금을 지원해준단다. 가는 길이 높은 산이 아니고 계속 산 능선을 따라 달리는 기분이다. 도로변에는 주택들이 많았다. 그리고 이 길은 1870년대부터 죄수들이 광산에서 일하기 위해 닦은 길이라고 했다.

호주는 국토는 폭이 4,000km, 남북이 3,000km 되는 넓은 땅인데도 산봉우리가 있는 산이 없는 것 같았다. 그리고 이 나라는 2/3가 사막이란다.

주위의 수종은 대부분(95%) 유칼리나무 나무인데, 이 나무에서 '시내오'라는 알코올성분(고무나무 오일)을 30% 배출하는 것이 빛과 반응하여 멀리서 바라보면 파란색의 안개가 보여 블루마운틴이라고 이름이 붙여졌단다.

유칼리나무는 잎이 앞뒤가 구별이 잘 안 되고 잎이 파랗다. 그리고 낙엽도 지지 않는다. 또 산불이 나도 나무가 잘 죽지 않는 특성이 있다. 나뭇잎이 땅을 보고 자라고 나무껍질이 모과나무처럼 벗겨지는 것이 특징이 있다.

호주인들은 평균 수명이 85.5세라는데 장수의 비결로 자연 환경이 깨끗한 것도 한몫하는 것 같았다.

유칼리나무 잎은 향이 진하여 방향제 원료로 이용되고 아로마 요법도 목캔디, 멘소래담, 감기약 제로로도 이용한다는 것을 이곳에서 처음 알았다. 목재도 잘 썩지 않아 용재림으로 사용하는데 호주의 전주가 대부분 나무인데 모두 유칼리나무로 사용하고 있다. 나무가 못도잘 안 들어갈 정도 단단하여 바닷속에서도 70~90년 견딘단다. 정말복 받은 땅 나라 같았다.

한참 후 블루마운틴 전망대에 도착했다. 주위에 상가들도 많았다. 일본인들이 학생을 비롯해 단체 관광객이 많이 보였다. 1954년, 영국엘리자베스 여왕이 26세 때, 2월 12일, 이곳을 방문 전망대를 낭떠러지 5m 앞을 더 내어 많은 사람이 아주 잘 볼 수 있도록 하여 전망대가 절벽 앞으로 나갔는데, 그곳에 엘리자베스 여왕 기념 동판이 있었다. 전망대에서 우측 절벽으로는 호주의 그랜드캐니언이라는 에코 포인터가 있고, 좌측으로 세자매봉이라는 봉우리 3개가 나란히 있었다.

다음은 전망대를 벗어나 우측으로 500m 떨어진 곳으로 버스로 이동 70도 각도 경사진 곳을 궤도 열차를 타고 200m를 내려갔다. 이 궤도열차는 석탄을 실어 나르는 것을 관광 열차용으로 이용하고 있었다.

아래쪽에 석탄 광구에는 채광 장비 등 시설물을 전시해 놓았다. 횡으로 오솔길을 100여m 걸어서 관람케 했는데, 광구 입구 주변에 자연 노출된 석탄(순도 100%)을 손으로 만져 볼 수도 있었다.

광구 입구에서 광도(鑛道)가 사방 100km 된다고 하고, 그 면적은105만ha(충청도 면적)이라니 그 규모가 엄청났다.

원시림 오솔길을 가이드의 고사리 나무 등 이색적인 나무의 설명을들으며 약간 아래로 내려가니 약 50명은 탈 정도의 대형 콘도라가 있었다. 이것을 타고 올라오면 관광 상품 매장을 통하여 나가도록 되어있었다.

이 전망대 주위에 약 3만 명이 살고 있다는데, 생계유지는 무엇으로 하며 식수는 어떻게 해결하는지 궁금했다. 주택들이 별장처럼 깨끗하고 공기가 맑아 살기 좋은 곳 같았다. 이곳에 세계 최초 2층 열차가 들어와 있다. 교통은 좋은 것 같았다.

호주도 전체 경제의 65%가 농업이고, 그 중 축산과 과수 재배가 주 농업이다. 호주의 양봉 규모는 남한의 7.5배 어마어마하다. 집단으로 사육하는 곳을 방문해보고 싶지만, 일정이 여의치 않아 아쉬웠다.

호주 원주민 애보리진은 5만 년 역사를 가졌지만, 수명이 짧다고 했다. 200년 전에는 50만 명이었으나 현재는 25만 명으로 줄었단다. 마운틴블루 산을 내려왔다. 시드니 부근에는 산이 없었다.

시드니 수족관을 가기 위해 37번 고속도로를 1시간 20분(110km) 달렸다. 제한속도가 둥근 교통표지판에 전광판으로 90km 나와 있는 것이 이색적이었다. 도로변 주택과 풍경을 촬영하고 싶어도 방음벽과 수목 때문에 쉽지 않았다. 도중에 현대차 판매장이 반갑게 눈에 들어왔다. 호주에 한국 차는 15%로 비교적 많은 편이란다.

달링 하버(Darling harbour) 시드니 서쪽에 있는 최대 위락지로 코클베이를 중심으로 컨벤션 센터, 시드니타워, 국립 해양 박물관, 시드니 수족관, 카지노 등이 있어 관광객은 물론 시드니 현지인들도 많이 찾는 곳이란다. 시드니 수족관(sydney aquarium)에 도착하니 어둠이 내려앉고 있었다. 현재시간 17시다.

5천여 종류의 어패류를 145m 수중유리 수족관 터널을 따라 오리너구리, 그레이스 베리어 등과 화려한 산호초, 상어, 처음 보는 대형 가오리(세계에서 가장 큰), 색깔이 화려한 다양한 열대어를 관람하고 나오니 6시. 급하게 둘러보아도 한 시간이 걸린 셈이다.

밖을 나오니 약간 떨어진 곳에 있는 1981년 9월에 완공한 시드니타워(syduny tower 304m)에 조명이 들어와 있다. 수족관 부근은 고층건물이 즐비했다. 인근에 있는 호주에서 유일하게 하나뿐인 네온 간판이 뻔쩍이는 카지노 빌딩 스타시티 건물 3층에서 한식, 일식, 중화요리 뷔페로 저녁을 했다.

도로에서 식당가는 길 좌우로 있는 폭포 계단과 에스컬레이터 등은 조명을 받아 화려했고, 옥상의 네온들이 환락가(歡樂街)답게 시드니 시내를 향해 현란한 빛을 뿌리고 있었다.

이 모든 것을 동영상으로 담고, 40분 정도 달려 Rydges bankstown hotel에 도착했다. 저녁 20시가 넘었다. 309호실에 투숙했다. 호텔은 비교적 깨끗하고 편리한 구조였다.

2008년 6월 18일

7시에 호텔을 나와 stockton beach에 있는 뉴캐슬 사막으로 향했다. 버스 내에서 가이드의 설명인즉 호주는 전쟁이 한 번도 일어나지 않은 나라이면서도 세계 전쟁에 참여하지 않은 적이 없다고 했다. 이 나라는 52개국 언어 교육을 하면서 한국어를 금년부터 제외했다는데 이유는 모르지만 씁쓸했다. 빨리 국력을 신장시켜야 하겠다.

201개 민족이 살고 56개국 돈을 환전하고 있다. 그리고 남극의 1/3이 호주 땅으로 대한민국 면적의 11배에 달하는 넓은 땅이다. 호주의 관광 수입은 연간(年間) 73조 원이다. 소 한 마리 60만 원, 송아지 20만 원, 양 한 마리 5만 원. 한국에 비하면 엄청나게 싸다.

뉴사우스 웨일스주는 호주의 남동부에 있는 주로, 주도는 시드니

시, 인구는 490만 명이고, 그중 인구의 67%가 백인이다. 이곳의 주택들은 대문과 담장이 없다. 호주는 5가지 지형이 있다고 했다. 그중에는 세계에서 가장 독성이 강한 맹독성 독사가 사는 곳도 있단다.

석탄이 많이 생산되는 나라지만, 작년에 석탄 톤당 91$이 금년에는 150$로 엄청나게 올랐단다. 이것도 석유 가격 인상 여파인 것 같았다.

1시간 36분을 고속도로를 달려 산 능선(정상?)에 있는 페더 데일(fether dale) 야생 동물원에 도착했다. 입장료는 호주 돈 22불 50센트로 비싸다. 동물원이 생각보다 규모가 작았다.

코알라(하루에 18시간씩 자고 18년 산단다.), 과일박쥐, 캥거루(원주민 말로는 "잘 모르겠는데요." 뜻) 大, 小와 악어, 뱀 등 다양한 동물을 관광했다. 호주 국화꽃을 비롯해 몇 가지 꽃이 피는 식물을 동영상으로 담았다. 어제와 오늘 산길 도로를 몇 시간을 다녀도 산봉우리는 없고 계속 산 능선을 가는 느낌이다.

오늘 날씨는 구름은 있지만 맑았다. 버스는 스톡턴 비치(stockton beach)에 있는 사막으로 모래타기를 하기 위해 가고 있다. 소요 시간은 1시간 40분 소요 예상. 계속 산길을 가다가 대평원 초원이 나왔다. 화물열차가 지나가는데 캐나다처럼 끝이 보이지 않았다. 100~150량이나 되는 것 같았다. 호주는 소 1두에 초지 면적이 뉴질랜드의 배인 2,000평이란다.

주택이 몇 채 있는 곳에 있는 스톡턴비치에 도착하여 모래 위를 달리는 차(바퀴 두께가 일반 자동차의 배 정도 넓음.)를 바꾸어 타고 모래언덕으로 가서(높이 30~50m, 경사 60도) 판자를 타고 내려오는 약간은 위험한 놀이를 하였다.

모두들 동심으로 돌아가 즐겼다. 일부 가벼운 부상자도 나왔다. 그리고 가까이 있는 하얀 파도가 부서지는 스톡턴 비치에서 기념사진을 남겼다. 해안이 너무 길어 끝이 보이지 않았다.

다음은 20여 분을 달려 포트 스테판(port stephen), 일명 넬슨 베이에 있는 노인복지회관의 구내식당에서 스테이크로 점심을 했다. 노인복지회관은 넬슨만(bay)을 내려다보는 산 3부 능선에 합숙소를 만들어 전망이 좋을 뿐만 아니라 숙소 주위에는 꽃 등으로 조경을 아주 잘해 두어 노인들의 천국이었다.

중간쯤에는 식당 휴게실 등이 있고, 그 앞에는 2~3천 평 정도 되는 잔디밭에서 노인들이 정구공만 한 공을 80m 거리에 두고, 1.15kg 되는 여러 가지 색상의 공을 굴려 맞히는 경기 일명 '롱 볼링' 경기를 수십 명이 여러 팀으로 나누어 한가로이 즐기고 있었다.

우리 일행은 넬슨만 항구에서 자연 서식하는 돌고래를 보러 돌핀 크루즈를 타러 선착장으로 나갔다. 2척의 유람선이 정박해있고 이를 타기 위해 관광객이 상당히 많았다. 역시 한국인뿐인 것 같았다. 항구에는 수백 척의 요트와 어선이 정박해 있는데, 모든 배들은 일본처럼 녹이 슨 배는 한 척도 없이 아주 깨끗했다.

배 두 척이 경쟁하듯 약 1km 정도 나가니 작은 돌고래가 여기저기 발견되었다. 160마리나 서식한단다. 유영하는 돌고래를 구경한 후 배는 항구 전체를 한 바퀴 선회해주었다. 항구 주위 숲속에는 별장을 포함 주택이 많았다. 한번 살고 싶을 정도로 그림처럼 아름다웠다.

시드니로 오는 도중 포도주 시음장에 들러 종류(5가지)별로 맛을 보고(물건은 하나도 팔아주지 않음.) 나왔다. 이곳도 관광객이 계속 입장하고 있었다. 한참을 달리다가 어둠이 내릴 무렵 시드니행 1번 고속도로에 들어섰다. 주위는 평야 지대다. 또 끝도 없는 열차가 지나가고 있었다. 숲에는 전주가 지나는 곳에는 나무를 미국처럼 베어 두었다. 초원에 방목하는 것은 여전했다.

도중에 휴게소(주유소)에 들러 잠시 쉬는 동안 가이드가 사주는 아이스크림으로 더위를 식혔다. 18시가 다 되어 시내에 들어와 해물탕으로 저녁을 했다. 호주의 동전은 한국의 풍산 금속에서 주문해오고, 지폐는 호주에서 자체 기술로 플라스틱으로 만들어 꾸겨도 바로 펴지고, 물속에서도 변하지 않게 만들었단다. 그리고 항균 작용이 있어 입에 대도 염려 없단다. 세계 여러 나라서 로얄티를 주고 기술 이전을 해간다니 대단했다. 19시 50분경 호텔에 돌아왔다.

2008년 6월 19일

오늘은 9시부터 시내 관광이다. 본다이비치(Bondi Beach = 원주민 말로 '바위에 부딪히는 파도'라는 뜻) 시드니에서 인기 있는 해안으로 출발했다. 시내 도로변은 영국처럼 골목도 없이 집이 연결되어 있었다. 오랫동안 영국의 지배하에 있었기 때문일 것이다.

도중에 '콘리넨틀 파크' 뒤 고딕 양식의 건물이 시드니 대학이다. 본다이 해수욕장은 우리나라 해운대 백사장과 규모가 비슷해 보였다. 그러나 분위기는 완전 달랐다.

해변가 주차장과 잔디밭 주위 화장실을 포함한 건물은 1901년도 건물로 아직도 사용하고 있고, 모래 부분을 잔디로 바꾼 것 이외는 백사장과 함께 그대로 보존되고 있었다.

해안가는 유모차를 끌고 산책하는 사람, 상반신 나체로 조깅하는 노인, 겨울이라 하지만 수온이 따뜻한지 젊은 여자 두세 명이 각각 따로 수영복을 입고 약간 높은 파도를 전혀 개의치 않고 헤엄치다 나와서 대형 타월로 몸을 닦고 옷을 입은 후 가방을 챙겨 가는 광경이 인상적이다. 그리고 비치 양안으로 수십 명의 사람이 윈드서핑 파도 타기를 하고 있었다. 평일인데도 이렇게 이용하는 사람이 많은데 휴일은 어떠할지 짐작이 갔다.

다음은 시드니 시내를 한눈에 내려다볼 수 있는 더들리 페이지 전망대로 이동했다. 호주는 지형이 높은 곳. 강과 바다가 접한 곳. 교통이 불편해야 부자 동네라 했다.

더들리 전망대(수백 평은 되어 보이는 잔디밭 = 더들리 페이지라는 부호의 땅인데, 유언으로 100년간 아무것도 짓지 말라는 유언 때문에 공터로 남아 있음.)에서 많은 관광객이 좋은 위치에서 풍광도 아름다운 시드니 시내를 조망할 수 있었다.

이곳도 한국 관광객이 많았다. 멀리 고층 빌딩과 오페라 하우스를 비롯해 가까이는 숲속에 붉은 지붕의 주택들을 한눈에 볼 수 있었다. 여러 각도에서 사진들을 남겼다. 다음은 해안가를 조금 달려 가까이에 있는 세계 3대 미항 중 하나인 시드니 항만의 입구 갭팍(Gap park)이다.

남태평양을 한눈에 바라볼 수 있는 곳. 개척 당시 죄수들이 자살을 시도했던 곳으로도 알려 있는 절벽이 아름다운 곳이다. 빠삐용 마지막 영화 촬영지가 손에 잡힐 듯 가까이 보였다. 이곳은 일본군의 침입을 막기 위해 해안포를 설치한 곳이기도 하다. 항구 입구의 섬 자락 4개가 외침을 막기에도, 폭풍우의 파도를 잠재울 수 있는 천혜(天惠)의 지형이다. 이곳에 한국 관광객이 얼마나 오는지 주위의 상인들이 한국말을 잘했다.

관광버스 기사 중 백발이 성성한 키가 큰 백인 노인 기사가 우리 일행 한 명에게 "안녕하세요." 인사에 나는 "아이고, 다리야." 했더니 자기도 "아이고, 다리야."라고 화답하는 것이 재미있었다.

다음은 오페라하우스를 한눈에 보며 사진 촬영할 수 있는 맥콰리 포인트(Mrs macquarie's point)로 향했다. 현재 지나고 있는 곳이 항만 요트장, 그리고 부자촌이란다. 이어 고층 빌딩이 즐비한 시내를 지나 보타닉 가든 옆에 맥콰리 포인트에 도착했다.

옆에는 로얄 보타닉 가든(Royal botanic gardens)라 불리는 왕립식물원이 있고, 이곳에는 4,000여 종 희귀식물이 자라는 곳인데 지나가면서 보는 것으로 대신했다.

맥콰리 포인트 왕립식물원 옆 해안가에는 시드니만과 오페라하우스, 하이브릿지를 한눈에 볼 수 있다. 1810년부터 12년간 5대 총독 레이 클린 맥콰리의 부인이 3차례 영국에 다녀오는 남편을 가장 잘 보이는 위치에서 글과 그림으로 소일하던 장소 그곳에 지금도 맥콰리 부인의 의자가 있었다. 그곳을 바위에 글을 새겨 놓고 미세스 맥콰리 포인트라 명명했다.

아름다운 시드니만과 오페라하우스, 하이브릿지 등을 영상으로 담고, 바다에서 오페라 하우스 감상과 항만을 둘러보기 위해 보타닉 가든 옆을 지나 도심지 선착장에 도착했다. 수많은 배가 운행되고 빌딩이 즐비한데도 바닷물이 기름 한 방울 없이 우리나라 울릉도 저동 항구보다 더 깨끗한 것 같았다. 바다에 설치된 나무는 전부 유칼리나무인데, 이 나무는 잘 썩지는 않고 마모되어 없어져야 한단다.

관광 유람선에 탄 승객은 역시 전부 한국사람 같았다. 배 종업원 중 한국인 아가씨도 있었다. 아름다운 시드니 항구를 유람하면서 해안의 그림 같은 주택 풍경, 빌딩, 오페라하우스, 하이브릿지 등을 각 방면에서 바라보면서 한 바퀴 둘러보았다. 선상에서 송아지 바비큐로 점심을 했다. 메뉴도 흡족했다.

시드니 오페라하우스

2008/06/19

파도도 잠드는
천혜(天惠)의 요새 시드니 항구에
호주의 상징 오페라하우스

조개를 포개놓은 형상의 기발한 아이디어
시선을 압도하는 위용
무한 가능성의 스킬이 녹아 있었다

우렁찬 공명(共鳴)의 반향(反響)이
거대한 하버브리지를 흔들면서
하얗게 허공에 울려 퍼지고

인접한 다운타운 빌딩 숲 위로
저공 선회하는 경비행기는
삶의 풍요를 구가하고 있었다

꿈꾸듯 다가서는 오페라하우스
볼수록 아름다운 자태는
마음을 사로잡는 문명의 꽃이었다

사시사철 감미로운 풍광을
세월의 강에 뿌리는

내항을 한 바퀴 도는데 정말 볼거리가 많았다.

마지막에는 하이브릿지 밑을 통과하여 내항으로 향했다. 멀리 빌딩 위로 경비행기 2대가 지나갔다. 1시간 30여 분 동안 그냥 감탄 속에 즐기다 보니 시간이 순식간에 지나간 것 같았다. 내항 선착장에 하선하여 대기하고 있는 버스에 올랐다.

하이브릿지 탐방은 평일은 1인당 10만 원, 토 공휴일은 15만 원 시간도 여의치 않고 돈도 비싸 그냥 밑에서 쳐다보는 것으로 만족해야 했다.

고층 빌딩(70층 내외) 숲속 4차선이 골목길처럼 좁아 보이는 거리에 있는 면세점으로 향했다. 어떤 빌딩 꼭대기에 대형 ING 간판이 눈에 들어왔다. 호주는 사회보장 제도가 잘되어 보험이 필요치 않을 텐데도 보험 선전 간판이 있었다. 면세점에서 머드파스와 화장품 등을 구입했다.

다시 오페라하우스로 가는 주변은 초고층 빌딩(최고 76층 = 우리나라 63빌딩보다 13층 높다.) 사이를 지났다. 오페라하우스 사진으로만 보던 건물 바로 만져 볼 수 있었다. 오페라하우스는 조립식 건물이란다.

왕립식물원 끝의 베네롱 곳에 떠 있는 듯이 자리 잡고 1973년에 문을 연 시드니 오페라 하우스(Sydney Opera House)는 시드니의 상징적인 건물이다. 106만 장의 타일로 사용한 지붕은 마치 조가비를 몇 개씩이나 포개 놓은 듯했다.

덴마크 건축가 요른 웃존에 의한 설계로써, 19년간의 건축 공사로 1983년에 완공했다. 공사비는 호주 돈 1억 200만 불 들었단다.

우측으로는 2,700명 콘서트홀, 내측으로 1,550명 오페라 극장, 그 외 영화관, 아트갤러리, 전시장, 도서관 등 많은 시설이 있다. 외벽은 콘크리트 실내는 통나무로 만들었다. 천정이 87m나 되지만 공연 시에는 천정이 내려와 박수 소리가 동시에 나도록 설계되었단다. 공연실은 유료라 들어가 보지 못했다. 곳곳에 경비가 삼엄했다. 건물 주위를 한 바퀴 둘러보았다.

오페라하우스 앞 높은 언덕의 정원의 지하에는 자동차 1,280대가 주차할 수 있는 주자장이란다. 언덕의 정원 내 약간 멀리는 총독의 집무실이다.

다시 버스에 올라 오페라 하우스 앞 공원(공원 옆 건너편 즉, 오른쪽은 고층 빌딩 상가 건물임.)을 지나면 호주의 각 관공서 건물들이 늘어서 있다. 국립도서관, 고등법원, 우측으로는 우리나라 영사관, 인구 69만 명의 행정부인 주립청사, 주택공사, 성모마리아 성당, 하이드 공원 등을 지나 역시 고층건물이 계속되었다. 가이드의 설명을 일일이 기록할 수 없었다.

한인이 운영하는 면세점에서 캥거루 그림 있는 T사스 1개를 한화로 2만5천 원 주고 샀다. 다음은 가까이에 있는 광나루 식당에서 한식으로 저녁을 했다. 지금 비가 내리고 있다. 낮에 관광할 때 비가 안 와서 천만다행이었다. 여행 시에 비를 만나고 안 만나고는 많은 경비를 들여 모처럼 온 기회에 크게 영향을 미친다.

숙소로 돌아가는 길이다. 어둠 속에 시드니 대학교 거리를 지났다. 뉴사우스 주립대학이다. 이 대학은 영국의 옥스퍼드 대학을 본받아 설계하였다는데 보안 등이 적어 잘 볼 수는 없었다. 40여 분을 달려도 밝은 거리에 익숙해진 우리로서는 범죄가 우려될 정도로 시내 전체가 어두웠다.

RYDGES bankstown hotel에 도착한 시간은 19시 20분이다. 집을 나선 지 11일이 순식간에 지나간 기분이다. 내일 아침은 4시 20분 일어나야 하기에 서둘러 잠자리에 들었다.

2008년 6월 20일

새벽 4시 20분에 일어나 짐을 챙겨 호텔 로비에 내려와 5시 10분경에 호주식 도시락(빵과 음료수 과자 등)으로 아침을 대신 했다. 어둠 속에 달려 6시경 공항에 도착했다. 공항에는 가이드가 미리 나와 있었다. 출국 수속을 마치고 공항 면세점에서 아버님께 드릴 호주 과자 한 봉지를 미화 26$ 주고 샀다.

색다른 제품이라 살아 계실 동안 사드리고 싶었다. 시드니 공항 청사 내가 상당히 넓었다. 게이트 번호가 98번까지 있었다. 7시 30분 대한항공 KE 122 여객기 탑승 시작하여 8시 이륙했다.

어제저녁에 내리는 비는 그쳤지만, 구름이 많이 낀 날씨다. 기온은 활동하기 적합했다. 우리 여객기와 함께 여객기 3대가 연달아 뜬다.

여객기 좌석이 다행히 49A 창문 옆이라 밖을 내다보기 편하다. 시드니의 타워가 고층 빌딩 사이로 멀리 보인다. 가까이에는 많은 여객기가 계류 중이다. 우리가 뜨는 여객기 옆으로 여객기 한 대가 착륙하고 있어 여객기 이착륙이 정말 많았다.

필자 생전에 호주는 이것이 마지막이라 생각하면서 주위를 다시 한 번 살펴보았다. 비행장 옆 부두에는 커다란 하역장이 있고, 맞은편에는 커다란 석유 저장고도 보였다.

해안으로는 하얀 포말을 일으키는 파도가 일고 있었다. 이어 바로 남태평양 상공이다. 여객기 내 좁은 공간에서 10시간 이상 지루한 비행을 한 후 인천공항에는 오후 17시 30분경에 도착했다.

동경
관광

2007. 6. 25. ~ 6. 29. (5일간)

※ 동영상 위주로 영상을 담다 보니 사진을 찾을 수 없어 여행 일정만 요약함.

2007년 6월 25일 (월)

모 단체의 연합 세미나에 참석하기 위해 김해 국제공항에 도착, 10시 40분에 일본 나리타공항으로 향했다. 1시간 55분 지나, 12시 35분, 나리타(成田) 공항에 도착했다. 공항에는 통역 가이드 50대로 보이는 김○자 씨가 마중을 나와 있었다. 지바현(千葉縣)에 위치한 나리타 공항은 1964년 올림픽 때 국제공항으로 개항한 이후 계속 증설하여 일본 제일의 국제공항이 되었다.

일본은 75%가 임야이고 나무가 울창하여 물도 깨끗하고 물맛도 좋다고 했다. 지바현(千葉縣)은 밭이 많아 콩과 땅콩이 많이 생산되고, 특히 이곳의 콩으로 만든 장(醬)맛이 좋다고 했다.

일본 전체 인구는 1억 2천만 명이고, 도쿄는 1,280만 명이란다. 43개 현 중에 우리는 가장 큰 섬 중의 혼슈섬에 내린 셈이다. 여기서 도쿄까지는 70km 떨어져 있다. 가는 도중에 980년 전에 지었다는 '신승사' 입구에서 우동으로 점심을 했다. 일본인들의 친절과 미소는 그들의 몸에 밴 재산이란다.

사찰 입구는 상가가 들어서 있어 상당히 복잡했다. 좁은 길에 차량도 많았다. 사찰 일부를 보수 중이긴 했지만 대웅전, 요사채, 비석, 주변의 나무 등이 고찰임을 알 수 있었다.

본당 뒤 옹벽에는 시주한 사람들의 이름을 금액에 따라 글자 크기를 달리했는데 화강석에 수백 명의 사람이 새겨져 있었다. 그 중앙에 대한민국 합천군 율곡면 낙민리 ○○○씨가 있는데 국적을 가리지 않고 주소까지 명기하여 새겨둔 것이 특이했다.

동 장면을 동영상으로 담고 대웅전 후문으로 들어가 본당을 둘러보았다. 다음은 대웅전 앞 우측의 높은 곳으로 올라가 수국의 다양한 색상으로 단장된 사찰 전경을 영상으로 담았다.

30여 분 둘러보고 도쿄 디즈니랜드가 있는 우라야스로 향했다. 소요 시간은 5분 정도이다. 도쿄 디즈니랜드는 1983년에 24만 평을 도쿄만 옆 바닷가에 조성해 두었다. 일본은 검소함이 몸에 배어 차량도 경차 위주로 구입한다고 했다. 40%가 도요다 차란다. 도로변 주위의 구릉지 야산에는 삼나무와 편백나무가 주를 이루고 있었다. 고속도로에 들어서니 대부분 하이패스로 통과하고 있었다.

일본은 교통질서를 잘 지키는 나라라 했다. 인가가 있는 곳은 빈틈없이 방음벽을 설치했고 곳곳에 등나무 비슷한 것이 꽃을 피우고 있었다. 바다를 매립하여 신흥도시를 이루었다는 '마쿠하리'를 통과하고 있었다. 컨벤션 센터도 보였다. 지금 지바현(千葉현) 포안시(우라야마市)를 지나고 있었다. 왼쪽은 디즈니랜드 우측은 주택지를 지나 Bay Hilton 호텔에 도착했다.

디즈니랜드 입장료는 5,800엔이면 종일 어느 곳이든 관람할 수 있지만 자세히 둘러보려면 3일이 소요된다고 했다.

힐튼 호텔은 동경만 바다를 끼고 있는 곡각 지점에 'ㄱ'자형 호텔이다. 16시경에 바다가 한눈에 보이는 703호실에 여장을 풀었다. 호텔은 넓고 깨끗한 고급 호텔이었다. 풀장을 비롯해 조경을 잘해 두어 경관이 좋았다. 이어 호텔 2층에서 등록을 하고 크리스탈볼룸에서 개회식을 겸한 환영 만찬을 가졌다.

2007년 6월 26일 (화)

아침에 기상하여 힐튼 호텔을 풀장과 작은 인공폭포 등 구석구석 조경을 둘러보았다. '가깝고도 가까운 나라 일본' 내용의 비디오를 보고 '신과 인간 존재의 세계' 강의를 들었다. 그리고 '가정의 가치'라는 강의 후, 이색적인 고급 도시락으로 점심을 했다. 오후에는 '국경 없는 평화의 세계' 등 비디오를 보고, 일본 교포의 강의 후, 기념 촬영을 했다.

2007년 5월 27일 (수)

아침 식전에 호텔 주변 해안가에 늘어선 10여 개의 대형 호텔을 따라 해안가를 거닐고 돌아올 때는 디즈니랜드 일부 구간의 외관을 둘러보는 등 1시간 정도 산책을 했다.

오전에는 '한일 해저터널' 비디오를 보고 '제일 동포의 평화통일 운동' 강의를 듣고 오후에는 '자랑스러운 한국인'이라는 강의를 끝으로 마치고, 16시 30분, 폐회식을 가졌다.

저녁 식사 후 18시경부터 나누어 주는 입장권(한화로 35,000원 정도)을 갖고 가까이에 있는 디즈니랜드 관광에 나섰다. 호텔 앞에서 디즈니랜드 전용 모노레일 역(3곳이 있음)에서 열차를 타고 한 바퀴 둘러보았다. 열차가 상당히 높아 디즈니랜드 내부를 자세히 내려다볼 수 있었다. 그리고 정문으로 보이는 제일 큰 출입구로 들어갔다.

조경을 잘해 놓은 광장을 지나는데 관광객들이 많았다. 거의 일본인들 같았다. 건물들이 화려하였다. 네온 등 조명이 들어오니 별천지 같은 곳이었다. 어린이들이 오면 무척 좋아할 것 같았다. 판매용품들도 대부분 어린이 용이었다. 건물들을 이색적인 서구풍으로 아름답게 지어놓았다. 입장권은 어디든지 입장이 가능했지만 시간 관계상 우리 일행은 각 놀이 장 외관만 둘러보았다.

야간 가장행렬을 보기 위해 행사진행 도로 양측으로 몇 시간 전부터 자리 잡고 있는 관광객을 뒤로하고 그동안 약간의 시간이 있기에 귀신이 나오는 코스에 입장했다. 흥미로운 장면을 다양하게 꾸며 놓아 기분 좋은 시간을 가졌다.

밖을 나와 20시부터 시작하는 가장행렬 코스로 다시 갔다. 가장행렬이 지나갈 도로 양측에 줄을 쳐 놓고 입추의 여지 없이 많은 사람들이 마주 보고 앉았는데 앉을 자리가 없는 것은 물론 가장행렬이 시작되자 어디서 몰려왔는지 사람이 너무 많아 동영상 촬영이 힘들 정도로 복잡했다.

모두들 가장행렬을 잘 보려고 의자, 돌담, 심지어는 나무 위까지 사람들이 올라가고 있었다. 다양한 형태의 가장행렬이 현란한 조명 속에 진행되는데 상상을 초월할 정도로 아름다웠다. 잠시도 시선을 떼지 못할 정도로 화려함의 극치였다. 1시간 정도 진행되는 가장행렬을 약간 높은 곳에서 간신히 동영상으로 담고 또 담았다.

가장행렬이 끝나고 난 후 우리 일행은 동굴 속의 수상 배를 타러 갔다. 코스가 스릴과 탄성이 터지도록 아주 재미있게 조성되어 있다. 마지막 폭포에 떨어지는 장면을 스냅사진으로 순간 포착을 해놓고 사진을 사라고 하는데 사진값이 비싸서 한 장만 기념으로 구입하고 그 사진을 모두 이메일로 받기로 했다.

밖을 나오자 바로 가까운 곳에서 불꽃놀이가 시작되고 있었다. 비교적 장시간 진행되는 아름다운 광경을 동영상으로 열심히 담았다. 우리 옆에 일본의 젊은 여성들이 스고이(굉장하다)를 연발하고 있었다.

짧은 시간을 최대한 활용하였지만 1/3도 둘러보지 못하고 출구 등 길을 물어 나오니 넓은 주차장에 수백 대나 되어 보이는 승용차가 빈자리 없이 주차해 있었다.

도쿄 디즈니랜드

도쿄 만(灣)을 끼고
광활하게 터 잡은
도쿄의 디즈니랜드

순환(循環)하는 모노레일에 내리면
환상의 정글이다

미로(迷路) 속을 헤매다
동굴 속 보트 수직낙하
스릴 넘치는 비명 소리

스고이(굉장하다) 연발의
밤하늘 불꽃놀이

어둠이 내려앉으면
굽이굽이 도는
화려하고
현란(絢爛)한 가장행렬(假裝行列)

끝없이
밤하늘을 밝힌다

성인들도 헤어나지 못하는 감동
꿈의 나라, 동화의 나라
도쿄의 디즈니랜드

　모노레일에 내렸던 역을 돌아 호텔까지 걸어서 왔다. 밤이 늦었지만
일행들과 술 한잔하고 잠자리에 들었다.

오늘은 도쿄 시내를 둘러보기로 했다. 8시 30분, 첫날 승차했던 버스와 안내원이 그대로 미리 대기하고 있었다.

무지개다리를 지나 천황이 있는 궁으로 향했다. 러시아워라 40~50분 소요 예상이다. 도쿄는 애도(江戶) 시대 때 정착 발전하였다. 그 이전은 교토가 천 년 역사를 기진 일본의 수도였다.

황궁으로 가는 도중에 국회의사당, 경찰청, 법무성 등 정부기관이 황궁을 중심으로 도로변에 몰려 있었다. 드디어 수로(해자)가 이중으로 되어 있는 황궁 부지 내로 들어섰다.

이곳은 관광객들을 위해 관광코스로 지정된 곳이었다. 관광객들이 상당히 많이 와 있었다. 조경도 아주 잘해 두었고, 잔디밭도 곱게 손질해 두었다. 황궁은 외관만 보는 것이고 이중교(二重橋, 니주바시)가 주 관광이란다. 부근에는 2차 대전 종전 후 7년간 맥아더 사령관이 전후 일본을 지배 통치한 도로변의 5층 건물이 황궁을 바라보고 있었다.

날씨가 맑지만 상당히 무더웠다. 황궁은 숲속에 있어 그곳 생활은 별천지일 것 같았다. 필요지역을 영상으로 담고 국회의사당을 방문했다.

1936년에 건축한 것이라 조금은 초라해 보였다. 의회 본회의장은 우리나라 국회와는 달리 좌석도 좁고 상당히 검소했다. 호화로운 의회 시설로 운영되는 우리나라 국회의원들은 이런 것을 견학하고 본받아야 하겠다.

국회의사당을 방문하고 30분 거리에 있는 시부야 초밥집으로 향했다. 도중에 오른쪽에 보이는 아까사가(赤板) 공원의 울창한 숲이 부러

왔다. 이곳에는 최근 아들을 출산한 황세자의 둘째 며느리가 살고 있단다. 그리고 아오야마 대학이 있는 '아오야마' 거리를 지났다. 이어 시부야(渋谷 二丁目店 = 동경도 시부야구 2-21-1의 응아빌딩 지하 1층)의 초밥집에 도착했다. 음식이 상당히 깔끔하고 맛이 있었다.

더운 날씨인데도 젊은 회사원들은 검은 양복에 긴팔 소매 와이셔츠를 입고 넥타이를 매고 있었다. 그리고 손에는 검은 서류가방을 하나씩 들었는데 가이드 말로는 이것이 이곳의 유행이라고 했다. 지나가는 젊은 여자들은 모두가 활기가 넘치고 미인들이었다. 도로는 협소하고 전철과 함께 상당히 복잡했다.

다음은 명치(明治) 신궁으로 향했다. 도쿄 도심에 이런 울창한 숲으로 이루어진 곳은 거의 천황과 관련된 곳이라 했다. 궁 입구에는 관광버스가 몇 대 보이고 관광객들도 제법 많았다.

거대한 기둥으로 이루어진 일주문 같은 곳을 지나 200여m 걸어가니 신궁이 나왔다. 사진 촬영을 제한하거나 정숙한 참배나 관람을 지도하는 안내원들이 곳곳에 있었다.

이곳저곳을 기웃거려 본 후 신궁 입구에서 기념 촬영을 하고 아사쿠사(淺草) 사찰로 향했다. 가는 도중에 신주쿠 역에서 가까운 곳의 한인 거리에 있는 면세점에 들렀다. 물건들이 비싸서 눈요기만 했다.

방위청과 신일본 신문사가 있는 거리를 지났다. 스미다 맑은 강이 동경 시내를 흐르고 있었다. 무슨 대학인지 모르지만 14~15층 건물 옥상 부근에 법정대학(法政大學)이라는 커다란 간판이 보이기도 했다.

비교적 좁은 도로를 지나 서기 680년에 건립하였다는 1,300년이 넘는 고찰 아사쿠사에 도착했다. 사찰이 도쿄 시내 평지에 있다 보니 사찰다운 맛이 없었다.

사찰을 찾는 신도들과 관광객 등으로 사찰 경내는 복잡했다. 이곳의 부처는 3cm밖에 안 되는 금동불이라 부처가 어디 있는지 보이지 않았다. 아주 큰 사찰이고 경내도 비교적 넓었다. 사찰 앞에 골목길처럼 약 150m 정도 길 양측으로 관광객을 상대로 하는 매장이 길게 늘어서 있는데 그 풍경이 이색적이었다. 이 선물 판매 거리에서 파라솔을 30위안 주고 기념으로 사 보았다. 아사쿠사(淺草) 입구는 서민들만 사는 거리(모두가 임대주택에 거주)인 하정(下町) 거리를 통과하는데 조금은 불결해 보였다.

도쿄시청으로 가는 길이다. 도중에 우에노(上野) 공원 옆을 지났다. 이곳도 숲으로 뒤덮여 있었다. 그리고 은좌(銀座) 거리도 통과했다. 오른쪽으로 동경타워도 보이고, 50~60층 건물이 많이 보였다.

19시가 다 되어 202m 높이의 쌍둥이 빌딩 도쿄시청에 도착했다. 45층 전망대에서 시내를 한 바퀴 돌면서 영상으로 담았다. 시내 풍경은 상해 등 다른 도시와 비슷했다.

날이 맑으면 후지산(富士山)을 볼 수 있다는데 멀리 짙은 스모그 때문에 볼 수 없어 아쉬웠다. 몇 가지 도쿄 시내 안내 팸플릿 등을 갖고 나와 차에 오르니 어둠이 내리고 있었다. 버스는 다시 되돌아 시부야역을 지나 한인 거리에서 한인이 경영하는 한식집에서 저녁을 했다. 식사 후, 인근에 있는 슈퍼에 들렸다. 입구는 좁지만 들어가 보니 매장이 상당히 넓었다. 통로만 좁게 남기고 다양한 상품을 엄청나게 많이 쌓아 두었는데 길 찾기가 쉽지 않았다. 가격도 비싸고 사고 싶은 상품도 없어 구경만 하고 나왔다.

우리 일행 중 70대 사람 2명은 나오는 출구를 못 찾아 가이드가 들어가서 찾아 나올 때까지 한참을 기다려야 했다. 21경에 애도 강의 무지개다리 등 교량 3개를 지나 1시간 정도 지나 힐튼호텔에 도착했다.

(※ 일본은 동경도(東京都)와 북해도(北海道) 한문 이름이 다른 2개의 도가

있고 오사카부와 교토부 등 2개 부가 있다. 그리고 43개의 현(縣)이 있다. 현(縣) 내는 시(市)와 정(町)이 있다.)

2007년 6월 29일 (금)

9시 30분에 호텔을 나와 버스에 승차했다. 일행 중 냉장고 내의 술 등을 먹고 정산하지 않고 나와 그것을 정산하느라 시간이 지체되었다.

디즈니랜드를 돌아 고속도로에 진입하여 1시간여를 달려 성전(成田) 공항에 도착하여 출국 수속을 끝내고 여객기에 올라 14시경에 김해 국제공항에 도착했다.

상해·소주·
항주 여행

2007. 3. 22. ~ 2007. 3. 25. (4일간)

※ 동영상 위주로 영상을 담다 보니 사진을 찾을 수 없어 여행 일정만 요약함.

모처럼 부부동반 해외여행이다. 김해공항서 탑승 수속을 마치고, 8시 40분, 대한항공(KE875)에 올라 상해공항으로 향했다. 비행기 내에는 안내 모니터가 없어 고도 및 이정표 확인이 안 되었다. 얼마 후 기장의 인사와 함께 안내 방송에 따르면 상하이 포동(浦東) 공항까지 1시간 30분 소요되고, 현재 비행기 고도는 8,000m, 시속 790km 가고 있단다.

무사히 상해 포동 공항에 도착하여 입국신고를 마치고 밖을 나오니 현지 가이드 이정철(李正哲)이 기다리고 있었다. 현지 가이드는 연변 교포로 상해 온 지 6년 정도, 가이드 시작은 1년 반 정도라 했다. 들판에 유채 꽃이 많이 피어 있었고, 수양버들도 가지가 제법 파랗게 잎이 나와 있었다.

상해 시내로 가는 자기부상열차에 탑승했다. 자기(磁氣) 부상열차가 속도(430km)가 빨라서인지 좌우로 많이 흔들리고 덜컹거리는 등 승차감이 좋지 않았다. 신시가지까지 7분 소요되었다. 현재의 자기 부상 열차는 독일 기술로 1999년에 준공 포동 공항까지 개통되었다.

앞으로 중국 자체 기술로 현재 항주까지 버스로 2시간 30분~3시간 걸리는 것을 6~7년 후, 자기 부상열차로 30분 정도로 달릴 수 있게 시공 추진 중이란다. 장강(長江) 하구에 있는 상해는 면적은 6,340.5㎢(동서로 100km, 남북 120km)로 서울의 10배, 인구는 2,400

만 명이라 했다.

세계 500대 기업 중 300여 개가 상해에 입주할 정도로 세계적인 항구 상해는 평균 기온 27도로 따뜻하나, 155일 정도는 비가 내린다고 했다.

상해 시는 건물 디자인을 아파트를 제외하고는 이색적인 디자인을 하도록 하기 때문에 다양한 건물이 많았다. 건물마다 위쪽은 조명을 위한 특별한 모양으로 모두 다르게 만들었다. 특히 중심가는 밤 11시까지 조명을 하도록 하고, 전기료는 시에서 부담함으로써 관광객에게 화려한 야경을 제공하고 있었다.

이곳의 동방명주 타워는 높이 468m로, 세계에서 3번째 높단다. 도로변 화단도 아주 잘 가꾸어져 있었다. 동방명주 타워 옆 88층 빌딩이 1개는 완료하였고, 새로 하나 짓는 건물도 마무리 작업이 한창이었다.

드디어 동방명주 타워에 도착 입장료 80위엔(한화 10,000원 정도)을 주고 안으로 들어가니 내부는 역학적으로 만든 거대한 구조에다 화려한 장식을 해두고 있었다. 수많은 관광객으로 붐비고 있었다. 총 272층 중 263층 전망대에 올라갔다. 전망대에서 한 바퀴 돌면서 황포강을 끼고 있는 시내 중심가를 영상으로 담았다. 아주 가까이 있는 88층 쌍둥이 건물도 40~50층 아파트들도 아주 작아 보였다.

현지 시간, 12시 45분, 탑을 내려와 황포구(黃浦區) 서장남로(西藏南路)에 있는 '환영광림(歡迎光臨)'이라는 식당으로 향했다.

황포강(黃浦江) 아래 지하터널(길이 약 2km)을 지났다. 황포강은 미관을 위해 중심지는 강 밑에 지하도를 4곳이나 만들었고, 강 위 다리는 6개란다.

황포구 시장 남로에 있는 '환영광림(歡迎光臨)' 오피스텔 3층에서 현

지식 누룽지탕으로 중식을 하고, 13시 50분 임시 정부 청사로 향했다. (15분 소요)

임시 정부청사는 2005년도 방문하였기에 우리는 밖에서 거리구경을 하며 기다렸다. 임시 정부청사 앞길 건너편은 낡은 건물을 전부 허물고, 차단막으로 가려가면서 기초공사가 한창이었다. 이어 버스는 중국 특유의 아름다운 예원 정원으로 향했다.

예원은 명나라 때(1559년) 반윤단(潘允端)에 의해 개인 정원으로 만들기 시작하여, 1577년에 완공되었다. 예원은 명조의 관리였던 그의 아버지 '반은(潘恩)'을 기쁘게 하기 위해 만들기 시작했지만, 완공되었을 때 그의 부모는 사망하였고, 본인도 몇 년 살지도 못하고 병으로 죽었다.

그 후, 상인이 매입하여 1760년까지 방치되어 있다가 1842년 아편전쟁 당시 영국군이 이곳을 잠시 점령한 후 다시 1942년 일본군에 의해 점령되면서 심하게 손상을 입었단다. 1956부터 1961년 사이에 상하이 시가 인수 보수한 후 1961년에 일반에 개방되었고, 1982년에 국가 단위의 문화재로 등재되었다.

정원 안이 복잡하고 관람객이 많아 길을 잃기 쉽단다. 도착한 정원은 중국 특유의 지붕 모서리를 추켜올린 독특한 건물이었다. 예원 입구에 큰 돌에 '해상명원(海上名園)'이라는 해서채(楷書體)의 대형 금박 글씨가 분위기를 압도했다.

큰 돌 立石 뒤로는 고풍스럽고, 약간은 화려한 접견실이 있었다. 그리고 접견실 우측을 돌아 들어가니 잘 가꾸어진 연못이 시선을 사로잡았다. 현재의 이 정원은 면적이 1/3 정도만 남았단다. 집 구조도 특이하지만 지붕 위는 용, 보살, 짐승, 새 등을 만들어 놓았고, 담장 위는 커다란 용머리와 몸통 등 완전한 모양 용(龍)이 5마리나 있었다.

그 외 여러 가지의 조형물을 만들어 눈을 즐겁게 했다.

길바닥은 컬러 기와장이나 타일 등으로 문양을 만들어서 흙탕물 튀는 것의 방지도 겸하고 있었다. 관람하는 데 중요한 곳만 둘러보는 데도 50여 분이 걸렸다. 내부 수리도 많이 하고 있었다. 예원 공원 주위는 워낙 관광객이 많다 보니 골목길 따라 파는 물건도 다양하고 화려한 분위기에다 활기가 넘쳤다.

다음은 밀랍인형 전시장으로 향했다(15분 소요 예정). 도중에 짝퉁 매장부터 들렀다. 22층 건물의 3층에(간판 없음) 재미 삼아 들러 여자 지갑(구찌 외 1건) 개당 4만 원 달라는 것을 만 원씩 주고 2개 구입했다.

밀랍인형은 상해시청 뒤 광장에 접해있는 삼성이 운영하는 신세계 백화점 10층 건물에 있었다. 입장료는 99위엔(한화 1만3천 원)이다. 백화점 전 층이 내측 2곳에서 에스컬레이터로 움직이고 있었다. 밀랍인형 대부분은 중국 배우들이라 잘 모르겠고, 아는 사람은 성용, 다이에 나비 등 몇 사람 있을 뿐이었다. 캐나다 빅토리아 섬 밀랍인형보다 볼품이 없었다. 백화점 밀랍인형을 둘러보고 옆에 있는 상해에서 가장 번화한 남경로에서 30분 정도 자유시간을 가져 둘러보았다. 부산 남포동보다 못한 것 같았다. 거리는 인파로 넘쳐 났다. 신세계백화점 건물의 야간 조명이 좋아 한국인의 긍지를 심어 주는 것 같았다. 동영상으로 담아 보았다.

현재시간 18시 5분이다. 상해 시청 옆, 즉 신세계백화점 앞 광장이 인민 광장이란다. 시청 앞쪽에는 상해 박물관이 있었다. 상해는 차값은 1천~1천5백만 위엔(한화 1억~1억 5천)이나 번호판이 4~5만 위엔(한화 5백만 원)이나 한단다. 시내는 미니 전차 같은 것도 다니는데 교통 질서는 아주 문란(紊亂)했다.

인민 광장을 옆으로 끼고, 문화의 거리를 지나 우측 고가도로에 진입했다. 상해시청 앞에 있는 반원형 건물이 상해 예술극장이다. 부근의 건물들은 야간 조명이 화려했다. 상해 시내는 지하철이 8개 노선이 있다고 했다. 저녁은 한인이 경영하는 식당에서 한 후 19시 45분경 버스로 항주로 출발했다.

고속도로라고는 하지만 路面이 좋지 않아 덜컹거리는 것이 비포장도로를 달리는 기분이었다. 그래도 지난밤 잠을 설쳐서인지 이내 잠에 떨어졌다. 21시 50분경, 항주시(杭州市)에 있는 '명열대주점(明悅大酒店)'이라는 호텔(22층)의 11층 7호실에 투숙했다. 시설이 깨끗하고 편리해 기분이 좋았다.

2007년 3월 23일

아침 6시에 일어나 항주(折江省 所屬) 시내를 내려다보니 상당히 조용한 도시인 것 같았다. 5~10층 내외의 아파트가 많았다. 이곳도 상해와 마찬가지로 주위에 산은 보이지 않았다. 운무 때문에 시정(視程) 거리는 300~400m 정도이다. 호텔 주위를 보니 차도 4차선 외측에 자전거 전용도로가 있고 또 그 외측에는 인도가 있었다.

중국의 시가지 도로는 거의 그렇게 되어 있는 것 같았다. 아침 아직 출근 시간이 아니라 그런지 아니면 자동차가 근본적으로 적은지 자동차는 드문드문 다니고 자전거로 출근하는 사람이 많았다.

7시 40분, 차량이 약간 늘면서 2층 버스도 다니고 있었다. 간판은 대형 간판이 많았고, 도로변은 물론 건물 옥상에도 일부 꽃을 가꾸고 있었다. 화단에는 이름 모르는 꽃과 나무들과 함께 소철. 팔손이 등 열대 식물이 많았다.

8시 서호로 출발했다. 하늘에 천당이 있으면, 지상에는 2500년 역사가 있는 소주에서 태어나고, 항주에 살고, 광동의 음식을 먹고, 계림에서 노는 것이 지상 천국이라는 중국인의 열망이 담겨 있는 항주다. 항주 주위로 산세가 좋다지만 아직 산은 보이지 않았다. 시가지가 골고루 번창해 있고 상당히 넓어 보였다.

항주는 8,000년 역사를 가진 중국 8대 고도(古都) 중 하나로 중국 동남 연해(東南 沿海)에 위치해 있고, 항운하(杭運河)의 남단(南端)에 위치한다. 천 년 전 남송의 수도이기도 하다. 상해로부터 170km 떨어진 장강의 남부 중심도시이다. 항주 주위 산은 천목산 여맥(天目山 餘脈)에 속한다.

서호의 최고 높은 곳은 해발 413m의 천사산(天竺山)이지만 시가는 해발 3~6m 평야 지대다. 주 하천은 동서로 흐르는 전당강(錢塘江)이다. 총면적은 16,596k㎡(시내 면적은 3,068k㎡)이고, 인구는 652만 명(시내 인구 402만)이다. 연 평균 기온은 11도 제주도 보다 약간 낮다. 유명한 절강도 대학이 항주에 있다. 항주는 고층 아파트도 많고 여유가 있어 보이는 큰 도시다. 항주 시 GDP는 7,000불이란다. 항주 시내는 상당히 깨끗한데 이것은 시청과 시민의 노력 결과로 보였다. 도로 옆에 있는 정류장에는 쌍둥이 간판 XCANVAS가 우리를 반기고 있었다.

인구는 부산시와 비슷하다. 하천 좌우로 미려한 아파트가 들어서 있고 하천 따라 목책 산책로를 만들어 시민들 휴식공간을 제공하고 있었다. 천 년 전 남송의 중심지로 부유하게 살았다고 하니 옥토와 더불어 살기 좋은 도시 같았다.

항주는 녹지 조성 없이는 건축허가 나지 않는다는데 우리나라와는 그 비중이 다른 것 같았다. 항주 시내는 중심지를 잘 모를 정도로 광활한 면적에 골고루 발전된 도시 같았다. 고가도로는 있지만, 자동차는 비교적 적어 보였다. 무궤도(無軌道) 차량이 우리 버스와 같이 고가도로 밑을 지나가고 있었다.

앞으로 서호까지는 20분 정도 소요 예상이다. 항주는 유명한 관광도시라 벤츠 2,000CC 이상 택시가 많단다. 길가 연초록 수양버들 잎이 제법 푸른 것을 보니 한국보다는 날씨가 따뜻했다.

이색적인 건물도 많았지만 실 계천 하나도 방치한 것 없이 산책로에도 꽃과 꽃나무 등으로 정성을 다하여 가꾸어 두었다. 비록 관광객이 적고 투자비용이 많이 들더라도 우리나라도 이런 점은 본받아야 하겠다.

항주시의 관광지는 거의 서쪽에 있단다. 이제 구릉지 같은 산이 보이기 시작했다. 대형 타일로 잘 단장한 터널을 통과했다. 서호 들어가는 입구는 정말 조경을 잘해 두었었다. 열대 식물들 속에 있는 개나리꽃은 벌써 지고 벚꽃과 자목련이 만개해 있었다.

서호내도 이름 모를 꽃과 나무 등으로 단장을 해 두었었다. 꽃 사과, 홍도(紅桃) 등 꽃이 피어 있었다. 우측 산(높이 100m 미만) 8각형 8층(?)의 뇌봉탑(雷峰塔)이 서호 맞은편 보숙탑(保叔塔)과 함께 두 개가 있었다. 서호로 들어가는 입구가 긴 편이다. 기와집은 용마루가 없어 특이했다. 9시 조금 지나 주차장에 내리니 관광객이 밀려들어 가고 밀려 나올 정도로 수만 명이나 되어 보였다.

배 타기 전 큰길에서 50여m 떨어진 공원 내 解憂所(화장실)에 들렀다. 이곳도 만원이다. 기다리는 동안 이름 모를 만개한 꽃을 영상으로 담았다. 부근의 매장에서 실크 모양의 잠옷을 두벌에 한화로 만 원주고 샀다. 관광객 중 한국 사람이 얼마나 많은지 상인들이 거의 한국말을 쓰고 사용하는 돈도 한국 돈이다. 사람이 너무 많아 자칫하면 일행을 놓치기 십상이었다.

9시 30분이다. 나무로 만든 조그마한 유람선에 올랐다. 서호 유람은 40분이 소요된단다. 서호는 수역 면적(水域 面積) 6.5km, 수심은 2~5m 둘레 15km이고, 3면이 산으로 둘러싸인 곳이다. 2천 년 동안 진흙이 2~3m 쌓였다는데 아직 준설은 안 했단다.

우리가 배를 타기 위해 들어온 길(제방)은 천 년 전에 소동파가 20만 명을 동원하여 만든 제방이다. 제방이 호수를 둘로 갈라놓은 것이다. 이 둑의 길이는 5km이고, 반원형의 돌다리가 6개나 있다. 그 아래로 배가 지나다닌다.

이 호수를 보고 서태후가 북경에 만든 것이 이화원이란다. 서호는 전당강(錢塘江) 물을 끌어들여 33일이면 물을 한 번 갈아준단다. 이곳에서 진주 양식도 한다. 소음이 없는 전동유람선으로 서호를 둘러보았다.

유람선은 수질보호를 위해 배터리를 사용하는데 배가 소리 없이 움직이는 것이 정말 기분이 좋았다. 한참 가니 호수 가운데 큰 섬(소류주(小流州)) 가까이 물 위에 석탑(삼담 인월(三潭 印月)이라는 석등 높이 3m 정도?)이 5~6개 있었다. 이곳에 야간에 촛불 등으로 조명을 하여 풍류를 즐겼다고 한다.

서호에는 관광객을 태운 다양한 형태의 수많은 배가 운행되고 있었다. 큰 섬 뒤로 멀리 4층 규모의 푸른 지붕으로 된 장개석(장경국 고거(蔣經國 古居)) 별장이 보였다. 두 번째 크기 섬(호심(湖心)섬) 등은 진흙을 파 올려 만들었단다.

호수 건너편 산 정상 오른쪽 능선 부근에 보숙탑(保叔塔)이 내려다보고 있다. 서호 우측 멀리는 언제부터 지었는지는 모르지만, 수십

층의 항주 시내 아파트. 상가건물 등이 서호 변(邊)을 따라 수km 걸쳐 운무 속에 그림을 그리고 있어 큰 도시를 연상케 했다.

현재 날씨는 계절적으로 한국의 4월 중순에 해당할 정도 관광 최적기일 것 같았다. 서호 주변의 산들은 야산 비슷한 그냥 평범한 산들이었다. 선착장에서 내려 서호 부근에 있는 동인당 한의원(同仁堂 韓醫院)으로 향했다(10분 소요). 이 한의원은 북경의 분점이다.

동인당은 1669년에 청나라 강희황제의 심한 피부병을 한 의원이 주는 약제로 목욕하고 나은 후, 황실 돈으로 설립하였다 했다. 11시 35분, 동인당을 나와 중식(中食)하러 가는 길 좌우에 식당이 많았고, 어린이 놀이터 등 유원지도 있었다. 좌측으로 산 정상에 대형의 큰 기와집이 보이는 그 아래가 항주 동물원이다.

버스가 산길을 빠져나오니 전당강(하폭 200~300m)이 나왔다. 전당강(錢塘江)은 황산 안기도에서 발원하여 620km 흘러 동해에 이른다. 강 건너는 대형 아파트가 늘어선 곳이 항주 신시가지다. 이내 우측 100여m 떨어진 곳에 천 년 전에 만들었다는 유명한 육화탑(六和塔)이 있었다.

도로변은 역시 화단을 잘 조성해 두었다. 이내 도로변에 위치한 디자인이 특이한 식당에서 한식으로 점심을 하고, 그 이름난 용정 차밭으로 향했다. 산골짜기로 들어가는데, 길 좌우로 산 5부 능선까지 온통 차밭이고 한창 수확 중이었다.

주변은 차를 팔아서 경제적으로 여유가 있어서인지 관광지답게 주택(대부분 2층)들도 꽤 미려하게 단장을 해두었다. 용정차 소개하는 집이 정해져 있는지 이곳 좁은 마당에 중형버스가 계속 들락거렸다.

관광객이 얼마나 많이 오는지 1층은 물론이고 지하에 내려가니 15개 정도 방을 관광객 1팀당 1방씩 방안에 넣고 차 시음을 겸한 선전을 하고 있었다. 주로 한국 관광객이고 계속 밀려들고 있었다.

다음은 유명하다는 영은사(靈隱寺) 사찰로 출발했다. 현재시간 13시 3분, 소요 시간은 20분 정도다. 가는 길 좌우는 산골짜기인데도 주택들이 상가를 겸하여 아주 잘 지어 살고 있었다. 역시 비탈 산에 차밭을 조성해 두고 여자들이 한창 수확 중이었다.

버스는 터널을 지나고 고불고불한 산길을 약간 내려갔다. 영은사(靈隱寺)는 소림사보다 160년 전에(동진 때인 서기 328년 인도의 승려 혜리(慧理)에 지어졌단다.) 지은 가장 오래된 사찰이란다.

영은사 들어가는 입구는 차량이 지체되고 있었다. 수목도 우거지고 조경도 아름답게 해두었다. 이곳에서 차량과 보행 신호의 타임이 작동되는데 남은 시간을 알 수 있어 편리해 보였다. 주차장서 사찰 입구까지 구걸 행위가 아주 심했다. 입장료는 성인 35위안이었다. 주위의 수목은 대부분 상록수이다. 상당히 걸어 들어가서야 영은사 사찰 입구에 도착했다. 출입구 사천왕이 있는 운림선사(雲林禪寺)로는 황제 등 지체 높은 사람 출입하는 곳이라 우리는 옆 출입문을 이용했다.

영은사(靈隱寺)는 오월국(907-978) 왕조 때 9채의 다층건물과 18개의 큰 누각, 72의 강당, 1,300개 이상의 숙소가 있어 3,000명 승려가 거주할 수 있다고 한다. 안쪽에서 본 운림선사 건물의 간판은 위진삼주(威鎮三州)이다.

안으로 들어가니 좌우에 험상궂은 사천왕과 가운데 미려한 큰 꽃가마가 있고, 가운데 부처가 앉아 있었다. 주위 사방에는 높이 1.5m 되는 화려한 원통형 조명등(?)이 있다. 관람 시간은 1시간 30분 예상이다.

위진삼주(威鎮三州) 맞은편이 높이 33.6m나 되는 거대한 고찰 대웅전(大雄殿)이 있고. 대웅전 앞에는 관광객 또는 신도들이 한 다발씩

되는 큰 향을 얼마나 태우는지 눈이 따가웠다. 대웅전은 기원전 326년에 창건하였다는데, 대웅전 내는 연꽃 좌대 위에 거대한 석가모니의 좌불상이 있었다.

간단히 둘러보고 대웅전 뒷면으로 갔다. 뒷면에는 진흙으로 만든 관음상이 좌대 위에 있고, 주위에는 각종 보살인지 크고 작은 불상이 많았다. 가이드는 이곳까지만 안내하고 대웅전 뒤쪽 약사전 사찰부터는 자유 관람토록 했다.

약사전(藥師殿)에 있는 약사불에는 아픈 사람이 소원을 빌면 효험이 있다고 많이 방문하는 모양이다. 이곳부터는 경사가 심하여 위쪽의 화려한 사찰은 영상으로만 담고, 필자는 중국에서 가장 규모가 크다는 우측에 있는 오백나한 사찰로 향했다.

약사전(藥師殿) 뒤는 직지당(直指堂)과 장경루(藏經樓)가 동일 건물에 있었다. 사찰 내 난간은 화강암으로 만들었고, 정교한 무늬로 장식하였다. 5백 나한상이 있는 건물은 건물 내부를 '卄' 자형으로 된 큰 건물이었다. 화재 염려 때문에 조명용 전기가 없었으나 그리 어둡지는 않았다.

관람 통로를 미로처럼 해놓고 약 1.8m 화강암 축대 위 섬세한 조각으로 만든 나무난간 안에 사람 손길이 닿지 않은 곳에 사람 실물보다 약간 큰 나한상을 만들어 두었는데 굉장했다. 5백 나한의 얼굴은 서양인이 많았는데 세계 각국의 사람들이라 했다.

그리고 휴식시간 동안 불교에 따른 다양한 기념품 매장을 둘러보았다. 옥으로 만든 부처 등 제품이 좋은 것이 많이 있었지만, 값이 너무 비싸 둘러만 보았다. 간간이 비가 내리는 길을 다시 주차장까지 걸어 나와서 4시 36분경, 거지식당이라는 곳으로 향했다.

소요 예정시간은 30분 정도다. 청나라 강희황제가 잠행 시에 신분을 밝히지 않고 거지 왕초를 만나 얻어먹었다는 거지 닭요리와 천 년 전 유명한 시인이고 화가인 소동파가 즐겨 먹었다는 막걸리에 돼지고기를 넣어 삶은 소위 동파육 요리가 저녁 식사 메뉴인데 기대가 컸다.

산에 나무들은 전부 상록수라 여름으로 착각할 정도였다. 산록 부위에는 땅거미가 지는데도 여인들이 녹차 수확을 하고 있었다. 거지 식당은 도로변에 있었고 식당 간판은 금박으로 화려하게 해두었다.

식당은 대나무 등으로 만들었는데 초라했다. 식당을 동영상으로 담으면서 집 내부를 몇 단계를 거처 안으로 들어가니 밝은 조명 아래 유니폼을 입은 안내양들이 안내하고 있었다. 손님이 계속 찾아들고 있었다.

동파육을 호기심에 먹어 보았지만 익숙하지 않아서인지 별맛이 없었다. 그리고 거지 닭은 나뭇잎에 황토를 발라 구워 나왔는데 비위에 그슬려 맛보기도 힘들 정도였다. 저녁을 먹고 나오니 소나기인지 비가 심하게 내렸다.

버스 기사가 차를 가까이 대어주어 비를 피해 승차한 후 다음 일정인 민속 가무 쇼를 보기 위해 출발했다. 녹차 밭에는 비가 내려도 녹차 수확을 하고 있었다. 민속 가무쇼 주차장에 도착하니 평일 오후이고 해가 져 어두운데도 관광객이 북적거렸다.

주차장을 지나 안으로 들어가니 중국 특유의 고색이 짙은 기와집과 큰 나무 아래 상점이 늘어서 있었다. 상점이 늘어선 골목길을 들어가니 가무쇼 건물 앞이다. 정면에는 배경을 인조석으로 만든 야외무대가 있고, 광장에는 요란하게 나팔을 불면서 관광객에게 가마를 태워주고 돈을 받기도 하고, 중국의 화려한 황실 의상을 입혀 사진을 찍어주고 돈을 받고 있었다. 또 낙타 두 마리를 준비하여 태워주고 돈을 받기도 했다.

좌측으로 50m쯤 되어 보이는 높은 인조석에 '송성천고정(宋城千古情)' 금박 대형 글씨가 어둠 속에 눈에 띈다. 그 아래는 레이저로 이용한 영상을 비취는가 하면 물 위의 출렁다리를 실수 않고 건너가는 묘기를 하는 등 볼거리 흥밋거리가 많았다. 앞 공연이 끝날 동안 우리 일행은 실제 참여하거나 구경을 잘했다.

오후 18시 30분, 1인당 한화 15,000원씩 주고 공연장에 들어가면서 우리 일행 7명은 갑절(15,000원 추가 지불)을 주고 VIP석인 앞자리에 앉았다.

공연장엔 사람이 많아 꽤 소란스러웠다. 무대 뒤쪽 스크린에 일어, 영어, 한글 자막이 나오는 것을 보니 한국 사람이 많긴 많은가 보다. 19시 50분, 공연이 끝났다. 무대장치라든지 공연 내용이 상당히 입체적이고 화려해 한 번쯤은 볼 만했다.

밖을 나와 들어갔던 길을 되돌아 나오는데 여전히 사람은 시장통을 방불케 했다. 공연장에 인접한 곳에 송성예술학교(宋城藝術學校)가 있었다. 어릴 때부터 재질이 있는 사람을 선택하여 체계적으로 교육한단다.

호텔 숙소까지는 30~40분 소요 예정이다. 서호 옆을 지나는데 야경이 아름다웠다. 항주 시내는 이내 들어섰다. 대형 간판들은 금박으로 쓴 글씨도 있고 한문은 약자가 많았다. 시가지는 가로등이 크게 밝지는 않지만, 통행에 지장이 있을 정도는 아니었다. 금성금강 호텔에 도착하여 11시경 잠자리에 들었다.

2007년 3월 24일

　　　　　오늘은 아침부터 비가 내렸다. 모처럼 여행에 비 때문에 망치는 것이 아닐까 걱정이 되었다. 7시 20분, 우중에 소주시로 향했다. 소주는 2,500년 전에는 오나라 수도였다. 그 당시 항주 출신 중국 미인 서시와의 사랑이 전설처럼 전해오고 있는 곳이다.

　서시는 범괴라는 충신과 사랑을 하였지만, 오나라 황제가 나라를 포기하고 서시를 택할 정도로 유명한 일화가 있다. 7시 30분 고속도로에 들어섰다. 빗줄기는 가늘어져도 운무 때문에 시야가 그다지 좋지 않았다.

　도로변은 끝없는 평야지로 붉은 지붕이 많은 2~3층(대부분 3층임.)의 농가주택이 경지정리가 전혀 안 되어 있는 경작지를 중심으로 산재해있었다. 또 여러 방향에서 볼 수 있도록 한 삼각형 대형 야립간판이 많았다.

　일반 농작물도 보이지만 유채꽃이 곳곳에 산재해 있어 시선을 즐겁게 했다. 토지가 국가 소유이기에 경지정리를 하여 기계화 작업을 하면 편리하게 농사를 지을 것인데 인구가 많아 필요성을 못 느끼는 것 같았다.

　농가는 많아도 터럭도 승용차도 거의 보이지 않았다. 아파트 단지에도 차가 몇 대 안 보였다. 그러나 놀리는 땅 없이 경작은 다 하고 있었다. 전신주가 사방 있는 것을 보니 전기는 다 들어가는가 싶었다. 대평원이 계속되고 있었다. 고속도로를 오가는 차량이 많지도 않았지만 75% 정도는 화물차였다.

　8시 35분, 휴게소에 도착했다. 휴게소 부근의 토지 일부는 경지정리를 해 두었다. 고속도로 요금소 건물은 철근조립을 하고 유리로 비막이를 한 것이 특이했다.

4차선 일반도로에도 차량이 드물게 다녔다. 고속도로 주변은 수벽 조림을 잘하였다. 차가 적어서인지 일반도로와 농로 등이 비포장이 많았다. 2시간을 달려 9시 25분 소주에 거의 도착하였는지 아파트가 많이 보였다. 다행히 비도 그쳤다.

소주 시내 건물은 시에서 지붕은 검은색, 벽은 흰색, 건물 높이는 5층으로 제한함으로써 획일적이긴 해도 옛 기분을 살리려는 정신이 좋아 보였다. 소주시는 강(江)소성에 속하며, 인구는 105만 명, 외곽지를 포함하면 530만 명이나 된다.

2,500년 전 오나라의 수도였고, 중국에서 오래된 도시 중 하나로 큰 정원이 53개소(명나라 때 많이 만듦.)가 있다. 동양의 베니스라 할 정도로 수로도 많고 물이 풍부하다. 다리도 350여 개나 된단다. GDP는 6,000불이다. 운송 교통이 좋은 도시다. 이곳도 간판은 모두 대형 간판이었다.

식사 전, 여행 일정에 따라 발 마사지하는 곳으로 이동했다. 이곳에도 6차선 도로에 자전거 전용도로와 인도 포함 10차선이다. 도로변 화단은 어디를 가나 잘 가꾸어져 있었다. 이북처럼 나무 밑 부분 1m 정도 흰색 석회로 도포를 해두었다.

또 교통 신호체계는 차 및 보행 신호가 큰 전광판에 쉽게 보이도록 시간을 알려주는 것이 편리해 보여 영상으로 담았다. 가로등도 둥근 것 청사초롱처럼 4각형 등 다양했다. 긴 복도를 따라 들어가니 젊은 아가씨들(소수 민족 여인 같았음)이 대기하고 있었다. 조금은 불결한 느낌이지만 어쩔 수 없이 마사지를 받았다.

밖을 나오니 날씨는 흐리지만 비가 내리지 않아 다행이었다. 소주시의 가장 번화하다는 인민로(人民路)를 통과(通過)하고 있었다. 중식은 삼겹살로 했다. 식당의 2층과 3층 식당 내부에 대형 단풍나무를 중앙에 만들어 손님을 끌고 있는 것이 아주 이색적이라 동영상으로 담았다.

소주 시내 고찰인 한산사 사찰을 관람하기 위해 12시 30분 출발했다. 지나가는 주변의 건물(아파트 포함)에 에어컨이 많았다. 도로변 화단도 잘 가꾸어져 있었고, 도로마다 자전거 전용도로가 있어도 교통 질서는 잘 지키지 않는 것 같았다.

강소성 한산사는 평지에 위치하며 규모는 작았지만, 고색 찬란한 고찰이었다. 입구 주차장은 만원이었다. 사찰 입구에 잘 정비된 수로가 있고 많은 관광객이 내려다보고 있었다. 다리는 반원형으로 조각된 석조 다리가 많이 보였다. 1,500년 전, 한산 스님이 창건하였다는데 옛날에는 소주시를 고소성이라 불렀단다. 한산사의 유명한 시(詩)와 2톤이나 되는 종각의 종소리가 좋아 일반인들이 특히 많이 찾는단다. 종은 처음에 왜구가 빼앗아 달아나다 바다에 빠뜨린 후 이것을 못 찾고, 일본인이 새로 만들어 준 것이 현재의 종이고, 이 종을 치며 소원을 빈다고 했다.

소주시도 주위에 산이 보이지 않았다. 다음은 서둘러 실크 매장으로 향했다. 실크 매장으로 가는 도로변의 대단지로 이루어져 있는 아파트(5층이 대부분임)는 낡고 지저분했다. 실크 매장으로 가는 좌측 500m쯤 야산 구릉지에 2500년 전에 오나라 황제가 만들었다는 8각의 호구탑(虎丘塔)이 보였다.

가는 곳마다 수로(水路)가 깨끗이 정비되어 있었다. 손자병법을 쓴 손무가 호구(虎丘)산에서 궁녀들에게 군기(軍紀)를 가르쳤다는 일화가 있는 산이다. 역시 건물은 흰 벽에 검은 기와 일색이다.

13시 30분, 실크 매장에 들어섰다. 실크 제품 전시물이 조잡하고 초라했다. 전시용 제사 기계도 초창기 자동 제사기(製絲機)였다. 쌍고치를 이용하여 이불솜을 손으로 만드는 것을 처음 보았다. 쌍고치로는 수량이 적어 이불솜 만들기가 어렵고, 보통 이불솜은 부산물로 많이 나오는 비수(比須)로 만든다.

물건도 좋지 않아 안 사고 둘러보기만 하였는데, 실크 넥타이가 촉감도 좋고 나염(捺染)이 잘되어서 몇 개 샀다(개당 120위엔 짜리 와 40위엔 등 두 종류). 14시 53분, 실크 매장을 나와 2분 정도 가까운 거리에 있는 배를 타기 위해 이동했다.

소주의 운하는 수나라 양제 때부터 팠다고 했다. 북경에서 소주까지 7,800km 농사용 목적으로 만들었단다. 소주 시내에는 많은 운하가 있다. 모든 하천변은 석조 축대와 화단 등 조경으로 잘 정비를 해 두었다.

소주 운하를 유람선으로 잠시 타면서 주변의 경관으로 영상으로 담았다. 수로(水路)가 얼마나 많은지 수로 담당 공안파출소와 배도 보였다. 옛날 기와집은 집 모서리가 한결같이 하늘로 치솟고 용마루는 없는 특이한 구조였다.

소주 시내 관광을 끝내고 상해로 출발했다. 소주 시 외곽에는 고가도로가 많았다. 15시 36분, 상해로 가는 고속도로에 진입했다. 역시 산이 보이지 않는 대평원이다. 경지정리는 안 되었지만 역시 놀리는 땅은 보이지 않았다.

고속도로 양쪽 대형 야립간판이 100m 거리에 한 개씩 너무 많아 광고 효과도 적을 것 같았다. 농가는 대개 3층으로 항주에서 소주로 오는 고속도로변과 마찬가지로 집단으로 형성된 마을은 없었다. 안내간판이 계속 곤산(昆山)이라 되어 있는 곤산 지역을 지나고 있었다.

어둠이 내려앉을 무렵 상해시에 도착했다. 일행 중 진주 매장 방문을 요청해 곧바로 고가도로 옆에 있는 진주 전문매장(藏珍樓)으로 안내되었다. 며느리를 위해 목걸이와 브로치를 구입했다. 가격이 꽤 비쌌다.

다음은 원형 실내 전문 서커스 건물에 가서 다양하고 현란한 묘기를 보고, 늦었지만 상해 야경을 자랑하는 외탄이라는 강둑으로 출발했다. 가는 도중의 교량의 난간 아래의 파란색 등 다양한 조명을 넣어 현란한 빛을 뿌리고 있는 곳을 지났다.

부근의 고층 건물도 옥상을 중심으로 여러 가지 형태와 색상들 화려한 조명이 아름다운 빛을 뿌리고 있었다. 외탄이라는 강둑에는 늦은 밤인데도 관광객과 잡상인들로 사진 촬영을 못 할 정도로 붐볐다. 주위 경관을 잠시 관람하고 10시 35분 호텔에 도착했다. 광대국제대주점(光大國際大酒店)이라는 호텔이다.

중국의 호텔은 전부 주점이라는 이름을 사용하는 것 같았다. 호텔은 시내 중심지에 위치하고, 30층 높이의 건물이지만 깨끗했다. 1008호실에 투숙했다.

2007년 3월 25일

6시 30분, 호텔 구내식당에서 아침 식사를 하였다. 식당 내는 한국 사람도 많았지만, 일본 사람도 꽤 많았다. 7시 20분, 포동공항(浦東 空港)으로 이동했다. 황포강의 조선소를 포함한 모든 시설물을 타 곳으로 옮기고, 2010년에 개최되는 세계 EXPO 시설 준비를 하고 있었다.

우리가 야경을 관람한 외탄 지역(外灘 地域)은 경관 때문에 다리를 모두 강 밑으로 터널을 뚫어 지하화하였다. 포동 지역은 2/3가 미개 발지역이고, 또 토지는 전부 국유지이니 앞으로 새로운 계획에 의거 이상적으로 발전할 것 같았다.

이쪽에 벌써 한국기업과 일반인도 속속 들어오고 있단다. 가는 도중에 조선족이 운영한다는 북한산 매장에 들러 검은 깨와 목이버섯을 조금 샀다. 오늘 날씨는 맑은데 운무 때문에 시야가 좋지 않았다.

좌측으로 자기 부상열차 선로가 지상 고가(地上 高架)로 이어지고 있다. 포동 국제공항 청사는 갈매기 모양이라는데, 전체를 보지 못했다. 이곳은 바다 안개가 심한 모양이다. 매장 내 LG와 삼성 LCD TV를 일정 간격으로 여러 대 설치하여 선전하고 있었다. 10시 30분 탑승 시작, 11시경 부산으로 향했다.

비행기 내부를 보니 횡 6줄 종 35열로 탑승 인원이 210명쯤 되는 소형 비행기다. 우리와 같이 간 가이드는 좌석이 없어 1시간 뒤 출발하는 아세아나 항공기로 온다고 했다. 비행장 주위는 10시가 지났는데도 안개 때문에 시야가 흐렸다.

잠시 후 운무 위로 올라오니 하늘이 깨끗하다. 기장의 안내에 의하면, 현재 고도는 8,230m. 시속 960km로 가는데, 앞으로 소요 시간은 1시간 10분이란다.

얼마 후, 하늘에서 내려다본 우리나라 섬은 길도 시원하게 포장이 잘되어 있고, 깨끗한 주택들이 그림처럼 아름다운 다도해 상공이었다. 거제도의 거대한 조선소 상공을 거쳐 12시 조금 지나 김해공항에 무사히 도착했다.

기타
해외 여행기

오키나와 여행

2009. 3. 7. ~ 3. 9. (3일간)

※ 오키나와는 여행기와 사진을 찾을 수 없어 여행 일정만 요약했다.

3월 7일

9시 20분, 인천공항(oz 172) 출발, 11시 35분, 일본 오키나와 '나하' 공항 도착. 오키나와 월드, 신비의 옥천동굴과 에이사 공연 관람. 오키나와 현 최대의 테마파크 문화왕국의 다양한 볼거리, 류쿠왕국성민가, 허브박물관, 열대과수원, 유리왕공방, 도기공방, 왕국역사 박물관, 토산품 가게 거리 등을 둘러보면서 동영상으로 부지런히 담았다. 오키나와 전투에서 사망한 한국인 장병 위령탑 돌아보고 오키나와 최대의 격전지 마부니 언덕을 둘러보았다.

평화 재래시장과 국제거리를 관광했다. 가리유시비치 오션뷰 호텔 5435호실에 여장을 풀었다.

3월 8일

호텔을 나와 '만좌모(万座毛)'로 향했다. 돌출한 잔디공원으로 바다 해안가 기암괴석의 석회암을 절경을 끼고 있는 넓은 잔디밭이다. 코발트빛의 바닷물이 끊임없이 산호 절벽에 물보라를 일으키는 모습이 아름다운 곳이다.

다음은 오키나와 특산품인 파인애플 테마 공원에서 파인애플과 아열대식물을 동영상으로 담 고 파인애플 와인 제조공장으로 가서 시음(試飮)도 했다.

북부로 이동하여 1975년 오키나와 국제 해양박람회가 열린 곳에서 대형 수족관의 다양한 열대어 등과 난과 아열대 꽃과 숲이 있는 곳을 두루 감상하고, 가까이에 있는 독특한 돌고래 쇼도 보았다. 아메리칸 빌리지 관광을 끝으로 워싱턴 호텔 247호실에 투숙했다.

만좌모

먼저 '수레문' 관광에 나섰다. 일본 화폐 2,000엔에 나오는 관광 명소로, 중국 건축 양식과 류큐 스타일을 접목한 독특한 건축을 돌아보았다. 류큐 왕국 450년의 영화를 되새겨 볼 수 있는 역사 유적으로, 세계문화유산에 등재된 수리성을 찾았다. 나하 도심에서 2.5km 떨어진 해발 120m의 산 정상에 위치한 수리성은 13~14세기부터 시작 류큐 왕국이 성립된 1429년에 모든 제례의 중심지로 자리 잡은 곳이다.

이곳에서 나하 시내 전경을 볼 수 있다. 오키나와 미군 기지는 높은 당장으로 둘러싸여 있어 내부는 볼 수 없었다. 나하 공항으로 이동, 12시 40분, 인천공항(oz171)으로 출발, 15시경에 인천공항에 무사히 도착했다.

11월 8일

10시 50분 부산공항 출발, 12시 45분 동경도착(KE715 편), 14시 55분 서울 인원과 합류 동경 출발(KE001)편, 7시 30분 미국 로스앤젤레스 도착(소요 시간 9시간 35분), 삼호 관광에서 여러 여행사 합류하여 대형 전용차량(50인승)으로 → LA 한인 타운, 헐리웃 거리 (스타 거리), 관광 후 RAMADA PLAZA 호텔투숙.

마릴린 먼로 우측이 필자

마릴린 먼로(Marilyn Monroe)

세계적인 스타
금발의 미녀 배우 마릴린 먼로

타고난 관능미(官能美)와
고혹적(蠱惑的)인 교태(嬌態)로
세계의 남성들 가슴을
얼마나 흔들었던가

LA 스타의 거리에
눈부신 마네킹으로 남아
지금도 관광객 시선을
달구고 있었다

석연찮은 짧은 생애
영욕(榮辱)의 부침(浮沈)을
꿈결처럼 남기고 떠나간
삶이 애달프기만 했다

한 시대를 풍미(風靡)했던 아름다움도
인생무상의 그림자 되어
세월 속에 녹아 흐르고 있었다

11월 9일

LA 출발 → 바스트우 경유 → 모하비사막 통과, 콜로라도강변의 휴양도시 라플린 도착, RIVER PLAM 호텔 투숙

11월 10일

그랜드캐니언 경비행기로 40분간 둘러봄(150불), 해발 2,133m 서리가 내려 추웠음 나바호 인디언 보호구역 → 콜로라도강, 그랜드캐니언 댐 경유 → 서부영화 촬영지 메카 케납 도착, RIVIERA CASINO 호텔에 투숙

그랜드캐니언

황량(荒凉)한 사막, 모래길
열 시간 달려 찾은
그랜드캐니언

조물주의 위대한 조화
천 리 길 대협곡에 넋을 잃고

경비행기 날갯짓도
끝없는 공간에 숨이 차다

설렘의 기대를 넘는
장엄한 자태

가슴을 떨리게 하는
알록알록 단층(斷層)의 아름다움
거대한 단애(斷崖)의 절경

꿈틀거리는 푸른 물줄기
콜로라도 강

끝임없이 담아내는 풍광
자연의 비경이
탄성의 발길을 모았다.

11월 11일

　　붉은 첨탑(尖塔)들의 천지(수만 개?)인 브라이스 캐니언 관광, 때마침 흰 눈이 내린 직후라 정말 환상적이었다. 16년 경륜 가이드도 처음 보는 광경이라 함.

　　이어 수직 절벽의 연속인 자이언 캐니언은 버스토 둘러본 후, 도박의 도시, 라스베이거스 도착, 시내 관광(야경=30불, 분수 쇼, KA 쇼=130불) 등 감상 후 LUXOR CASINO 호텔에 투숙.

라스베가스

모하비 사막 불모지(不毛地)에

환락(歡樂)의 도시

라스베가스

현란(絢爛)한 네온 불이

넘실대는 거리

빛의 늪 속으로

한없이 빠져드는 군상(群像)들

건물마다

카지노 카지노

욕망의 숨소리가 자욱하다

먼동이 창틈으로 스며들면
텅 빈 가슴 안고
돌아설 줄 알면서도
환상을 좇는 수많은 사람

끊임없이
열사(熱砂)의 땅
라스베가스를 달군다

11월 12일

　　　라스베이거스 출발 모하비 사막 지나 서부의 개척지 은
광촌 캘리코(고스트타운 6불) 관광, 미서부 대농원 베이커스 필드 통과
하여 프레즈노 도착, WATER TREE 호텔에 투숙

11월 13일

　　　요새미티 국립공원으로 이동, 엘 카피탄 바위를 동영상

으로 담고. 면사포 폭포와 3단 900m의 요세미티 폭포 관광함. 비가 온 직후라 수량이 많아 폭포가 장관을 이루었다.

울창한 숲들이 고운 단풍으로 물들었고, 그 사이로 다니는 야생 곰을 동영상으로 담았음. 수많은 풍력발전기와 소규모 석유 시추가 이루어지는 야산지대를 통과 샌프란시스코로 향함.

베이 브리지를 지나 시청 등 시내 관광을 함. 석양에 걸린 금문교를 선상에서 관광(크루즈배 운임 25

불, 노을에 잠긴 환상적인 센프란시스코 포함)후 SHERATON SUNNY-
VALZ 호텔에 투숙.

산프란시스코의 석양

베이 브릿지를 돌아
다가간 우람한 금문교

칠십 년 세월을 자랑하는 위용(威容)
이구동성(異口同聲) 탄성, 탄성이다.

금문교에 걸친 눈부신 석양(夕陽)
저녁 바다에 뿌리는
긴 빛살 위로
떠 가는 산프란시스코

마천루 산마루에
타오르는 저녁노을

여독(旅毒)에 시달리는
수많은 사람들
가슴을 물들였다

지금도 떠오르네

아련히

네온처럼 흔들리는
추억의 산프란시스코

11월 14일

　　　LA로 출발 → 아름다운 미항 몬트레이로 이동, 미국 속
의 유럽 덴마크 민속촌 Solvang을 둘러보고, 절경의 1번 해안도로를
따라 새(鳥)섬과 골프장(Pebble Beach Golf) 등을 관광 후 LA 도착함.
석식 후 LA 공항 출발(KE012편) 13시간 25분 소요.

11월 15일

　　　날짜경계선 통과. 인천공항 도착. 06시 15분.

11월 16일

인천공항 08시 20분 출발(KE 1401편), 김해공항 09시 25분 도착.

┌───┐
│ **백두산(1차)**

2009. 8. 29. ~ 6. 2. (5일간)
※ 백두산은 여행기와 사진을 찾을 수 없어 여행일정만 요약했다.
└───┘

5월 29일

　　　　인천공항에서 17시, (oz 3013) 중국 대련공항으로 향함. 현지 시간 17시 20분(시차 1시간, 소요 시간 1시간 20분)에 대련 국제공항에 도착, 단동으로 이동(3시간 30분 소요), 홍원 호텔 투숙.

5월 30일

　　　　주몽이 건국한 두 번째 수도 국내성으로 이동(약 2시간 소요). 고구려 20대 장수왕의 아버지 광개토대왕의 업적을 기리기 위해 세운 높이 6.4m, 무게 371톤의 거대한 기념비 관광(투명 유리로 비가림 시설을 해두었음.), 그리고 인근에 있는 장군총보다 4배가 큰 광개토대왕릉을 둘러보았다. 손에 잡힐 듯 가까운 북한의 산들은 전부 나무가 없는 민둥산이라 쓸쓸했다.
　다음은 장수왕과 왕비의 릉을 보고 국내성 방위의 중심역할을 한 '환도산성' 등을 영상으로 담았다. 통화시로 출발했다(소요 시간 2시간

예정). 통화현 호텔에 여장을 풀었다.

5월 31일

호텔에서 아침을 하고 백두산(서파)으로 향했다(약 3시간 30분 소요). 천지가 용암을 분출하여 만들어낸 금강대협곡을 찾았다. 대자연의 아름다움을 감상했다. 백두산 셔틀버스에 올랐다.

해발 고도가 높은 곳인데도 이른 이름 모를 황색 꽃을 감상하면서 주차장에 도착하여 계단을 오를 때는 갑자기 검은 구름이 몰려오면서 눈발이 거센 바람에 날리면서 추웠다.

지난달에 중국 황룡의 4,300m에는 따뜻했는데 2,700m의 백두산 날씨가 심술을 부렸다. 다행히 안개구름이 통과하는 순간에 꽁꽁 얼어붙은 백두산 천지 못을 동영상으로 잘 담았다. 관광을 끝내고 내려오면서 되돌아보니 약 올리는 것처럼 날씨가 활짝 개어있었다.

다시 통화시로 돌아와 압록강 상류에서 유람선을 타고 북한의 큰 굴뚝이 있는 공장 가까이 다가가 보는 등 선상유람을 하고 호텔로 돌아왔다.

백두산

온 세상을 군림한 듯한
그 위용
새삼 옷깃을 여민다

태산준령은 거느리지 않았지만
억겁의 세월을 두고
수많은 사연을
끝없는 평원. 산자락에 간직한 채

화창한 날씨에
기대를 안고 오르는 자에게
갑자기 눈보라를 선사한다

좀처럼 보이지 않는 영봉(靈峰)
시련(試鍊)의 고통을 준 후
살짝 속살을 드러낸다

얼어붙은 산정상의 광대한 수면(水面)

눈과 함께
형언할 수 없는
연봉(連峰)의 아름다움이
경탄(驚歎)을 자아낸다

속살의 영상을 담은 자는
살을 파고드는 추위가
하산을 재촉했다

하산하면서 뒤돌아보니
어느새 거짓말같이
흩어지는 구름 사이로
정상에 햇빛이 쏟아졌다

6월 1일

　　호텔을 나와 주몽이 건국한 고구려의 첫 번째 수도 졸본
성으로 향했다(소요 시간은 약 2시간 30분 예상함.). 천혜의 요새인 '오녀
산성'과 주몽 설화의 배경이 되는 '비루수'를 둘러보고 단동으로 향했
다(약 4시간 소요).
　단동에서 유람선을 타고 북한 쪽 가까이 가서 고물 같은 녹슨 선박

과 낡은 집들을 보았다. 6·25 동란 때 끊어진 철교 위를 돌아보면서 민족의 비극을 다시 한 번 새겨보았다. 고구려의 박작성(泊灼城)으로 알려진 호산장성(虎山長城)과 북한과 강폭이 10m밖에 되지 않는 곳에서 들에 농사짓는 북한 주민을 영상으로 담고 홍원 호텔로 돌아왔다.

6월 2일

호텔을 나와 대련으로 출발했다(약 3시간 30분, 소요 예상). 신설 고속도로 작업이 한창 진행되고 있었다. 10시 55분, 대련 국제공항 출발(아시아나 oz302편), 13시 10분에 인천 국제공항에 도착했다.

2009. 4. 27. ~ 5. 1. (5일간)

※ 여행기와 사진을 찾을 수 없어 여행 일정만 요약함.

2009년 4월 27일

15시 25분, 인천공항 출발(CA436 편)하여 20시 45분(현지 시간), 중국 성도 국제공항 도착하여 천부메리화 호텔 투숙함.

2009년 4월 28일

6시 40분, 성도 공항 출발(CA4479편)하여, 7시 25분, 구황 공항(해발 3,800m에 위치)에 도착하여 황룡 케이블카를 타고 올라가 약 4km 정도 횡으로 걸어서 계단식 논을 연상시키는 3,400개의 석회암 연못을 둘러보았다.

갈수기라 일부는 물이 고갈되어 아쉬웠지만, 해발 4,300m에 위치한 황룡사 사찰 주위의 다양하고도 영롱한 물빛이 신비스러운 석회암 연못을 동영상으로 담았다. 일부 관광객들은 산소통을 지참하는데 다행히 필자는 고산인데도 아무 이상 없었다. 황룡풍경구와 황룡동을 관광하고 격상 호텔에 여장을 풀었다.

2009년 4월 29일

아침에 호텔을 나와 지구 상에서 가장 깨끗하고 물이 풍부하다는 구채구 관광에 나섰다. 오색영롱한 물빛이 한 폭의 수채화를 연상케 한다는 풍경구이다.

먼저 5km에 펼쳐지는 호수의 향연 '수정구' 수정폭포, 분경탄, 노위해, 쌍룡해, 낙일랑 폭포를 둘러보았다. 다음은 일측구의 초해, 전죽해, 웅묘해, 웅묘폭포, 오화해, 진주탄 폭포 등의 풍성한 경관을 관광했다. 측사와구—구채구의 왼쪽 골짜기 낙일랑 폭포에서 장해까지 17km 구간으로 장해 뒤로 펼쳐진 설산의 풍경이 비췻빛 호수를 더욱 돋보이게 했다.

장해는 구채구에서 해발이 가장 높은 곳에 있는 가장 넓은 호수이고 그 바로 아래에는 다섯 가지(노란색, 붉은색, 초록색, 청색 등) 영롱한 물빛이 있는 오채지를 둘러보고 격상 호텔에 투숙했다.

2009년 4월 30일

구황 공항을 출발하여 성도 공항에 도착, 낙산으로 이동함(2시간 소요). 매운 음식 사천요리로 땀을 내고 유람선을 타고 당대에 불법의 힘을 빌어 인명과 재산을 보호하려고 절벽을 깎아 만든 산이 불상이요. 불상이 산인 세계에서 제일 큰 불상(불상 발등에만 100명이 앉을 수 있음), '낙산대불'을 탄성 속에 둘러보았다. 시간이 없어 직접 올라가 보지 못해 아쉬웠다.

다시 성도로 돌아와 유비와 관우, 장비, 그리고 제갈공명이 안치된 '무후사'와 유비 묘를 관광했다. 그리고 삼국시대 거리를 재현한 '금리거리'를 관광하고, 야간에는 사천성의 자랑 '변검'을 포함한 다채로운 공연 '천극'을 관람하고 천부메리화 호텔로 향했다.

2009년 5월 1일

8시 20분, 성도 국제공항을 출발, 14시 20분, 인천 국제공항에 도착했다.

★주요방문지역

8월 24일

김해 공항 → 일본 오사카(JAL968편), 오사카 성 등 시내 관광.

8월 25일

오사카 → 런던 히드로 공항(JAL421편), 오후 도착 간단한 런던 시내 관광.

8월 26일

하이드파크, 로열 알버트 홀(Royal Albert Hall 오페라 극장), 버킹엄궁전, 웨스트민스터 사원, 국회의사당, 타워브리지, 런던시청, 대영박물관 등 관람, 유로스타 열차로 파리로 향함, 파리 역에 도착.

8월 27일

파리 시청(르네상스 시대 대표적 건물), 콩코드광장, 루브르박물관, (밀

러의 비너스 상, 나폴레옹 황제 대관식 그림, 모나리자상 관람), 알렉산드르 3세 다리 등을 지나 에펠탑 관광, 몽마르트 언덕, 바스티유 광장과 노트르담 성당, 상드리제 거리와 개선문 관광 후, 드골 공항에서 → 로마의 레오나르도 다빈치 공항(에어프랑스321편) 향발.

8월 28일

폼페이(Pompeii) 유적지, 소렌토로(Sorrento) 시가지 및 해안 관광, 카프리섬(Capri Island) 배로 이동 관광 후, 나폴리 도착 관광.

8월 29일

바티칸시, 바티칸박물관, 네로왕의 욕조, 거대한 석관, 대리석 조각상, 카펫의 방, 지도의 방을 둘러보고, 붙어있는 베드로 광장 관광 후 콜로세움, 대전차 경기장, 로마 공회장 유적지, 진실의 입, 원형극장, 로마시청, 베네치아광장, 트레비 분수대 등 관광.

8월 30일

피렌체로 향함, 미켈란젤로 언덕에서 피렌체 시가지 전경과 베끼오 다리를 둘러봄, 두오모 성당, 단테의 생가, 피렌체 중심 시뇨리아 광장과 피렌체 시청 등 관광, 오후 3시 50분, 밀라노 향함(4시간 소요), 스포르체스코 성과 프란체스카 성당, 빅토리아 엠마 누엘 2세 아케이트, 명품 판매 거리, 스카라 극장, 밀라노 시청, 두오모 성당 등 관광.

8월 31일

6시 50분 스위스로 출발 GOMO라는 이태리 국경지대 통과 아름다운 호수를 거쳐, 11시 15분 도착, 중식 후 궤도 열차를 두 번이나 갈아타고 융프라우 정상(해발 3,454m)을 관광하고 다시 하산하여 베른(Bern)시로 향했다. 22시에 베른 시에 도착했다.

9월 1일

간단히 베른 시가지를 둘러본 후 루체른으로 향했다가 목재 다리 카펠과 악마의 산이라 불리는 필라투스를 멀리 조망했다. 빈사의 사자상을 둘러보고 취리히(Zürich)로 향했다. 시내를 간단히 둘러보면서 쇼핑을 하고, 17시 50분, 취리히 공항 이륙 → 도쿄 나리타 공항으로 향했다.

9월 2일

14시 일본 나리타 공항 출발→ 김해 공항(JAL957편) 도착.

베트남(하노이, 하롱베이)

2010. 5. 26. ~ 5. 30.

※ 베트남은 전 여행 일정을 동영상으로 담아 DVD로 보관하고 있지만, 여행기는 찾을 수 없어 타인이 촬영한 사진이 몇 장 있어 올려보았다.

하롱베이

설렘이 손짓하는
동남아 이국땅
하롱베이

파란 하늘이 맞닿는
수평선에 드리운
원시(原始)의 자태
바다 위의 선경(仙境)

섬 사이로 누비는
목선(木船)의 뱃머리 따라
기묘(奇妙)한 기암괴석(奇巖怪石)
황홀(恍惚)한 변화에
파도를 잠재우는
탄성(歎聲)이 인다

돌아보면
시선(視線)이 가는 곳마다
살아 숨 쉬는 자연의 절경(絶景)
삼천여 점의 검은 보석들
잊을 수 없는 추억의 감동
정수리에 쏟아진다

대마도

2009. 3. 1. ~ 3. 2. (2일간)
※ 대마도 관광은 동영상 DVD는 있으나 여행 일정과 여행기와 사진이 없어 수록(收錄)하지 못했다.

황산, 상해, 항주

2010. 4. 12 ~ 4. 16. (5일간)
황산, 상해, 항주 여행도 동영상 DVD는 있으나 여행기와 사진도 여행 일정도 찾을 수 없어 수록(收錄)하지 못했다.

황산(黃山)

억겁(億劫)의 풍우(風雨)가 빚어낸
신비(神秘)한 절경(絶景)
부드럽게 감도는
안개구름 사이로

기암절벽(奇巖絶壁)의
변화무쌍(變化無雙)한 자태
천상(天上)의 선경(仙境)인가

와!

절로 터지는 탄성(歎聲)
천길 수직(垂直)의 절벽에
청송(靑松)의 메아리 되어
걸음마다 울리고

소원(所願) 비는 비래석(飛來石)
산 능선의 정상에서
안개구름 걷어 올리는
풍광은

눈과 마음으로
담고 담아도
넘치는 황홀한 황산의 비경(秘境)
세상의 온갖 번뇌(煩惱)를
흔적 없이 씻어낸다.

미련의 끈을 놓지 못할
石, 松, 雲의 黃山

은퇴자의 세계 일주 5: 중서부아시아

펴 낸 날 2023년 12월 25일

지 은 이 문재학
펴 낸 이 이기성
편집팀장 이윤숙
기획편집 윤가영, 이지희, 서해주
표지디자인 윤가영
책임마케팅 강보현 김성욱
펴 낸 곳 도서출판 생각나눔
출판등록 제 2018-000288호
주   소 경기도 고양시 덕양구 청초로 66, 덕은리버워크 B동 1708, 1709호
전   화 02-325-5100
팩   스 02-325-5101
홈페이지 www.생각나눔.kr
이 메 일 bookmain@think-book.com

• 책값은 표지 뒷면에 표기되어 있습니다.
ISBN   979-11-7048-646-6(04810)
SET ISBN   979-11-7048-641-1(04810)

Copyright ⓒ 2023 by 문재학 All rights reserved.
· 이 책은 저작권법에 따라 보호받는 저작물이므로 무단전재와 복제를 금지합니다.
· 잘못된 책은 구입하신 곳에서 바꾸어 드립니다.